Xiron Poetry Club

磨 铁 读 诗 会

这才是

Essential Bukowski

布考斯基

布考斯基精选诗集

Charles Bukowski

〔美〕查尔斯·布考斯基 著

〔美〕阿贝尔·德布瑞托 编选

伊沙 老G 译

四川文艺出版社

导言

阿贝尔·德布瑞托

要从现已出版的二十多本查尔斯·布考斯基诗集，以及众多未出版的他的一流诗作中进行编选，这部精选集已经被拖延得太久了。重任在肩十分艰巨：布考斯基是一位从任何标准来估量都非常多产的诗人，他拥有五千多首诗，有记载可查的写作时间跨度为五十多年。布考斯基那些天下闻名的作品几乎都是在每夜的酩酊大醉中进行的，用大部分的胡言乱语破坏着早晨。从他大量的诗作中挑选出最好的，可以说是一项非常艰巨的工作。

我先把《知更鸟》《人群中的天才》《掷骰子》《咀嚼》和另一些之前就很受欢迎的、更有竞争力的诗作，放进了一个暂定的篇目里。当我对比细看这些已出版和未出版的作品，一些暗淡的璞玉，诸如《胡戈·沃尔夫疯了》《火花》《失败者》《另类学院》让我重新感到生命的活力。我也收录了布考斯基职业生涯中的关键性诗歌，像《十字星扣在了我的屁股上》，它长久地感动着德国翻译家、版权代理人——我的朋友卡尔·魏斯纳，令其于 1966 年在一本英文小杂志上读到它之后变成了布考斯基的狂热爱好者。我先是精选了一百七十首诗，最后不得不继续删减，只剩下九十五首——不得不遗憾地放弃了《民主》《他们，他们全体，知道》《词》和其他一些拔尖之作。

精选的这九十五首诗作仅仅代表了布考斯基庞大作品的百分之二，但这部以时间为序的精选集中体现了他的诗学发展。他的早期诗歌，带着抒情性的特点，偶尔也出现超现实主义的意象；到了1970年代，上述特点则让位给布考斯基"脏老头"式的男子汉形象；他年过半百才终获成功，在此之后，一直到他最后的岁月，他都采取了一种更加达观的生命立场。通过这整个过程，布考斯基捕捉事物的卓越才华都一一被记录下来，他对自己瞬间的经验和整个世界，皆有一种高清的快速成像的能力，他几乎不需要在事实之外去做其他多余的修改。

正是这种真诚，以及布考斯基大多数成熟作品中所具有的永恒性，让我们张开双臂拥抱他的诗：《鞋带》中对日常却重要的琐事的发现；《淋浴》中的性感好色；《知更鸟》中关于生活重压和工作的书写；《献给玛丽娜的情诗》《一个坚强的混蛋的历史》中的温柔；《我们沟通过》中的自嘲与幽默；《一首献给擦皮鞋的男人的诗》中那使我们差一点就完美的缺陷。布考斯基很多诗中都流露出难以捉摸的艺术天性，以及他所尊崇的诚挚而生动的描写。

《艺术》《涅槃》有着惊人的简洁性；《卡森·麦卡勒斯》《地狱是个孤独的地方》有着海明威式的叙述方式；《自主》和《人群中的天才》是献给个人主义和意志力的赞美诗；《我遇见一个天才》有种无须假定、不容置疑的精神；

有些较长的叙事诗读起来则像节奏极好的短篇小说；《大笑的心》和《咀嚼》是驱动生命的证言；另外，最后两首诗向我们证明了，不管危险如何频繁地侵入布考斯基的生命与诗歌，他总是能够看到隧道尽头的光明，我们帮不上什么忙，除了认同他的那种感觉。

这些诗无疑构成了魅力四射的布考斯基：质朴、机智、充满激情，当他在他洛杉矶的小公寓里，听着那台"勇敢的收音机"播放的古典音乐时，当他喝着"上帝之血"时，他多向度地向我们展示着所有。圣佩德罗的佛陀——布考斯基最终微笑着，这一切的秘密是他自己也无法洞悉的，而这正是其魅力所在：布考斯基从生活中提取精华抵达本质，从平凡中变出魔术，用他明白无误、无比非凡、简单朴素的方式。

精选，确实。

目 录

善意的建议给年轻男人，也给老男人

去西藏。

骑骆驼。

读《圣经》。

染蓝你的鞋。

长胡子。

乘纸质独木舟环绕地球。

订阅《星期六之夜邮报》。

只用你左边的嘴咀嚼。

娶个用直剃刀剃毛的独腿女人

并把你的大名刻在她的手臂上。

用汽油刷牙。

白天睡觉，夜里爬树。

做一名僧侣，饮弹、饮啤酒。

在水下昂起头来拉小提琴。

在粉色蜡烛前大跳肚皮舞。

杀死你的狗。

竞选市长。

住在桶里。

用斧头打破你的头。

在雨中种下郁金香。

但是再也别写诗了。

（1954[1]）

<hr />

[1]　书中出现在诗后的时间，大都为诗作的最初发表时间，个别是布考斯基手稿上的写作时间。

像麻雀一样

为了救命你必须杀生，
在热血澎湃的大海的衬托下
我们的悲伤显得无力而空洞
我越过五内俱焚的浅滩
与腿腹泛白的腐烂生物同在
冗长的死亡，暴乱着四周的景色。
亲爱的孩子，我对你所做的仅仅是麻雀
对你所做的；当年轻时尚时
我老去；当欢笑时尚时，我哭泣。
当爱你不需要太多勇气，
我恨你。

(1957)

途中停留

在阳光下做爱，在朝阳下
在酒店房间
一个小巷里
那里的穷人正用酒瓶对戳；
在阳光下做爱
在一块比我们的血还红的地毯边做爱，
在小伙子们推销头条新闻
和凯迪拉克时做爱，
在一张巴黎的照片
和一包打开的香烟旁做爱，
在其他男人——可怜的傻瓜们——
工作时
做爱。

那一刻——朝向……
也许是他们用这种方法丈量出的岁月，
但却只有一个句子回到我心头——
有这么多的日子
当生活驻足、停留、坐下
像等待在铁轨上的一列火车。
我在八点经过酒店
或五点；小巷深处有猫

还有酒瓶和流浪汉，
我在窗口仰望、思考，
"我不再知道你在何处"，
然后我继续前行，想知道
当生活停下来时
它是想去向何方。

（1957）

鲍罗丁¹的生活

下回你听鲍罗丁时
记住他只是一个化学家
作曲不过是为了放松；
他的房子里挤满了人：
学生、艺术家、酒鬼、流浪汉，
他从来不知道如何说"不"
下回你听鲍罗丁时
记住他老婆用他的乐谱
垫猫箱
或盖发酸的奶罐；
她有哮喘病和失眠症
她给他吃鸡蛋羹
当他想要蒙头
逃开室内的嘈杂
她只许他用床单；
除此之外常有某人
在他床上
（他们分床而睡

---

¹　亚历山大·鲍罗丁（1833—1887），俄国浪漫主义作曲家、医生、化学家。尽管鲍罗丁以作曲家的身份闻名于后世，但在他的一生中，一直把化学作为自己追求的主业并取得了很多成就，作曲只是他在空闲时间和生病时才做的事。

完全如此）
因为所有的椅子
常被拿走
他经常睡在楼梯上
裹着一件旧披肩；
他剪指甲时她告诫他
不许唱歌或吹口哨
不许在茶里放太多柠檬
不许用勺子挤压柠檬
《B 小调第二交响曲》
《伊戈尔王子》
《在中亚细亚草原上》
他只能将一件黑衣
盖在双眼上睡觉；
1887 年他出席医学院
的舞会
身着狂欢的民族服装
看起来兴高采烈
最后当他倒在地板上的时候
他们以为他在扮演小丑。

下回你听鲍罗丁时
记住……

（1958）

胡戈·沃尔夫疯了……

胡戈·沃尔夫疯了，当他边吃洋葱
边写他的第二百五十三首歌的时候；天在下雨
四月和蠕虫爬出地面
哼唱着《唐怀瑟》，他的墨水
和牛奶一同泼洒，血溅于墙
号啕、咆哮、尖叫，然后
倒下——
在楼梯上，他的女房东说，我就知道，那
烂婊子养的
忽悠他，他用他音乐的
最后一章
手淫，我将永远得不到房租，有朝一日
他一夜成名
他们将把他埋葬在雨中，但是现在
我希望他停止
那该死的尖叫——为了我的钱，他是
一头愚蠢的同性恋公驴
当他们将他搬离这里后，我希望他们
搬来一个善良可靠的渔夫
或一个刽子手
或一个卖《圣经》小册子的
小贩

(1959)

杀死美

一朵玫瑰

红色阳光一般；

我把它拆开

在汽车修理站

像拆一个智力玩具：

花瓣像谄媚者

像陈年培根

和秋天

像世上的少女

背朝地板

我仰望

挂在钉子上的

旧日历

触摸

我皱皱巴巴的脸

微笑

因为

这个秘密

超越了我

（1959）

那天我把一笔钱踢出窗口

我说，你可以拿走你富裕的七大姑八大姨叔叔伯伯
祖父外公和父亲
所有他们肮脏的石油
他们的七大湖
他们的野火鸡
水牛
得克萨斯全州
也就是说，你的鸦鸣
你星期六晚上的木板路，
你的破
图书馆
你腐败的议员
你娘娘腔的艺术家——
你可以拿走全部这些
你的周报
你大名鼎鼎的龙卷风
你肮脏的洪水
你所有号叫的猫
你给《生活》杂志的订阅费
让它们滚吧，宝贝，
让它们滚出去。

我能重操鹤嘴锄和斧头（我认为）
我可以赚到
二十五美元，足够去喝四轮酒（也许）
确实，我三十八岁了
但一小点染料便可染去我头发中的
灰白
我依然能够写诗（有时）
不要忘记，即使
他们不付我稿费，
这也比等死和等着挖到石油要好
比猎杀野火鸡
比等待世界
重新开始要好。

好吧，流浪汉，她说，
滚蛋。

什么？我说。

滚吧。你已经发泄了你
最后的臭脾气
我厌倦你该死的臭脾气
你总在表演就像
奥尼尔戏剧中的一个角色。

但我是不同的，宝贝，
我忍
不住。

你不同，好吧！
上帝，多么不同！
你离开时
不要砰的一声
关门。

可是，宝贝，我爱你的
钱！

你再也不要说
你爱我了！

你需要
一个说谎者还是一个
情人？

你两者都不是！滚，流浪汉，
滚！

……可是宝贝！

滚回奥尼尔的剧中去!

我走到门口,
轻轻关门,然后离开,
想着:他们只需要
一个呆若木鸡的印第安人
唯唯诺诺
站在烈火之上
也不敢大哭大闹
但是你正在变成
一个老男人,老兄:
下一次再玩这一套时
只在自己
心底玩

(1959)

双胞胎

他有时暗示我是一个混蛋，我告诉他要听勃拉姆斯，我告
　诉他要学绘画、喝酒，不要被女人和钱所控制
可他冲我尖叫，看在上帝的份上记住你的妈妈，记住你的
　国家，
你会把我们全都杀了的！……

我走过我父亲的房子（他为此欠了八千美元的债，在做了
　二十年同一种工作之后），望着他死去的鞋子
他的双脚蜷缩成皮革，仿佛他在愤怒地种植玫瑰，他就是，
　我望着他废弃的香烟，他最后的香烟
他那天晚上睡觉的最后的床，我感觉我应该换张新的但是
　我不能，因为父亲总是你的主人即使他已离去；我再三
　猜测这些事却忍不住想
　　　　　早晨七点死于厨房地板
　　　　　那时其他人在煎鸡蛋
　　　　　这不算多残酷
　　　　　除非发生在你身上。

我去外面摘了一只橘子，剥掉明亮的果皮；
万物依然生机勃勃：草地生长得如此之好，
太阳遣其光线盘旋在一颗俄国卫星周围，
一条狗在某处无意识地狂吠，邻居们躲在百叶窗后偷窥。

我在这里是一个陌生人，曾经（我猜）有点流氓，

毫无疑问他把我画得很好（这个老男孩，我曾像山狮
　　一样战斗），他们说他把一切留给了杜阿尔特的某个
　　女人，但我才不在乎——这一切都可以给她：他是
　　我的老爹

　　　　　他死了。

在屋里，我试着穿上一件浅蓝色西装
它胜过我曾经穿过的一切
我上下左右摆动着胳膊仿佛风中的稻草人
但毫无益处：
我无法令他复生
不管我们有多恨对方。

我们看起来惟妙惟肖，我们几乎是双胞胎
老爹和我：那是他们
说的。在电视上方有他的植物球茎
准备种植
与此同时我与来自第三大街的妓女躺在一起

很好。请授予我们这个时刻：站在镜前
穿着我亡父的西装
也等待着
死亡。

（1959）

致拿走我诗的妓女

有人说我们不应该在诗歌中表达个人的
悲伤，
坚持抽象，此中有些道理
但是天啊：
十二首诗不翼而飞，我未保存复写稿，你还拿走了
我的
画，我最好的一些，这真叫人窒息：
你试图压榨我的剩余价值吗？
你为什么不拿走我的钱？他们常这样做
从那些醉倒在角落的酣睡的人的短裤里。

下一次拿走我的左臂或五十块钱
但不要拿走我的诗：
我不是莎士比亚
但有时就是这么简单
就是不会再有了，无论抽象的或其他的
总会有金钱、妓女和酒鬼
直到最后一颗炸弹袭来
但也可以如上帝所说，
跨过他的双腿
我看见我已经造就了许多诗人
但是并没有那么多的
诗。

（1960）

失败者

接下来我记得我在一张桌子上，
大家都走了：勇敢的脑袋
在灯光下，愤懑，挥打我下来……
然后是一些讨厌的家伙站在那儿，抽着雪茄
"小子，你不是战士，"他告诉我，
我起来，用一把椅子将他砸翻在地
就像电影中的场景
他呆在那儿，四脚朝天，一遍又一遍
说："耶稣，耶稣，你这个混蛋
在干吗？"我起来，穿好衣服，
胶布仍缠在手上，当我回到家中
我撕掉我手上的胶布
写下了平生第一首诗
从那时到现在
我一直在战斗。

（1960）

出名的最佳途径是逃跑

我在冰激凌店外找到一块松动的水泥板，
把它搬到一边然后开始挖掘；地球是
软乎乎鼓囊囊的蠕虫，很快我挖到腰那里
我三尺六的腰；
一队人群聚集着，在我泥巴的射击前
后退，
等警察到时，我
只剩脑袋还在外面，
四周是受惊吓的地鼠、鳗鱼和被发掘出的
镶金的头骨，
他们问我，你在找石油、财宝
黄金或中国的尽头吗？你在找爱情、上帝
或遗失的钥匙链吗？小女孩们滴着冰激凌盯着看
盯进我的黑暗，一位精神病医生来了
和一位
大学教授和一位穿比基尼的女电影演员，
一位俄国间谍一位法国间谍一位英国间谍，
一个戏剧评论家一个账单收藏家一个
老女朋友，他们问我，你在
找
什么？很快，天开始下雨……核潜艇
改变航线，塔斯黛·韦尔德躲藏在一张报纸后面，

让·保罗·萨特在他的睡梦中翻了个身，很快我的洞
被水

灌满；我出来时黑如非洲、流

星

和墓志铭，我口袋里爬满可爱的蠕虫，

他们将我投入他们的监狱，给我淋浴

和一间美好的小牢房，免税金，即使目前人们

还在侦查我的动机，我已经草签了合同：

在舞台和电视上演出

为地方报纸写专栏

写一本书，推广一些产品。我有

足够的钱能凑合过几年，住最好的

酒店，但是只要我一从这里走出去，我就会

找到另外一块松动的水泥板并开始挖、挖

挖，这一次我不会回来了……雨、闪烁

比基尼，记者继续提问，你在

做什么？我只是点燃我的香烟并微笑……

（1960）

树叶的悲剧

我感到干燥，蕨类植物死了，
盆中的植物黄得像玉米；
我的女人已经离去
空空的瓶子像流干了血的尸体
用它们的无用包围着我；
虽然，太阳依旧美好
但女房东的留言犹如晴空霹雳
充满责问和猜忌；现在需要的
是一个好喜剧演员，古典风格的，一个小丑
用荒谬的痛苦惹人发笑，痛苦是可笑的
因为它的存在，不为别的
我小心翼翼地用一把旧剃刀刮脸
这是个曾经年轻
被认为很有天才的男人；但
这就是树叶的悲剧
枯死的蕨类，枯死的树叶
我走进黑暗的走廊
女房东站在那里
诅咒着，最后，
要把我送入地狱
她晃动着肥胖的汗津津的双臂
尖声大叫

为租金而歇斯底里

因为这个世界已经打败了我们

两个。

（1960）

老人死在房间

压在我身上的不是死神
但它像死亡一样真实，
仿佛房东爬满蛆虫的
作为房租的英镑
我在我的隐居之所
吃核桃
听很多重要的
鼓手；
像是真的，像是真的
仿佛粉身碎骨的麻雀
像猫一样张开嘴
喊叫着
悲惨的论据；
穿过脚趾之间，我凝视
浮云，凝视苍凉的海洋
坟墓……
我抓挠后背
形成一个元音
仿佛所有我可爱的女人
（妻子与情人）
都像毁掉的引擎
吹着悲伤的气体

吹出阴影；

骨头就是骨头

但此事压在我身上

当我撕去窗子的遮阳棚

在笼中的小地毯上散步，

此事压在我身上

像一朵花和一场盛宴，

相信我

不是死亡，不是

荣光

像堂吉诃德的风车

制造一个敌人

在天堂四周盘旋

与一个男人作战；

……此事压在我身上

伟大的上帝

此事在我身上

像蛇一样爬行，

可怕的我平凡的爱好，

一些叫艺术

一些叫诗歌；

不是死亡

但死将释放它的权力

当我灰色的手

投下最后一支绝望的笔

在某个廉价的房间里
他们将在那里找到我
但永远不知道
我的名字
我的意义
也不知道我逃离的
价值。

（1961）

牧师与斗牛士

在墨西哥凝重的空气中我看见公牛死去
他们切下它的耳朵，它硕大的脑袋被抓住
像一块岩石一样不会感到恐惧。

转天驾车归来我们停在米逊
我们看着金红色蓝色的花儿来回摇摆
仿佛风中的老虎。

将此称量一番，公牛与基督教堂：
斗牛士双膝跪地、死去的公牛是他的宝贝；
牧师凭窗凝视
像一头关在笼中的熊。

你可以在市场里讨价还价，把你的
疑虑塞进丝绸钱袋，我只会告诉你
这个：我已住在他们二者的神殿中，
相信一切又都不相信——也许，现在，他们将
死于我心。

（1961）

从三楼一扇窗口纵观世界局势

我看见一位少女身穿
浅绿色毛衣、蓝短裤、黑长袜；
戴着一条什么项链
她的胸很小，贫乳，
她正看着她的指甲
她脏脏的白狗嗅着草地
古怪地转着圆圈；
一只鸽子也在那里，盘旋，
半死不活地，还有一只聪明的虱子
我穿着内裤站在楼上
三日未剃的胡须倾泻成一瓶啤酒，等待着
与文学或交响乐有关的某事的发生；
但它们一直盘旋、盘旋，一个仅剩最后一冬的瘦老头
滚过，他被一个身穿天主教学校校服的
少女推倒；
某个地方有阿尔卑斯山，还有轮船
正在渡海
有痔疮、氢弹的痔疮、原子弹的痔疮，
足以爆破五十个世界并将战争投入其中
但它们仍在盘旋，
少女挪动屁股，
好莱坞山屹立在那里，屹立在

那里，充斥着酒鬼和疯子

在汽车里接吻

但毫无益处：胆碱酯酶、亚急性瘤胃酸中毒

她的脏脏的白狗明显不想拉屎，

她最后看了一眼她的

指甲，屁股更快地扭动着

走向楼下的院子

被她便秘的狗牵引着（实在不必发愁），

离开我，望着一只最无交响乐感的鸽子。

好了，从这些现象观察，放松点：

原子弹将

永不

爆炸

（1961）

天鹅

天鹅也会在春天死去
漂浮在水面的那只
死在一个星期天
在水流
的漩涡中打转
我走向圆形大厅
头顶之上
众神在战车里
狗、女人
旋转，
还有死亡
跑出我的喉咙
像一只老鼠
然后我听到有人来了
带着他们的野餐袋
和笑声，
我感觉有罪
为这天鹅
仿佛死亡
是一件羞耻的事
我像个傻瓜一样
走了

离开了它们

我美丽的天鹅。

（1961）

大蒜豆子

这相当重要：
把你的感情写下来，
比刮胡子
或用大蒜煮豆子都更重要。
它是我们能做的一点小事
这来自知识的些许勇气
当然也有
疯狂和恐怖
从中了解
你那些受伤的部分
像停掉的
时钟一样
一旦停掉
不会再次被伤。
但是现在
你的衬衣里有滴答声
你用勺子翻炒着豆子，
一个爱死去了，一个爱过去了
另一个爱……
啊！许多爱像豆子一样
是的，现在细数它们
可悲可叹

你的感情在火焰之上沸腾，
将此吞没。

（1962）

一首诗是一座城

一首诗是一座拥有街道和下水道的城
用圣徒、英雄、乞丐、疯子填满，
用陈词滥调和酒填满，
用雨水、雷电和旱期
填满，一首诗是战争中的一座城，
一首诗是一座城在问一口钟为何而鸣，
一首诗是一座城在熊熊燃烧，
一首诗是一座城在枪的监视之下
它的理发店被愤世嫉俗的酒鬼填满，
一首诗是一座城，在那里上帝裸体骑行
像戈黛娃夫人 [1] 穿过街道，
在那里狗深夜狂吠，追赶着
旗帜，一首诗是一座诗人之城，
他们中大多数很相似
嫉妒而又痛苦……
一首诗是现在这座城，
距乌有之乡五十英里，
在早上九点零九分，

---

[1]　戈黛娃夫人（Lady Godiva），是一名英格兰盎格鲁－撒克逊的贵族妇女，传说她为了争取减免丈夫麦西亚伯爵利奥夫里克（Leofric, Earl of Mercia）强加于市民们的重税，裸体骑马绕行考文垂的大街。

有烟和酒的味道，
没有警察没有情侣走在街头，
这首诗，这座城，关门大吉，
设置路障，空空如也，
没有眼泪的悲哀，没有同情的老去，
硬岩山脉，
海洋像一簇淡紫色的火焰，
一轮月亮夺走了伟大，
一丝微弱的音乐从破碎的窗口传来……

一首诗是一座城，一首诗是一个国，
一首诗是这世界……

现在我把这首诗粘在玻璃下面
等待憔悴疯狂的编辑的审查，
夜晚在他乡
浅灰色的女士们站成一排，
狗跟着狗到达河口，
绞刑架上传来小号声
仿佛渺小的人类对着
他们无法做到的一切咆哮。

（1962）

悲伤至极

我甚至听见了群山

在大笑

上上下下在它们蓝色的山间

向下入水

鱼在哭

所有的水

都是它们的眼泪。

我倾听水

在我酩酊大醉的逃亡之夜

悲伤变得如此伟大

我在我的钟表里听见它

它变成我梳妆台抽屉上的球形把手

它变成地板上的纸片

它变成一只鞋拔

一张洗衣店的洗衣票

它变成

烟圈

爬上一座爬满黑暗藤蔓的小教堂……

它，微不足道

微小的爱也不算太坏

或微小的生命

真正重要的
在墙上空等
我为此而降生

我为催促玫瑰落满死亡之路而降生。

（1962）

献给简：用我全部的爱，也不够……

我捡起裙子，
我捡起黑暗中
闪闪发光的珠子
这件曾经滚动
环绕肉体的东西
我称上帝：骗子，
我说任何像那样
滚动的
或者知道
我名字的事物
都可以永远不死
即使在死亡普遍的真理中，
我捡起
她可爱的
裙子，
她全部的可爱都已离去，
我对着所有的神
祈祷
犹太人的神，基督教的神
发光体闪烁的碎片
偶像、药丸、面包
理解、危险

世故地投降，

如肉汁里两只发疯的老鼠。

没有机会，

蜂鸟的知识，蜂鸟的机会，

我依靠于此，

我依赖所有这一切

我知道：

她的衣服搭在我手臂上

但是

他们不会

把她还给我。

（1962）

献给简

萋萋芳草下二百二十五个日子
你知道的比我更多。

草儿长久吸着你的血
你成了篮子里那根干枯的棍子。

真是这样吗?

在这间屋子里
爱的时刻
仍在制造阴影。

你离开时
带走了几乎
所有的一切。

我跪在夜里
跪在老虎面前
它们不让我活。

你从前的模样
永不再来。

老虎已经找到我

我毫不在乎。

（1962）

约翰·迪林杰[1]与可憎的猎人

这是不幸的；也一点都不时髦，但我不管：
少女们让我想起水槽中的头发，少女们让我想起肠子
膀胱和排泄运动；这些也是不幸的：
冰激凌般的钟声、婴儿、发动机气门、棕榈树
走廊里的脚印……一切冰冷如墓碑般
激发我的东西；乌有之地，或许，有没有避难所
让我免于听到其他令人绝望的男人：
迪林杰、兰波、维隆、娃娃脸纳尔逊[2]、凡·高
或令人绝望的女人：女摔跤手、女护士、女服务员、妓女
女诗人……尽管，
我当然认为破冰是重要的
或者一只嗅闻着空啤酒罐的老鼠——
两个相互观望的空洞，
或被肮脏的船只拥堵的夜海
它们的光一起射进你大脑严谨的网
用它们含盐的光
触摸过你然后离开你

---

[1]　约翰·迪林杰（John Dillinger），美国大萧条时期最著名的黑帮人物和银行劫匪。

[2]　娃娃脸纳尔逊（Babyface Nelson），美国杀手、银行劫匪，约翰·迪林杰的搭档。

为了更多的某种印度式可靠的爱；
或者毫无理由的长途驾驶
睡眠眩晕着从打开的窗户飞出去
那里挂着你翻飞的衬衣，像一只担惊受怕的鸟，
总是红绿灯，总是红，
夜晚的灯火和挫败，挫败……
蝎子、残羹冷炙、重担：
某种职业、某个妻子、某张面孔、某个生命，
坟墓中的贝多芬像一根红菜头般死去
红色手推车，是的，也许，
或者一封由魔鬼签署的来自地狱的信
或者两个互扔飞碟的好男孩，
在某个充满尖叫、充满烟味的廉价的体育场里，
但我几乎不在意，我坐在那里
满口烂牙，
坐在那里读赫里克和斯宾塞
马维尔、霍普金斯和勃朗特（艾米丽，今天）；
听德沃夏克的《正午的女巫》
或弗兰克的《可憎的猎人》
其实我不太在意，不幸的是：
我收到一位年轻诗人的来信
（似乎很年轻）告诉我某一天
我将一定会被公认为
世界最伟大的诗人之一。诗人！
这是种亵渎：今天我走进阳光与这座城市的

街道：看见虚无，听见虚无，感到

虚无，当我走回房间时

我走过一个总是发出可怕笑声的老女人；

她已经死了，我记得到处都是线：

电话线、电线、中转线

仿佛玻璃杯中的金鱼被困住并且微笑，

鸟飞走了，没有一只鸟想要线

或者线的微笑

我关上我的门（终于）

但通过窗子还是一样：

一个喇叭发出雁叫，一些人哈哈大笑，一个厕所被冲
    洗的声音，

奇怪的是之后

我想起所有带号码的马

在尖叫声中一闪即逝

一闪即逝如苏格拉底，一闪即逝如洛尔迦

如查特顿 [1]……

我宁愿想象我们的死亡根本不算什么

除了像要处理的事情，像一个问题，

像倒垃圾，

虽然我保留了这位年轻诗人的信，

可我并不相信

---

[1] 托马斯·查特顿（1752-1770），英国浪漫主义诗人的先驱者。家
境贫寒，但极富天才。1770 年自杀。

但我还是喜欢在
生病的棕榈树下
在夕阳中，
偶尔远眺。

（1963—1964）

死亡之手的十字架

是的，它们开始从一棵柳树中朝外逃，我想
古板的山脉开始从这棵柳树朝外逃
一路右行毫不在意
美洲狮或油桃
不知怎的，这些山脉仿佛
一个挎着购物篮
记忆力衰退的老女人
我们在一个盆地里，就是
这样。在沙滩与小径里
这块土地猛击进去，拳打出来，被分割，
像一块被死亡之手举起的十字架，
这块土地被买进，转售，再买进
再出售，连年战争结束，
所有西班牙人重返西班牙
再次来到这个顶针里，现在
地产商、区域规划员、房东、高速公路
工程师争吵不休。这是他们的土地
而我走在上面，在这小住一阵儿
靠近好莱坞，我看见一个小伙子在房间里
听光滑的唱片
我对老男人的音乐病也很有思考
一切病，以及对自杀这种死法

我想有时你是自愿的，以及获得
对这片土地更多的了解——最好的方式是去
大中央市场，观察老迈的墨西哥女人们
穷人……我敢肯定你见过与她们相同的女人
多年以前
争吵不休
以及相同的日本年轻店员
诙谐机智、知识渊博、金色年华
在她们堆满橘子、苹果
鳄梨、西红柿、黄瓜的店铺中——
你知道这些东西的长相，它们看起来都好
假如你能够把它们全都吃了
点一根雪茄，抽着离开这糟糕的世界。
最好去酒吧，同样的酒吧——
木头屋，陈旧的、无情的、绿色的
里面有年轻而惊慌不安的警察
走来走去查看有没有出什么乱子
而啤酒依然糟糕
几乎是呕吐物和腐烂物
混合在一起的味道，你在阴影中变得强壮起来
你忽略了它，忽略了贫穷，忽略了自己
忽略了放在你双腿之间的购物袋
那里面有鳄梨、橘子、鲜鱼和葡萄酒
就已经很爽啦，谁还需要

去劳德代尔堡¹ 过冬?

二十五年前有一个妓女常来这里

带着一部电影出现在大家眼前，她很肥

能用香烟盒里的锡纸做成小银钟。阳光似乎变得温暖起来

尽管这可能并不

真实，然后你拿着你的购物袋

来到外面沿街而行

绿色啤酒悬在那儿

就在你胃的上方仿佛

一件短小而丢人的围巾，然后

你望了望四周，再也

看不见任何

老人。

（1965）

<hr>

1　劳德代尔堡（Fort Lauderdale），美国佛罗里达州东南沿海城市，是一
处度假胜地，全年平均气温在 24.2 摄氏度左右。

事关
票贩子、修女、
杂货店店员
和你……

我们拥有一切，我们一无所有
一些男人在教堂干
一些男人把蝴蝶撕成两半
干
一些男人在棕榈泉干
进入奶油般的金发女郎
与凯迪拉克的灵魂在一起
凯迪拉克与蝴蝶
虚无与一切
脸融化成最后的泡芙
在一座酒窖里在基督圣体节。
事关票贩子、修女、
杂货店店员和你……
某件发生在上午八点钟的事，某件发生在图书馆里的事，
某件发生在河水中的事，
一切与虚无。
在屠宰场里它沿着铁钩子上的天花板
跑来，你摇摆它——

一

二

三

然后你得到了它，价值二百美元的
死肉，它的骨头靠着你的骨头
一切与虚无。
就死而言，要么死得太早
要么死得太晚，
喋血的钻头在盆中发白
告诉你完全彻底的虚无
掘墓人在玩扑克挤满了
凌晨五点钟的咖啡馆，等着给草坪
除霜……
他们告诉你完全彻底的虚无。

我们拥有一切，我们一无所有——
日子充满玻璃碎片和河中苔藓难以忍受的
恶臭——变得比狗屎更糟；
如下棋般走动和反走动的日子，
败坏了兴致，失败的感觉，与胜利的
感觉同在，缓慢的日子仿佛骡子
驮起炉渣，行动迟缓，太阳蔫头耷脑
走在路上，疯子坐着等待
捕获鸦群与鹪鹩，吐纳着一片古怪的
苍茫。

美酒的大好日子与呼喊

在打巷战，女人的肥腿在你

埋葬呻吟声的肠子周围奔忙，

斗牛场的标志仿佛钻石喊出

卡普瑞妮修女，紫罗兰从地下跑出来

告诉你忘记死亡大军以及劫掠你的

爱。

孩子们称之为有趣和美好事物的日子

仿佛野蛮人尝试着发送给你一个信息通过

他们的身体，当他们的身体仍然

活着足以传送和感觉以及跑上

跑下没有束缚和工资以及

理想、财产和多如甲虫的

意见。

日子，所有日子里你能够

在锁上门的绿色房间里哭泣和渴望的日子，你能够

嘲笑面包师双腿太长的日子，凝望

树篱的日子……

一无所有，一无所有。老板们的

日子，黄种男人

伴着微弱的呼吸和大脚，貌似

青蛙、鬣狗的男人，行走

好像不请自来的旋律般的男人，认为

聘用、解雇都是可以理解的男人还有

利润，娶了会花钱的老婆的男人
仿佛六十英亩土地被打洞
或展览或被墙与无能
隔离，想要杀死你的男人
因为他们疯了并被法律证实因为
这是法律，站在窗前
三十英尺范围内的男人熟视无睹，
拥有豪华游艇的男人可以环游
世界，但却永远走不出他们的背心
口袋，状若蜗牛的男人，状若鳗鱼的男人，状若
蛞蝓的男人，都没那么好……

一无所有。获取你的下一份薪水
在一个海港，在一座工厂，在一家医院，在一座
飞机制造厂，在一处游乐场，在一家
理发店，在你并不想要的
一份工作上。
所得税、疾病、奴性、骨折的
胳膊、打破的头——败絮其外
老旧枕头。

我们拥有一切，我们一无所有。
有些一时做得足够好
随即便放弃了。名望抵达他们或者厌弃他们
或者年龄或者合理膳食的欠缺或者墨水

漫过双眼或者大学里的孩子们
或者新车或者在瑞士滑雪时
弄伤的后背或者新的政治观点或者新老婆
或者只是自然的机会与衰退——
你认识的男人昨日被钩子钩了十圈或狂饮三天
三夜此刻在锯齿山下
只是床单下的某种东西或一个十字架
或一块石头或在一个简单的错觉之下，
或包裹着一本《圣经》或一个高尔夫球袋或一个
公文包：他们怎么走，他们怎么走！——所有你
想到的都将永远无法前行。

如此这般的日子。就像你今天的日子。
也许窗上的雨水正试图
穿窗而过抵达你。今天你看见了什么？
那是什么？你在哪里？最好的
日子有时是开头，有时是
中间，有时是结尾。
许多空闲不赖。明信片上的
欧洲教堂不赖。蜡像博物馆中的
人们被冻结成他们最理想的不孕不育
不赖，可怕但不赖。大炮
想起大炮。为午餐
烤的面包咖啡足够热乎你
知道你的舌头仍在那里。三株

天竺葵在窗外，试图变
红试图变粉试图变成
小精灵。无人惊奇偶尔有女人
哭泣，无人惊奇骡子不想
上山。你正在底特律的
一家宾馆的房间寻找一支烟吗？不止一天的
好日子。小小的一丁点儿。
护士们从大楼里走出在
她们换了衣服之后，足够糟糕，八个护士
用不同的名字去不同的
地方——正漫步穿过草坪，她们中有人
想要可可和一杯水，她们中有人想洗一个
热水澡，她们中有人想要一个男人，她们
中有人几乎什么都不想。足够
与不够。弧线与朝圣者、橘子
阴沟、蕨类植物、抗体
纸巾盒。

最体面的太阳偶尔
有一缕袅袅青烟感觉像来自骨灰瓮
以及老式战斗机的闷罐声
如果你走过去沿着窗边
移动你的手指，你会发现
很脏，也许甚至比地球还脏。
如果你望向窗外

你会看到你正在变老的日子，你在
变老你将继续瞭望
一直瞭望
稍稍吮吸着你的舌头
啊啊　不不　也许

一些人自然地干
一些人淫秽地干
在每一个地方。

（1965）

6 号马

一个雨天的下午
我打算押 6 号马
手拿
纸杯咖啡
有一小段路要走，
风自看台顶上
旋出
小鹨莺
为一场中型比赛做准备的
赛马手正要出场
无声
而缓缓下着的雨
使一切
立刻
变得相似起来，
马儿们彼此
和平共处
在狂醉的战争开始之前
我来到正面看台下方
摸摸
香烟
喝掉咖啡，

然后马从我身边走过
带着它们矮小的赛手
离开——
肃穆而优美
叫人愉快
仿佛花朵
盛开。

(1965)

月亮、星星和世界

在晚上
漫长的散步——
对于
灵魂来说
是多么美好的事：
窥入人家的窗口
看疲惫的
家庭主妇
竭力
摆脱
她们的酒鬼
丈夫。

（1965）

真实的故事

他们发现他正沿着高速公路行走
身前
都是红的
他拿着一个生锈的罐头盒
并切断他的性
器
似乎在说——
看你们已经对我做了
什么？你们还想要
什么？

他把他的一部分
放进一个口袋
另一部分放进
另一个
那便是他们如何找到他的，
沿路
步行。

他们制止了他的行为将他送到
医生那里
医生试图将他的各部分

缝回
到身上
但是这些部分
很满足
它们现在的
存在方式。

我有时会想到所有美好的
屁股
都转向
世界的
恶魔。

也许他的抗议
就是反对这个或者
他的抗议
反对
一切。

一个男人
"自由行进"
从不沦陷于
音乐会评论和
棒球
得分

之间。

上帝，或者某人
保佑
他。

（1966）

人群中的天才

有足够的背叛、仇恨
暴力
荒谬在普遍的人类中
存在
以供给任何特定的军队在任何特定的
　　　日子。
最好的刽子手是那些
　　　反战演说家。
最仇恨世界的人是那些
　　　宣扬爱的演说家
最好战的人
——最终——是这些
宣扬和平的
　　　演说家

那些宣扬上帝的人
需要上帝
那些宣扬和平的人
没有和平
那些宣扬爱的人
没有爱
当心这些鼓吹者

当心这些知道分子。

当心
这些
死读
书
的人

当心厌恶
贫困或对贫困引以为傲的人

当心急于赞美的人
因为他们需要回报以赞美
当心那些急于责难的人
他们惧怕他们不知的
事物

当心那些寻找忠实
信众的人；他们一无所是
孤家寡人

当心
平庸的男人
平庸的女人
当心他们的爱情

他们的爱情是平庸的，并追求
平庸
但他们有仇恨的天赋
他们仇恨的
天赋，足以杀死你们，杀死
每一个人。

不想要孤独
不想懂孤独
他们尝试破坏
一切
党同
伐异

不能
创造艺术
他们不懂
艺术

他们把他们作为创造者
的失败
仅仅当作是这个世界
的失败

不能充分地爱
他们相信你们的爱
不完整
然后他们会恨
你们

而他们的仇恨是完美的
像闪亮的钻石
像一把刀子
像一座山脉
像一只老虎
像毒芹
他们终极的
艺术

（1966）

我遇见一个天才

今天
我在火车上遇见一个天才
大概六岁
他坐在我身旁
当火车
沿着海岸风驰电掣
我们来到海边
然后，他望着我
说：
"海一点都不漂亮。"

这是我平生头一回
认识到
这一点。

（1966）

十字星扣在了我的屁股上

坐在这儿，用雪茄把蜘蛛
烧死
我无法相信你们的身体都像
我舔过的一样
甜。
我在壁炉里这么做
在逃窜的火焰上
在玉米地里
在妈妈的卧室里（与妈妈一起）（有时）
在南特斯与圣埃蒂安的炸弹爆炸之间
在男厕所的水槽上
在穿过犹他州的火车里。
我这么做，冷静
封闭
疯狂或理智。
我做，在我想做或不想做的
时候
我和比我老很多或比我小很多的女人
做过
我与动物做过，我用我的手与死肉：
牛排与融化的黄油
做过

现在四周站立的东西只有
支撑起台灯
的灯杆。我想抢银行或随便哪天
痛打一个盲人，而他们永远不知道
为什么。

（1966）

今天黑鸟狂暴

像一片干枯废旧的果园
孤独地在地球上蔓延
供使用与抛弃。

像一条被遗弃的哈巴狗
在街角售卖日报。

泪水涟涟仿佛
拿到最后一张支票的
已长大的合唱队少女。

手帕整整齐齐主啊
阁下。

今天黑鸟狂暴
仿佛
长进肉里的趾甲
在夜间的
监狱——
葡萄酒葡萄酒哀鸣，
黑鸟四下走动
打圈飞翔

反复诉说着
西班牙乐曲和骨头。

不论何地
都是无地
梦境像煎饼与漏气的轮胎
一样糟糕
我们为何还要继续
带着我们的头脑与
装满尘土的
口袋
仿佛一个逃学的
坏小子
你告诉
我，
你是一个英雄在某场
革命中
你教导孩子
你与冷静同饮
你拥有一个大家庭
在花园散步
你杀过一个男人
拥有一位美丽的妻子
你告诉我
为何我在火里仿佛一堆破旧干枯的

垃圾。

我们也许确实有些有趣的
通信。
那够邮递员忙的。
蝴蝶、蚂蚁、桥梁和
墓地
火箭制造商、狗和汽车修理工
仍将持续一段
时间
直到我们逃出邮票
抑或
思想。

别为任何事而感到
羞耻；我猜上帝的意思是所有的这一切
都像
锁
在门上。

（1966—1967）

如果我们拿走——

如果我们拿走我们所能看见的——
发动机正把我们逼疯，
情人最终相互仇恨；
市场里的鱼
向上看穿我们的头脑；
鲜花腐烂，蜘蛛网捕获苍蝇；
骚乱，被关在笼中的狮群的怒吼，
恋爱中的小丑与美元钞票同在，
国家驱使人民如兵卒；
白天的小偷
夜晚抱着他们的妻子和美酒；
水泄不通的监狱，
普通的失业者，
临终的草地，混蛋的火灾；
男人老得足以爱上坟墓。

这这那那的事物，从内容上
显示生活正在一根腐烂之轴上摇摆。

但是他们在角落里给我们留下了
一点音乐和一场精彩的表演，
一条苏格兰小帆船、一条蓝领带，

一小卷兰波的诗，
一匹奔跑的马，仿佛魔鬼正
缠住它的尾巴
越过牧草，一声长嘶，然后，
重新恋爱
像一辆有轨电车准时
拐过街角，
城市在等待，
美酒与鲜花，
流水淌过湖泊
还有夏天冬天夏天夏天
继而冬又重临。

（1969）

另类学院

他们如何继续下去，你看见他们
坐在老旧的门口
戴着肮脏褪色的帽子穿着厚厚的衣服
无处可去；
脑袋低垂，双臂搭在
双膝上，他们
等待
或站在教会前
他们有七百人
安静如牛
等待着进入小教堂
在那里他们将直挺挺地睡在坚硬的长凳上
彼此依靠
打呼噜
做梦
光棍
汉。

在纽约城
天气更冷了
他们被自己的同类
猎杀，这些光棍经常爬到轿车散热器下，
喝防冻剂，

获取几分钟的温暖与快意，然后
死去。

那是一种更古老
更有智慧的
文化；

在这里他们抓着痒
等待，
而在日落大道上
嬉皮士与雅皮士
穿着
五十美元的长筒靴
搭便车。

在教会外面的门前我听见一个家伙对
另一个说：
"约翰·韦恩赢了。"
"赢了什么？"另一个家伙一边说着
一边将他最后的卷烟扔向
街头。

我想那是
相当美好的。

（1970）

诗歌朗读

正午
在一所靠近海滩的小大学
没喝醉
汗水从我双臂淌下
桌上有汗渍
我用手指将它抹去
血汗钱血汗钱
我的上帝！他们一定认为我像爱其他东西一样爱它
但它是为了面包、啤酒和房租
血汗钱
我紧张　邋遢　感觉很糟
穷鬼　我破产了　我正在破产

一个女人站起来
走出去
砰地关上门

一首脏诗
有人告诉我不要在这里
读脏诗

太晚了。

我的双眼无法看清一些诗行
我将它
读出来——
令人绝望地发颤
邋遢

他们听不见我的声音
我说，
我放弃，好了，我
读完。

后来在我房间
有苏格兰威士忌和啤酒：
一个懦夫的
血。

然后这
将成为我的命运：
在黑暗狭小的礼堂里为了每一分钱而挣扎
在极度厌倦之后仍要
念诗。

我曾想
开公交车的男人
或扫厕所的

或小巷中的谋杀犯都是
傻瓜。

（1970）

自杀小子最后的日子

在所有这些试图自杀的日日夜夜后，
我能够看见自己
从其中某个无菌室里被推出来
（当然，这仅仅是如果我获得了名声与好运）
被一个低能无趣的护士推出来……
在那里我正直挺挺坐在轮椅中……
几乎失明，双眼珠骨碌碌向后进入我脑袋的黑暗部分
寻找
死神的怜悯……

"今天天气很不错，对吧布考斯基先生？"

"哦，是的，是的……"

孩子走过，但我甚至不存在
可爱的女人走过
丰乳肥臀
温暖的屁股和紧绷热辣的一切
祈祷被爱
我甚至不
存在……

"这是近三天来，我们看到的第一缕阳光，
布考斯基先生。"

"哦，是的，是的。"

我直挺挺坐在轮椅中
比这张纸还要苍白，
毫无血色，
脑子死了，孤注一掷的精神死了，我，布考斯基，
死了……

"今天天气很不错，对吧布考斯基先生？"

"哦，是的，是的……"把尿撒在睡衣里，口水从我嘴巴里
流出来。

两个年轻的学生走过——

"嘿，你看见那个老小子吗？"

"哎呀，是的，他真叫我恶心！"

在所有"如果你那么做我就会……"的恐吓后
有人最终为我
自杀了。

护士来到轮椅前，在附近的灌木丛中折了一枝玫瑰，放进我的

手中。

我甚至不知道
它是什么。它或许是我的
一无用处的
小鸟。

（1971）

淋浴

后来我们喜欢上了淋浴
（我爱热水胜过她）
她的脸总是柔软而又宁静
她会先给我洗
给我的身体涂抹肥皂
托住它们
挤压它们，
然后帮我冲洗
"嘿，它还硬着呢！"
然后用头发拂过我的——
肚子、后背、脖子、双腿，
我咧嘴不停大笑
接着我帮她洗……
先是下身，我
站在她后面
轻轻用肥皂涂抹她的身体，
轻轻地冲洗那里，
我冲洗了很久，
然后我抓住她的大腿，
腰，脖子，我把她转过来，吻她，
用肥皂涂抹她的胸，她的小腹，脖子，
双腿，脚踝，双脚，

再重复一次，幸运的话……

再吻一次，她会挣脱，

用毛巾擦拭身体，有时她会唱歌，而我继续待在浴室

将水温调之更热

享受着爱情奇迹的美好时间

我才慢慢出来……

总是在正午与宁静的时刻，

穿上衣服我们会谈论其他什么

将要做的，

然后一起做完大部分事情，

事实上，一起做完了所有要做的

就像在女人和男人

的历史里，他们都有过

解决了所有问题的时刻，对不同的人而言

那都是最好的时刻——

对我来说，这种壮观足以铭记

远胜于部队行军

街道外面漫步的马

远胜过痛苦、挫败与不快的记忆：

琳达，你把它带给我，

当你把它带走时

请轻一点快一点

最好从我垂死的睡梦中而不是

从我的生命中，阿门

（1971）

知更鸟

知更鸟尾随着猫
整个夏天
嘲笑嘲笑嘲笑
戏弄而又跋扈；
猫从门廊的摇椅下爬过
尾巴闪光
非常愤怒地对知更鸟说着
一些我听不懂的话。

昨天这只猫平静地走在行车道上
嘴里衔着那只还活着的知更鸟，
翅膀扇动，美丽的翅膀扇动又落下，
羽毛分开仿佛性爱中女人的双腿，
这只鸟再也不能嘲笑，
它乞求，它祈祷
但是猫
大步流星
压根儿不听。

我看见猫从一辆黄色小车下爬过
叼着这只还在与它
讨价还价的鸟。

夏天结束了。

（1971）

风格

风格是对一切的回答——
一种靠近呆板或危险事物
的新鲜方式。
做一件有风格的呆板的事
比做一件没有风格的危险的事
更胜一筹。

圣女贞德有风格
施洗者约翰
耶稣
苏格拉底
恺撒
加西亚·洛尔迦

风格是差异，
是某种做事的方法
是正在使用的方法。

六只苍鹭安静地站在一池水中
或是你赤身裸体走出浴室
没有看见
我。

(1971)

超短裙少女在我窗外读《圣经》

星期天，我正在享用一只

柚子，朝西

一座俄式东正教堂

上面

她皮肤黝黑

东方少女

棕色的大眼睛仰望

《圣经》，一本小小的红黑色

《圣经》，当她阅读时

她的双腿一直在晃动，晃动

打着缓慢的舞蹈节拍

读着《圣经》……

长长的金耳环

两只金手镯各戴一臂

我猜她穿着迷你套装

衣裳拥抱其胴体

黝黑之光如布

她改变姿势

年轻修长的双腿暖如阳光……

无法逃离她的存在

但却没有邪念……

我的收音机在播交响乐
她听不见
但其动作
与交响乐节奏
完全合拍……

她是黑的，她是暗的
她在读上帝的故事。

我是上帝。

（1971）

鞋带

一个女人，一个单调的头饰，一种
疾病，一种
欲望；恐惧在你面前，
如此静止不动的恐惧
你可以研究它们
像研究棋盘上的
残局……
不是什么大事件
把一个男人送进了
疯人院……他已为死亡或
谋杀、乱伦、抢劫、火灾、洪水做好准备……
不，是一连串小悲剧
把一个男人送进
疯人院的……
不是他死亡的爱情
而是立马就会断的
鞋带……
生活的恐惧
在于那比癌症还更快致命的
琐碎狗屎如庞然大物蜂拥而来
并且总在那儿——
车牌或各种税

或到期的驾驶证，

或租赁或生火，

正在做的或必须要做完的，或

放屁或便秘

或超速罚单

或佝偻病或蟋蟀或老鼠或白蚁或

蟑螂或苍蝇或

屏风上的破

铁钩，或煤气泄漏

太多的煤气，

水槽阻塞，房东喝醉，

总统漠不关心，统治者全都

疯了。

照明开关坏了，床垫如豪猪扎人；

一百零五美元只够付西尔斯罗巴克公司的

化油器和燃油泵

电话账单在上涨股票却在

下跌

厕所的门链断了，

灯已烧毁——

廊灯、前灯、后灯

内灯；到处都

比地狱还要黑暗

还要双倍

昂贵。

到处是阴虱，是长进肉里的指甲
以及强调他们
是你朋友的人；
总是这样，或者比这更糟：
鼓掌、基督、圣诞节；
蓝色的意大利腊肠、下了九天的雨，
五十美分的鳄梨
以及紫色的
肝泥香肠
或者
固定交替轮班的女服务员，
或像便盆的
抽空装置，
或洗车工、餐馆勤杂工
或一个偷老妇人钱包
的扒手
并打断了那些八十岁的胳膊
逃离时留下她们在人行道上尖叫。

突然
两盏红灯出现在你的后视镜中
鲜血溅在你
衬衣上；
还有牙痛，为鼻梁付了九百七十九美元
为金牙付了

三百美元，
还有中国、俄国和美国，以及
长发、短发与
无发，有须与
无须，有脸与
无脸，到处都曲径通幽，
却没有盆栽，除了一个好像是用来小便的
另一个令你
恶心。

连同一百根断掉的鞋带里的
每一根断掉的鞋带
一个男人，一个女人，一件
事物
进入一座疯人院。

所以当心
在你
弯腰之时。

（1971）

死者

死者斜刺里杀出狂奔而来
高举牙膏广告，
死者醉倒在新年前夕
对圣诞节心满意足
对感恩节无限感激
在七月四日深感无聊
在劳动节东游西荡
在复活节十分困惑
在葬礼上愁容满面
在酒店里假扮小丑
在出生时紧张不安；
死者去商店买长筒袜与内裤
腰带、地毯、花瓶
咖啡桌
死者与死者跳舞
死者与死者睡觉
死者与死者进餐。

死者饿了望着猪头

死者发财了
死者更死了

这些婊子养的

这片土地上的墓地

这块为混乱而立的墓碑
我说：
人类，你从未得到过它
打一开始。

（1972）

热辣

她很热辣，她非常热辣
我不想别人得到她
如果我不准点回家
她就消失不见，我无法承受——
我会发疯……
我知道这幼稚可笑，
但我难以自拔，难以自拔。

我送完全部的信件后
亨德森又让我用一辆老旧的军用货车
去送晚间投递的包裹
那该死的玩意儿跑到中途便炸开了锅
黑夜依旧
我不禁想起我热辣的米里亚姆
我从这辆装满信件的货车中
跳进跳出
引擎持续开锅
温度指针到达顶点
热辣，热辣
像米里亚姆。

我跳进跳出

又送完了

三个站点，那辆车

正等着载我去见米里亚姆，她正坐在我的蓝沙发上

喝着加了冰块的苏格兰威士忌

双腿交叉脚踝摆动

像她平常那样，

还有两站……

货车停在红绿灯前，这真是

来自地狱的

一击……

我必须赶在八点前到家，八点是米里亚姆的最后期限。

我终于送完了最后一站，卡车却熄火在一个红绿灯前

还有一半街区的路程……

发动不了了，动不了了……

我锁上车门，拔出钥匙跑向

公司……

我扔掉钥匙……打卡……

"那辆该死的车在交通灯前熄火了，

在皮科和西街的交叉口……"

……我跑进门廊，插钥匙，

开门……她的酒杯在那儿，还有一张字条：

　　　混蛋：

我饭后一直等到五点
你不爱我
你这混蛋
有人会爱我
我不想整天都在等你
　　米里亚姆

我倒满一杯酒，给浴盆放水
城里有五千个酒吧
我要跑遍其中的二十五个
寻找米里亚姆

她紫色的泰迪熊托着那张字条
就像她倚靠在一只枕头上

我敬了泰迪熊一杯酒，再敬自己一杯
然后躺进热
水中。

（1972）

和西班牙之间的摩擦

我洗澡时
烫到了我的蛋蛋
上周三。

遇到这位叫西班牙的画家
不，他是一位漫画家，
是的，我在一个聚会上遇到他
大家都觉得我疯了
因为我不知道他是谁
也不知道他做过什么。

他是一个相当英俊的家伙
我猜想他对我充满戒备因为
我如此之丑。
他们告诉我他的名字
他斜靠在墙上
看起来很英俊，我说：
"嘿，西班牙，我喜欢那个名字：西班牙。
但我不喜欢你。我们何不到
外面的花园里去，让我把你屁股里的屎
踢出来？"

这令女主人生气
她走过去安抚他的精神
与此同时我走向厕所
呕吐。

但是每个人都在对我怒目相向。
布考斯基，他无法写作，他曾经写写而已。

洗了手。看看他喝酒喝的。
他以前从不参加聚会。
现在他来了而且什么都喝
高高在上还辱骂真正的天才。
我曾经赞美过他，当他割腕
当他用毒气试图杀死
自己。看看他现在的样子，正对那个十九岁的女孩
暗送秋波，你知道他
站不起来了。

我不仅仅洗澡时烫毁了我的蛋蛋
上周三，我头晕目眩地从热水中
冲出来，也烫伤了我的
枪口。

（1973）

勇敢的收音机

在科伦那多街的二楼上，
我经常喝得大醉
将正响着的收音机
扔出窗外
收音机打破窗上的玻璃
落在屋顶上时
依然响着
我会告诉我的女人
"啊，多么不可思议的收音机！"

第二天早晨我会取下铰链
卸下窗子
把它拿到楼下的街上去
交给卖玻璃制品的男人
他会给我装上另一块玻璃。

我总是把收音机扔到窗外
每当我喝醉时
它就待在屋顶上
一直响着——
一个最有魔力的收音机
一个勇敢的收音机
每个早晨我都会卸下窗子

走到卖玻璃的男人那里

我记不清这一切是怎样结束的
但我确实记得
我们最终搬走了。
楼下有一个穿着泳衣
在花园里干活的女人
她的丈夫抱怨因为我而晚上
无法入睡
我们只好搬走了
到了下一个地方
我要么忘了将收音机扔出窗外
要么就是我不再喜欢
那样。

我只记得我开始想念那个
穿着泳衣在花园中干活的女人
她用泥铲挖土
她把后臀高高地撅向天空
我常常坐在窗边
看太阳当空普照万物

与此同时音乐响起。

（1973）

献给玛丽娜的情诗

我女儿八岁
她已经知道
好坏，甚至知道
一切
所以我在她身边很放松
任其听五花八门令人震惊的事
甚至关于性
关于生命的普遍性与生命的特殊性；
大部分时候
当她的父亲很容易
除了我成为父亲时大部分男人
都做祖父了，在每件事情上
我都是迟到的参与者。
我躺在沙草地上
她将蒲公英撕碎
当我在海风中打盹儿的时候
她将它们放进我的
头发里。
我醒来
晃晃脑袋
说："什么鬼东西？"
花儿从我眼前飘过，落在我鼻子上

嘴唇上，
我把它们拨掉
她骑在我身上
咯咯笑着。

女儿
不论对错
我都爱你，
只是有时我得装作
你不在那里：
我在与女人吵架
梳妆台上的便条
工厂的工作
康普顿凌晨三点钟的轮胎，
所有这些事情都让人们
无法相互理解
甚至比这
更糟。

感谢那些
花儿。

（1973）

一些人从不发疯

一些人从不发疯。
我，有时躺在教堂后面
三四天。
他们发现我在那里。
他是小天使，他们会说，然后
将葡萄酒灌进我的喉咙
把油抹在
我的胸部。

我会一声咆哮一跃而起
大爆粗口，怒不可遏——
诅咒他们和宇宙
看着他们被我吓得在草坪上
四散而逃。
我感觉爽多了
坐下吃面包和鸡蛋，
哼唱一支小曲，
突然变得像一头粉红色
吃得太饱的鲸鱼
一样可爱。

一些人从不发疯。

多么真实可怕的生命
他们得活着。

（1973）

渔夫

他每天早上七点半出门
带着三个花生酱三明治，外加
一听泡在
饵料桶中的啤酒。
他用小鳟鱼鱼竿钓了几小时
坐在长码头的四分之三处
他七十五岁了，太阳晒不黑他
不管天气多热
他都穿着那件棕绿相间的短夹克衫
他钓海星、鲨鱼仔和马鲛鱼；
成打地钓
无人说话。
有时一整天
他都在喝那罐啤酒，
下午六点，他收好他的钓具和猎物
沿着码头漫步
穿过几条街道
走进一栋小型的圣塔莫尼卡公寓
走进卧室打开晚报
与此同时他的妻子把海星、鲨鱼、马鲛鱼
全都扔进了垃圾桶。

他点燃他的烟斗
等待晚餐。

（1973）

垃圾清理工

他们来了
这些家伙
灰色卡车
收音机在响

他们匆匆忙忙

相当兴奋：
衬衫解开
袒胸露肚

他们将垃圾桶搬出来
把它们滚到铲车前
铲车将它们铲起
噪声轰鸣……

他们需要填写申请表
才能得到这份工作
他们养家活口
开新型车

他们星期六晚上喝得烂醉

此刻在洛杉矶的阳光下
他们围着垃圾箱跑前跑后

所有的垃圾都被运去某地

他们相互喊话
然后他们全都上了卡车
驾车西去向着大海

他们无人知晓
我的存在

雷克斯垃圾处理有限公司

（1973）

街边广告牌上一位政党候选人的嘴脸

他就在那儿：
没怎么宿醉过
不常和女人斗嘴
偶尔无精打采
从未想过自杀

牙痛不超过三次
从未错过一顿饭
从未身陷囹圄
从未坠入情网

四双鞋子

有个儿子在上大学

一辆刚满周岁的车子

保险单

绿草坪

盖得严严实实的垃圾桶

他准当选。

（1974）

这骄傲的

消瘦的

垂死的

在超市我看见领取退休金的

老人们，他们消瘦，他们

骄傲，他们垂死

他们站着挨饿，却毫无

怨言。很久以前，在另一些谎言之间，

他们被教导沉默就是

勇敢。现如今，工作了一辈子，

却掉进通货膨胀的陷阱，他们四下张望

偷吃

一颗葡萄。最终他们会买上

一点点，作为一天的回报。

他们被教导的另一则谎言是

不许偷盗

他们宁愿饿死也不愿去偷

（一颗葡萄救不了他们）

在狭小的房间里

读着商品广告

他们将饿死

他们将无声无息地死去

再被搬离寄宿公寓
被一头金色长发的小子
悄悄放在路边
然后再被拖走，这些
小子
英俊的眼睛
让人想到维加斯和猫以及
胜利。
这是事物的规律：每个人
都先尝到蜂蜜的味道
然后挨刀。

（1974）

一首几乎是编造的诗

我看见你在一座喷泉边喝酒，用你纤细的
蓝手，不，你的手并不纤细
它们只是很小，喷泉在法国
在那里你给我写了最后一封信
我回信了，但再也没收到你的消息
你经常写狂热的诗，关于
天使和上帝，全用大写，你
认识很多著名艺术家，他们大部分
都是你的情人，我回信说，这很好，
继续，进入他们的生命去吧，我不吃醋
因为我们没见过面。我们曾经无限接近
在新奥尔良，相距半个街区，但却没有见面，从未有过
接触。所以你与名人或信中所写的著名人物一起前行，
当然，你发现
那些著名人物常为他们的名声患得患失——而不是担心
与他们上床的
年轻美丽的姑娘，她们给了他们那些名声，然后早晨
醒来后用大写字母写作关于
天使和上帝。我们知道上帝死了，他们告诉
我们的，但听了你的话后我不敢肯定了。也许
是因为那些大写字母的原因。你是在世女诗人中
最好的之一，我告诉一些

编辑:"快发她,快发她,她很疯狂
她很魔幻,她的火焰中没有谎言。"我爱你
像一个男人爱他永远高攀不上的女人,只能
给她写写信,保存一点照片。我会
爱你更多如果我坐在一个小房间里摆弄一支
雪茄听着你在卫生间里撒尿,
但这一切都没有发生。你的信写得日益悲伤。
你的情人们对你不忠。小子,我给他们回信,所有
不忠的情人。这无济于事。你说
你有一条哭泣的长凳,它在一座桥边
桥在一条河上,每个夜晚
你坐在哭泣的长凳上为伤害并遗忘你的
情人流泪。我写了回信但却
再无音讯。一位朋友在你自杀三四个月之后
写信告诉我你已自杀。如果我见到了你
我可能不会公正待你或者你不会公正
待我。如此最好。

(1974)

一首情诗献给我认识的所有女人

所有女人
所有她们的吻
所有她们的爱与谈吐与需要的
不同方式。

她们的耳朵，她们全都有的
耳朵
颈项、连衣裙
鞋子、汽车
和前夫。

大部分
女人很
温暖，她们让我想起
刚烤好的吐司面包中的
热
黄油。

我看在眼里
的是：她们
被带走，她们被
欺骗。我真不知道

能为她们
做点什么。

我是
一个漂亮的厨师一个善于
倾听的人
但我从来不学
跳舞——我很忙
总是万事缠身。

我享受过她们不一样的
床
抽着烟
盯着
天花板。我既不邪恶也不
无理。只是
一名学生。

我知道她们全都有
脚，她们赤着脚跑过地板
当我在黑暗中看着她们羞答答的屁股的
时候。我知道她们喜欢我，有一些甚至
爱上我
但我却爱得很
少。

一些女人送我橘子和药丸；
另一些女人轻言细语地谈论着
孩子、父亲和
风景；一些女人几乎就是
疯子但她们
都很有意思；一些女人爱得
精彩，另外一些
则不；最擅长性爱的却不擅长
其他；每个人都有局限就像我也有
局限，我们立即
相互
学习。

所有的女人所有的
女人所有的
卧室
这地毯这
相片这
窗帘，只要
充满笑声
的时候
这里就像教堂。

这些耳朵这些

手臂这些

肘部这些眼睛

寻找着钟爱之物

等待着我

雄起我

雄起。

（1974）

艺术

精神
衰落
之时
形式
开始
流行。

（1974）

他们想要的

巴列霍在快饿死
的时候
书写终极孤独；
凡·高的耳朵被一个妓女
拒绝；
兰波跑到非洲
寻找金子却发现
一种不可治愈的梅毒；
贝多芬聋了
庞德慢腾腾穿过街道
走进牢房；
查特顿靠卖鼠药为生
海明威的脑浆溅
落进橙汁；
帕斯卡在浴缸中
割腕；
阿尔托锁定疯狂；
陀思妥耶夫斯基站起来靠在一面墙上；
克兰穿着睡衣
跳进一艘船的螺旋桨；
洛尔迦在路上被西班牙军队
射杀；

贝里曼从一座桥上跳下；

巴勒斯射杀其妻；

梅勒自戕；

——那便是他们想要的：

上帝该死的神迹

一块点燃的广告牌

在地狱的中间。

那便是他们想要的，

那群

乏味无趣

口齿不清

苟安于世

沉闷

狂欢的

崇拜者。

(1975)

一首献给擦皮鞋的男人的诗

平衡力体现在爬上圣莫尼卡悬崖的
蜗牛身上；
好运气体现在走下西部大道的时候
一个按摩店女孩召唤你说
"你好，亲爱的！"
奇迹是指在五十五岁之时还有五个女人
爱你，
而你只有能力
去爱其中一个。
礼物是有一个女儿比你
还要温文尔雅，她笑起来比你
更加好看。
平静是能够像一个少年那样
驾驶蓝色 67 大众汽车穿过
街道，广播里放着《最爱你的主人》
感受阳光，感受改装过的发动机
厚重的嗡嗡声
当你从拥堵的交通里穿过
惹火死神。
优雅是能够喜欢摇滚乐
交响乐、爵士乐……
一切包含原初活力和快感

的事物。

得到的精确回报是
深深的忧郁把
你打倒在地
在断头台墙内——
愤怒于电话中的声音
或任何人走过时的脚步声；
还有其他的：
随之而来的轻快高音
使坐在墨西哥玉米饼店外面
长椅上的男人们站了起来
看起来像个领袖
使超市收银台后的
少女看起来像
玛丽莲
像莎莎
像被人抢走哈佛情人之前的杰姬
像我们所有男生都想随她回家的
高中女生。

优雅，某种让你相信除了死亡
还有其他东西的优雅：
桑迪·霍利在好莱坞公园赛马场
用状态不佳的马赢得了五场比赛，
其中没有一匹是热门赛马，

或者在一条狭窄的街道
某个人开着车逼近你，
他或她停在一边让你
通过，或者老拳击手博·杰克
在被派对
被女人
被寄生虫们
卷走所有钱后，
一边擦着皮鞋
一边哼着小曲，他吹吹皮鞋，
又拿破布擦擦，
然后抬头说：
"没关系，我有过
钱，这已经赢过
其他很多人了。"

我偶尔表现得痛苦
但这滋味经常是
甜蜜的，只是我
害怕说出来。就像
当你的女人说，
"告诉我你爱我"时
你难以启齿。

如果你曾看见我嬉皮笑脸

开着蓝色大众车

闯黄灯

一直开进太阳

没有沉沉暮色

我只是被锁进

疯狂生命中的

一个下午

想着高空秋千艺术家

叼大雪茄的侏儒

1940 年代早期俄罗斯的冬天

包里背着波兰国土的肖邦

或者一个年老的女招待送来一杯额外的

咖啡——她这么做时，似乎是在

嘲笑我。

我喜欢你最好的一面

喜欢程度超出你的想象。

其他人可忽略不计

他们只是有手指有脑袋

其中一些人有眼睛

大多数人有腿

所有人都有

美梦与噩梦

还有出路。

任何地方都有平衡力，它都在起作用
机关枪、青蛙
树篱都将这么
告诉你。

（1975）

逆来顺受

如果我对着这台打字机
算是一种遭罪
想想我身在
萨利纳斯的
莴笋采摘者中间
会是什么感受?

我想到那个
我在工厂认识的
无路
可逃的
男人——
窒息地活着
窒息地笑着
在看鲍勃·霍普或者露西尔·
鲍尔[1]的表演时
当两三个孩子
对着墙

---

[1]　鲍勃·霍普（1903-2003）、露西尔·鲍尔（1911-1989），均为著名喜剧演员。

打网球时。

一些自杀者永远
不被记载。

（1975）

到底谁是汤姆·琼斯？

我与一位
来自纽约的
二十四岁女孩同居了
两星期，
大概是在清洁工
罢工的
那段时间，一天晚上
这位三十四岁的女人
到了，她说，
"我想见见我的竞争对手，"
她见到了然后
她说，"哦，你是一个
小可爱！"
接下来我知道将会有
野猫的旋转——
尖叫与抓挠，
受伤动物的呻吟
血尿横流……

我喝醉了只穿着我的
裤衩，我试图
分开她们却跌了一跤，
扭伤了我的膝盖。于是

她们破门而出下到街边的
人行横道上。
装满警察的警车
到了。一架警用直升机
在头顶上空盘旋。

我站在浴室里
在镜中咧嘴一笑
在五十五岁的年龄
如此壮观的
动作闪现
并不经常发生。
比瓦茨骚乱
更乱。

然后三十四岁
回到室内。她小便
尿了一身，她的
衣服被撕烂
被两个警察押着
他们想知道
究竟怎么回事。

提起裤衩
我试着解释。

（1975）

一匹双眼蓝绿的马儿在太阳上散步

你看见的就是你看见的：
疯人院难得
公开展览。

我们仍能四处走动
挠痒，点
烟

比浴中美人
比玫瑰和飞蛾
更像奇迹。

坐在小房间里
喝一罐啤酒
卷一支烟
用小红收音机
收听勃拉姆斯[1]

从一连串战争中

---

[1] 约翰内斯·勃拉姆斯（1833-1897），德国作曲家、钢琴家。

幸存
而归

听着冰箱发出的
声音
仿佛教皇被绞死
浴中美人腐烂

还有橘子和苹果
滚动着离去。

（1975）

验收单

十六岁
在大萧条时期
我喝醉酒回家
把所有衣物——
短裤、衬衣、长筒袜
手提箱，短篇小说的
散页
抛在
门前草坪与街道
四周。

我妈妈等在
一棵树后：
"亨利，亨利，不要
进去……他会
杀了你，他已经读了
你的小说……"

"我要打烂他的
屁股……"

"亨利，请把这些

拿走……然后
给自己找个住处。"

但他担心
我无法
读完高中
所以又让我
回去了

一个晚上他拿着
我的一个
短篇
（我从未主动
给过他）
他说，"这是
一篇伟大的小说。"
我说，"嗯。"
他递给我
我读了读。
是写一个
富翁的故事
他和妻子
吵了一架
出门走入黑夜
去喝一杯咖啡

他看到
女服务员和勺子
叉子
盐和胡椒瓶
和窗外的
霓虹灯
然后他
回到他的养马场
看望并抚摸他
最喜欢的马
那匹马
却踢到了他的头
杀死了他。

不知怎么的
这篇小说
令他感动
虽然
我写的时候
并不知道
自己
在写什么。

所以我告诉他，
"好吧，老头儿，就

送给你了。"

他拿着它
走了
关上门。
我猜那是
我们曾经
离得最近的时候。

（1975）

一件小事的结局

这一次
我想站着
有时这样
不太行
这一次看来
似乎……
她一直在说，
"哦，天呐，你的
腿真棒！"
本来一切都挺好的
直到她把脚抬离
地面
双腿
环绕住我。
"哦，天呐，你的
腿真棒！"
她重约一百三十八
磅，
她就挂在我身上
高潮来临
我感觉到疼痛
穿过

我的脊椎
我把她放
到沙发上，然后在房间
来回走动。
疼痛还在持续。
"嘿，"我告诉她，
"你得走了。我要去
暗房里
冲洗一些胶卷。"
她穿好衣服离开后
我走进
厨房接了一杯
水。我用左手
端着那满满的一杯水。
疼痛从耳朵后面
爬上来
我打落玻璃杯
它摔碎在地板上。
我走进加了泻盐
放满热水的浴缸中。
当我正想躺平时
电话响了。
我试图伸直
我的背部
疼痛延伸至我的

脖子与双臂
我扑腾着，
紧紧抓住浴缸的边缘，
爬出来
眼冒金星
头晕目眩。
电话一直在响。
我拿起它。
"喂？"
"我爱你！"她说。
"谢谢，"我说。
"你就是只想
说谢谢吗？"
"是的。"
"吃屎去吧！"她说完
挂断电话。
爱情干涸了，走回
浴室时
我想，像液体
干得很快。

(1976)

车门。

我驶遍大街小巷
肝肠寸断，
多愁善感，羞愧难当
为我所爱。

一个在雨中驾车的茫然的老男人
困惑于好运都去了
哪里。

（1976）

$$$$$

我总是因为钱
惹一些麻烦。
我工作的这个地方
大家都只能吃热狗
和炸薯条
在公司的自助餐厅
在每一个
发薪日前的三天里。
我想要牛排，
我甚至去找过餐厅
管理员
要求他给我
牛排。他拒绝了。

我总忘记发薪日。
我的旷工率太高
发薪日到来之前，人人
都在谈论
它
"发薪日？"我说，"见鬼，今儿是
发薪日？我忘了取
上次工资的支票了……"

"别胡说，老兄……"

"没有，没有，我说的是实话……"
我跳起来跑到领工资的地方
确信肯定有一张忘领的
支票，我拿回来展示给
他们看。"耶稣基督啊，我真忘得
一干二净……"

出于某些原因他们
发火了。接着工资结算员
会过来。我有两张
支票。"耶稣，"我会说，"两张支票。"
他们
火了。
他们中的一些人正打着
两份工。

天气糟糕的一天
大雨滂沱，
我没有雨衣所以
穿了一件很旧的好几个月没穿过的
大衣
我到得有点晚

他们都在干活儿。

我在大衣里找

烟

发现一张五元的纸币

在侧面的口袋里：

"嘿，瞧，"我说，"我刚刚找到五块

钱，我不知道口袋里有钱，这太

好玩了。"

"嘿，哥们儿，快闭上你的

臭嘴！"

"没有，没有，我是说真的，真的，我记得

我穿着这件外套

在酒吧里

喝得很醉。我经常打着滚，

心里有种担忧……我就把钱从

钱包里取出来，再藏在全身

各个地方。"

"坐下去

干活儿！"

我伸手摸进里面的一个口袋：

"嘿，瞧，这儿有一张二十的！上帝，这儿有

二十块但我之前不知道我
有！我是
富翁！"

"你真无聊，婊子
养的……"

"嘿，我的上帝，这还有一张
二十的！太多了，太太
多了……那晚我知道我不能花掉
所有的钱。我想我
又打了一个滚儿……"

我继续在大衣里
翻找。"这儿有张十块的
这儿有张五块！我的天呐……"

"听着，我告诉你坐下来
闭嘴……"

"我的天呐，我是富翁……我甚至不需要
这份工作了。"

"老兄，坐下……"

我坐下之后，又找到一张十块的
但我没再
说出来。
我感觉到仇恨的海浪
我很困惑
他们认为我
为了气他们而
策划了
整件事。我没想
这样。发薪日前三天
以热狗和炸薯条
果腹的人
已足够
心烦的。

我坐下
屈身向前
开始
工作。

外面
雨淅淅沥沥
下个不停。

（1976）

我犯了一个错误

我上到衣柜顶上
拿出两条蓝色女裤
给她看
并问，"这些是你的吧？"

她看了一眼说，
"不，这是狗的。"

然后她就走了，从此我再也没
见过她。她不在她的住处。
我去过很多次，留下便条钉在
门上。我再去时便条
一直还在。我从我的车镜上取下
马耳他十字徽章，用一根
鞋带把它系在她的门把手上，留下
一本诗集。
当我在第二天晚上再去时一切
照旧。

我一直在大街小巷中寻找
她驾驶的血酒战舰
快没电的蓄电池，快掉了的

变形记

一个女友来到我家
给我弄了一张床
擦洗厨房地板并给它打蜡
擦洗墙壁
清洁厕所
浴缸
擦洗浴室地板
帮我剪趾甲
理发。

然后
在同一天
水暖工来修理了厨房和厕所的
水龙头
燃气工修理了炉子
电话工修理了电话
现在我坐在这儿，坐在所有的圆满之中
很安静。
我还中止了与其他三位女友的关系。

但一团乱麻时我却感觉
更好过。

接下来的几个月里，我将重返
正常：
我甚至无法找到一只可以交谈的蟑螂。

我丢失了我的节奏
睡不着觉
吃不下饭。

我已被我的污秽
所劫掠。

（1976）

咀嚼

太多
太少

太胖
太瘦
或者无人。

欢笑或
眼泪

敌人
情人

陌生人的脸仿佛
图钉的
后背
军队穿过
喋血的街道
挥舞着酒瓶
刺刀并奸淫
处女。

或是一个家伙在一个贴有玛丽莲·梦露照片的
廉价房间里。

在这世上有一种孤独如此伟大
让你能够在钟表指针缓慢的运动中
看见它。

人们如此疲惫
残缺
无论被爱还是无爱。

人们只是彼此相见
再无好脸。

富人对富人没有好脸
穷人对穷人没有好脸。

我们心怀恐惧。

我们的教育体制告诉我们
我们全都能够成为
大屁股赢家。

它没告诉我们
还有贫民窟

和自杀者。

以及独自一人痛苦地
待在一个地方的
孤独

无人碰触
无人理睬

独自浇花。

人们彼此之间没有好脸。
人们彼此之间没有好脸。
人们彼此之间没有好脸。

我希望他们不曾这样。
我无法要求他们怎样。

我只是偶尔
想想。

水珠滚落
阴云密布
刽子手斩首儿童
就像咬下一口冰激凌。

太多
太少
太胖
太瘦
或者无人

敌人多于情人。

人们彼此之间没有好脸。
也许他们不那样
我们的死神才不会如此伤心。

而我望着少女
花茎
机会之花

那里将会有一条路。

我确定那里会有一条我们从未想到的
出路。

谁将这种智慧植入我体内的?

它哭泣

它召唤
它说有一个机会。

它不会说：
"没有。"

（1976）

我们沟通过

"他是一个很敏感的男人，"她告诉我，"在他
与安德烈娅分开后，他一直在枕头下珍藏着
她的内裤，每晚他都会哭着亲吻它们。
再看看你！看看你脸上的表情！
你不喜欢我刚刚说的那些，你想
知道为什么吗？
因为你害怕；那是让一个男人承认他的感情。
我看见你在看女人进出她们的
车，希望她们的裙子翻上去那样你就能
看见她们的腿。
你像一个小男生，一个偷窥狂！
甚至比那更糟糕，你只是想着
性，却不愿真干，对你来说
偷窥才有意义，你只想凝视与想象。
却不喜欢吮吸我的乳头！
你也不喜欢看一个女人在浴室里所做的
一切！
莫非你的身体机能有什么毛病？
难道你没有性能力？
耶稣基督，我的姐妹们提醒我！
她们告诉我以前是怎么样的！
我不相信她们，见鬼，你看起来像一个

男人啊！

你所有的书，几千首诗，但你

知道吗？

你怕看女人的阴道！

你所能做的就是喝酒！

你以为喝酒能带来一些勇气？

我已经为你付出了我生命中的五年，你做了

什么？你甚至不愿与我商量事情！

我们聚会时你倒挺有魅力的

如果你有兴致

你完全可以装得人模狗样

但现在看着你，你一声不吭，就那么

坐在那把椅子上，一杯接一杯地

喝酒！

好，我领教过了，我要给自己找个真

人，一个能和我商量事情的人，

他会说'是的，宝拉，你看，我认识到

我们之间存在一些问题，

如果我们好好谈谈，就能更好地彼此了解

就能把事情处理好。'

不是你！看看你！为什么你什么都不说？

当然：一饮而尽！你就只会那么做！

告诉我，女人的阴道能有什么问题？

我妈妈离开我爸爸因为他像你，

他也只知道喝酒和赌马！

好，她离开之后他几乎疯了。

他恳求她，一再恳求她

回来，为了她能去看他，

他甚至假装得了癌症。

那没能骗到她——她走了，找了一个更合适的

男人，现在她与他在一起，你见过他的：兰斯。但是，

你不喜欢兰斯，你是不是不喜欢他？

他打着领带，在房地产界工作……

他也不喜欢你。但妈妈爱他。

你知道什么是爱吗？

对你来说那是一个脏词！爱。你甚至不知道什么是'喜欢'！

你不喜欢你的国家，你不喜欢电影，你

不喜欢跳舞，你不喜欢在高速公路上开车，

你不喜欢孩子，你不为别人考虑，

你就知道坐在椅子上喝酒、盯着赛马

的计算系统，如果有什么东西比马迟钝和

愚蠢，请你告诉我，你一定要告诉

我！

每个早晨你都病恹恹地醒来，

直到中午都离不开床；你喝威士忌，

你喝苏格兰威士忌，喝啤酒，喝葡萄酒，

喝伏特加，喝杜松子酒，你知道这意味着什么吗？

你的健康状况越变越糟，你的左拇指

已经坏死，你的肝脏已经坏透，你有高血压

痔疮、溃疡以及只有上帝才知道的其他病，

而当我试图与你谈谈，你却不耐烦

跑去摘掉电话，把电话听筒从话机上拿下来放在一边

再放上你的交响乐唱片把自己

灌醉直到入睡，然后第二天中午再腻烦地醒来

打电话告诉我说你快要死了你

对不起你想见到我，然后我过去看你

你又会这样继续下去，你不是人——

当你病了或有麻烦了，你就变得可爱起来，

变得幽默，逗我大笑，赢回我的心

一次又一次……

但是现在看看你！你就只想多喝一杯接着

再多喝一杯，你不愿跟我交谈，只想

点着烟望着房子四周……

你就不能做点工作来改善我们的关系吗？

告诉我，你为什么害怕女人的阴道？"

（1979）

我耐力强大的秘密

我不断从邮筒里取到一些信，大部分来自精神失常的
男人，他们居于狭小的陋室，在工厂做工或者没有工作
与妓女同居或者压根儿没有女人，没有希望，只能
酗酒与发疯。
大部分信都写在有横格线的纸上
用没有削尖的铅笔
或用墨水
微小的笔迹向左
倾斜
信纸破破烂烂
常常是从本子上撕下来的一半
他们说他们像我的素材，
我的写作取材于哪里，
他们一眼就认出了。没错，我给了他们二次
机会，去辨认自己身处何处。

这是真的，我就在那儿，比他们中的大部分人
情况更糟。
但我怀疑他们是否知道他们的信被寄去了
什么地方？
嗯，它们被扔进一只箱子
在树篱后面六步之处，那里有一个长长的主干道

通向一个停放两辆车的车库，玫瑰花园，果树成林，

家养宠物，一个美丽的女人，抵押贷款

一年之后付清一半，一辆新车，

壁炉和一块两英寸厚的绿色小地毯

一个年轻的小伙子，此刻正写着我的素材，

我把他和一台打字机关进一个十步见方的

牢房里，用威士忌与雏妓喂养他，

每周好好地鞭打他

三四次。

我五十九岁了，评论家说

我的写作正变得比以前任何时候都好。

（1979）

卡森·麦卡勒斯

她死于酗酒
裹着毯子
在一艘海外汽船
甲板上的
折叠椅里

所有她关于
恐惧孤独的书

所有她关于
无爱的爱人互虐的书

全都被她
留在身后

散步的度假者
发现她的遗体

通知船长

她被迅速处理到
船上

别的某处

当别的一切
仍在继续
就像
她已经写出的那样。

（1981）

火花

这座远离圣达菲大街的工厂是
最好的。
我们把一个重重的照明灯具包装进
长长的箱子
快速将它们堆成
六层高。
然后装载机
开过来
搬净你的桌子
你再接着摞后面六层。

每天十小时
星期六四小时
工资由工会支付
特别适合没什么技术的劳工
如果你刚来的时候
没有肌肉
很快你就能练就一身

我们大都身穿
T恤和牛仔裤
偷着抽烟

偷喝啤酒
管理员
睁一只眼闭一只眼

白人不多
白人待不久：
他们不是好工人

大部分是墨西哥人和
黑人
冷漠而吝啬

时不时
刀子闪现
或有人被
穿孔

管理员
睁一只眼闭一只眼

坚持下来的几个白人
都是疯子

活儿已干完
年轻的墨西哥姑娘

让我们心怀
愉快与希望
她们双眸闪亮
小便条
来自
流水线。

我是坚持下来的
白人疯子中的
一个
我是只为这种节奏
只为这座地狱而生的
好工人
在繁重的
十小时工作后
在互相辱骂
不间断的冲突中
在还能够忍受的
冷漠中
我们离开
仍觉新鲜

我们爬入我们的老
汽车
去往我们的住所

喝掉半个夜晚
与我们的女人作战

第二天早晨再回来
打卡上班
明知我们是
傻瓜
让富人
更富

我们昂首阔步
身穿白 T 恤和
牛仔裤
和年轻的墨西哥姑娘
擦肩而过

我们刻薄而完美
因为我们
宿醉未醒
我们能够
非常好地
做好工作

但
它从不碰触

我们

这些锡墙

这些钻头与
切削叶片的声音

这些火花

我们成群结队
在那死亡的芭蕾舞剧中

我们高贵

我们给他们的
比他们想要的更好

然而

我们又给了他们
虚无。

（1982）

一个坚强的混蛋的历史

一天晚上它来到门外，全身湿透枯瘦无力
惊恐万状。
一只白色的十字眼无尾猫
我将它带进来喂它，它留了下来
开始信任人直到一位朋友在马路上开车
从它身上碾过
我拿着它剩下的半截身体去见兽医，兽医说，"机会
不大……给它吃点药然后等等看……它的脊椎骨
粉碎了，以前也曾粉碎过一回不过本来差不多
愈合了，如果它能活下来也将永远无法走路，看看这些
X光片，它被射杀过，看这儿，有些小弹丸
还留在它体内……另外，它原来有尾巴，被人
剪断了……"

我把猫带回来，那是一个炎热的夏天，几十年中
最热的一个夏天，我把它放在浴室的
地板上，给它水和药，它不吃，也
不愿碰水，我将手指浸在水里
湿润它的嘴，我和它说话，我哪儿
都不去，将大把时间都花在浴室里，我冲它
说话，温柔地抚摸它，它只是回头用那暗淡的蓝色十字眼
看了看我，日子一天天过去

它终于第一次动了一下
用前腿拖着身子向前爬
（后腿动不了）
朝猫砂盆
爬了进去
那时就像机遇与可能的胜利号角
吹过浴室，吹进了城市，我
就像那只猫一样——我糟糕过，不是那种
糟糕，但却也足够糟糕的……

一天早晨它起床后，站了起来，朝后摔倒，它
望着我。

"你做到了，男子汉，"我对它说，"你是好样儿的……"

它继续尝试，站起来然后跌倒，终于
它走了几步，像个酒鬼似的迂回前进，
不过后腿还是没法行走，它一再跌倒，休息一下，
接着站起来……

接下来是你知道的：现在它比过去好多了，十字眼，
几乎没牙，所有的优雅都已重回，并把一切
看在眼里……

现在我偶尔会接受采访，他们想听我讲讲

生命与文学，我酩酊大醉，在他们面前，
举起我十字眼的被射杀而逃窜的无尾猫，我说，
"瞧，瞧瞧这个！"

但是他们不明白，他们只会说，"你
说你受过席琳的影响……"

"不是，"我把猫举到他们面前，"我被所发生的事情影响过，
比如被这只猫，被这只猫，这只……"

我晃动着猫，将它举起，举起它的前腿，在
烟熏火燎酒气熏天的灯光中，它无拘无束，它通晓一切……

大部分采访几乎都终结于此。
尽管当我后来看到采访的时候，有时会
很骄傲：我，猫，我们一起的
合影……

但我知道那些瞎扯的胡话，只是帮这只老猫获得了猫食，
对吧？

（1983）

哦，是的

有比孤独
更糟糕的事
但通常需要数十年
才能认识得到这一点
通常
当你终于明白了这个道理
但为时已晚
没有什么比为时已晚
更糟糕的
事了。

（1983）

退休

猪排，我爸爸说，我爱
猪排！

我看着他把油脂
送入嘴巴。

烙饼，他说，夹了糖浆
黄油、培根的烙饼！

我看见他的嘴唇被这些吃的
搞得湿乎乎的。

咖啡，他说，我喜欢滚烫的咖啡
足以烫伤我喉咙的咖啡！

有时太烫了，他一口喷出
喷到桌子对面。

土豆泥和肉汁，他说，我
爱土豆泥和肉汁！

他双下巴内陷，脸颊蓬松就好像

他患有腮腺炎。

辣椒和豆子，他说，我爱辣椒和
豆子！

他狼吞虎咽然后不停
放响屁，每一次放屁之后咧嘴大笑。

草莓饼，他说，还有香草
冰激凌，那是结束一餐饭的最佳方式！

他总是在谈论退休，以及
退休之后要
干什么。
如果不谈论食物他就继续
谈论
退休。

他没机会等到退休，有一天他死了
当他站在水池边
灌满一杯水
他忽然挺直仿佛被
射杀了。
玻璃杯从他手中掉落
他后仰倒下

水平着地
他的领带滑向
左侧。

事后
人们都说真难以
置信。
他看起来
好极了。
令人尊敬的白色
连鬓胡，
衬衣口袋里
总有一包烟
爱开玩笑，可能有点
聒噪，有点坏
脾气
但总而言之
他的声音貌似
独一无二

从不
旷工。

（1984）

运气

我们年轻
的时候
在这台
机器上……
喝酒
抽烟
打字

那是一个最为
壮观
神奇的
时代

仍然
是

只是
代之以
冲向
时间
它现在
冲着我们

来了

令每一个单词
钻
进
纸面

准确

快捷

用力

喂养着一个
封闭的
空间。

（1985）

如果你想要公正，拿起刀

毋庸置疑我们孤独
永远孤独
我们
属于那条路
从来没有
其他的路——
我不想让任何人在我屁股上方
挥动棕榈叶
在一个灼热的夏夜——
我将立即带走这
灼热，
当死亡
到来
我希望最后看见的事物
是
人的面孔
环视着我——
最好是我的老朋友
一道人墙，
如果他们能在那里。

我有时孤独但很少

寂寞
我从我自己的水井里
喝水
里面的饮品还不错，
我已拥有最好的东西，
今夜
独坐
盯入黑暗
我知晓黑暗与
光明知晓
两者之间。

尽管在大多数粪虫
和大多数人
之间
发现了相似性
我几乎
对这种安排
感到满意。

善良的好运气
来了
带着对无用之物的
接受：
生在这困境

之中——
我们为快乐
虚掷的赌注，
离开的
喜悦——

别为我哭泣
除非为眼泪

别为我伤心
除非为悲伤

读
我所写
然后
忘记：

记忆是一个
陷阱：望向墙壁
重新
开始。

（1985）

走投无路

是的，他们说这些终将
到来：衰老。江郎才尽。搜词
刮句

听见黑暗的
脚步，我转头
望向身后……

还没有来，老狗……
不过快了。

现在
他们坐在一起谈论着
我："是的，一切将发生，他已
完蛋……这很
悲哀……"

"他从未做过什么大事，他
没做过对吧？"

"嗯，没做过，但是现在……"

现在
他们庆祝我的消亡
在我无法频繁光顾的
酒馆。

现在
我独饮
于这台出了故障的
机器

当影子呈现
其形
我缓慢地且战
且退

现在
我曾经的承诺
越变越少
越变越少

现在
点燃新烟
倒掉旧
酒

这是一场美丽的
战斗

仍然
是。

（1985）

你心如何

我最糟糕的时期
在公园长凳上
在监狱
或者和妓女们
厮混在一起
我总是有种确信的
满足——
我不会称之为
快乐——
这更多的是一种内心
平衡
可以对抗
发生的任何事
在工厂里
以及当我和女孩们
的关系
出了问题
的时候
它很有用。

战争
期间

宿醉时
遭遇巷战
身处
医院时
它很有用。

在一座陌生城市的
廉价房间里醒来
拉起窗帘——
是最疯狂的一种
满足
走过地板
靠近老旧的梳妆台
上头有面裂了缝的镜子——
照见自己：丑陋，
龇牙咧嘴嘲笑一切。

最重要的
是你如何
前行穿过
烈焰。

（1985）

梦在烧

洛杉矶市中心的
老公共图书馆烧
毁了
随之而去的
我的大半
青春。

我曾和我的朋友鲍尔迪
坐在那里的
一条石凳上
他问道：
"你要加入
亚伯拉罕·林肯旅
吗？"

"当然。"我告诉
他。

但意识到我并不是
知识分子或政治
理想主义者
我是

后退者。

当时
我是一个读者
从一个阅览室
到另一个阅览室：文学、哲学
宗教，甚至医学
和地质学。

早年
我决定成为一名作家，
我想那应该是条容易的
出
路
对我而言
成为大男孩小说家看起来
不难。
与黑格尔和康德在一起
我有更多的麻烦。

让我感到困惑
的是
他们每个人
都花了太长的时间
才最终说出

某个生动
或
有趣的事
然后
我想早在读到他们之前
我就说出了

我发现两件
事:
a) 大部分出版商认为任何
无聊的事都意味深长
值得一写
b) 要花费几十年的
人生与写作
我才能
写下
一个无限
接近于我想让它
成为的
句子

与此同时
其他年轻人都在追
女人
我却在追

旧书。

我是一个爱书者，尽管

不抱

幻想

但这一点

和这个世界

塑造了我。

市中心的旧馆

对我来说是容身之地，

不管怎样——

至少在那些

宿醉与营养不良

的日子里。

我住在公寓后面的

三合板小屋里

一星期 3.50 美元

感觉自己像托马斯·

查特顿

内心充实得像

托马斯·沃尔夫[1]。

---

[1] 托马斯·沃尔夫（1900-1938），美国小说家，代表作有《天使，望故乡》《时间与河流》等。

我最大的问题是

邮票、信封、纸

和

酒，

世界在

第二次世界大战的边缘。

我还没开始

被女人

所困，我是个童男

我一星期写

三五个短篇小说

它们全都被

退回

被《纽约客》《哈珀》

《大西洋月刊》

我已经读到

福特·马多克斯·福特如何把

退稿的稿纸

糊满他的厕所

但我没有

厕所，我把它们

塞进抽屉

直到再也塞不下了

我才不得不

打开抽屉
并把所有的退稿拿出来
连同那些故事一起
扔掉。

老洛杉矶公共图书馆
继续是
我的家
也是许多其他流浪汉的
家。
我们谨慎地使用
洗手间并且小心翼翼地
擦干净
用过的小便池
我们中
只有在图书馆
的桌子上
睡觉的那些人
被驱逐了——无人会像流浪汉
那样打呼噜
除非是你与之结婚的
某人。

不过，我不算十足的
流浪汉。我有图书证

我常常出入借

书

快速地、大量地借

时常达到

我可以借出

的上限

我借出了

以下人的

书：

奥尔德斯·赫胥黎、D.H.劳伦斯

e.e.卡明斯、康拉德·艾肯、费奥多·多斯

多斯·帕索斯、屠格涅夫、高尔基

希尔达·杜利特尔、弗雷迪·尼采

亚瑟·叔本华

罗伯特·格林

英格索尔、斯坦贝克

海明威

等等

等等……

我总是期待图书管理员

说，"品味不错嘛，年轻

人……"

但是这衰老、烂醉、憔悴的

婊子甚至不知道她自己

是谁
更别说
我了。

但这些图书墙有着
巨大的恩典：它们让
我发现了
古代中国的诗人
像杜甫和李
白
他们在一行诗里说的
比大多数人在三十行或更多行里说的
还要多。
舍伍德·安德森一定
也
读过
这些。

我也携带《诗章》
进出
埃兹拉·庞德就算没有强化
我的脑力，至少帮我
增强了臂力。

那个地方

老洛杉矶公共图书馆
是一个家如地狱的
人的
家

《溪流太宽难以跳跃》
《远离尘嚣》
《针锋相对》
《心是孤独的猎手》

詹姆斯·瑟伯
约翰·芬提
拉伯雷
莫泊桑

一些人的书我看了
没什么感觉：莎士比亚、G.B. 萧伯纳
托尔斯泰、罗伯特·弗罗斯特
司各特·菲茨杰拉德

对我来说厄普顿·辛克莱
比辛克莱·刘易斯
写得更好
我认为果戈理和
德莱塞是彻底的

失败。

不过上述评价更多地
出于一个男人的天性或者
因为他被生活方式所迫
远非来自他的
思考。

这座老公共
图书馆没有
让我成为一名
自杀者
一个银行
大盗
一个
打老婆
的家暴者
一个刽子手或者一个
骑摩托的警察
不仅没有成为那样的人
也许还让我多了一些美好的
品质
我想
这便是
我的运气

我的道路
这座图书馆就在
那儿当年轻
的我想要
握住些
什么当时看来
微不足道的
东西
的时候。

当我打开
报纸
读到火灾
它几乎
摧毁了全部
馆舍与大部分
藏书

我对我妻子
说："我经常
在那儿
闲逛……"

《普鲁士军官》
《勇敢的年轻空中飞人》

《有钱人和没钱人》

《你不能再回家》

（1986）

地狱是个孤独的地方

他六十五岁，他妻子六十六岁，患有
老年痴呆症。

他有口腔
癌。
做过
手术，放射
治疗
令下巴中的骨头
衰退
然后不得不
用金属丝固定。

每天他给他的妻子穿上
婴儿
用的
尿不湿。

以他的健康状况
他无法驾驶
不得不打出租车去
医疗

中心，
因为很难说话
只能写下
地址。

他上次就诊时
他们告诉他
需要做另一个
手术：左脸颊
内侧一点点
还有
舌头上
一点点。

回到家
他给妻子换了
尿布
打开电视
摆好晚餐，看了
晚间节目
然后走到
卧室，拿
枪，放到她的
太阳穴，开火。

她摔向
左侧，他坐在
沙发上
把枪放进他的
嘴巴，拉
扳机
射击没有吵醒
邻居。

后来
电视、晚餐
燃烧起来。

有人赶到，推开
房门，看见
这一切。

不久
警察赶到
经过
例行检查，发现
一些账目：

一笔定期
储蓄金和一张

1.14 美元的
支票簿

自杀，他们
自杀。

三周之内
来了两个
新房客：
一位电脑工程师
名叫
罗斯
他的妻子
阿娜塔纳
她在学
芭蕾。

他们看起来像
很有上进心的
一对。

（1987）

最强的怪才

你不太能经常见到他们
因为不论人群在哪里
他们
都不在其中。

这些怪人，不算
多
但不多的
几幅
好画
几部
好交响曲
几本
好书
以及其他
好作品
都出自
他们之手。

最厉害的
怪才
可能

什么都
没做出来。

他们本人就是
他们自己的
画
他们自己的
书
他们自己的
音乐
他们自己的
作品。

偶尔我想
我看见了
他们——比如
某个老
人
坐在
某把椅子上
在某条
路上

或者
一张一闪即逝的脸

消失在另一条
道路上
在一辆穿行而过的
车辆中

或者
有着某种
手势动作的
跑腿男孩或跑腿
女孩
在包装
超市
杂货的时候。

偶尔
甚至是某个
你与之
同住过
一段
时间的人——
你会发现
一束
此前从未
有过的
光

迅捷地
在他们身上闪过。

有时
在他们
离开
许多月
许多年后
你才会注意到
他们的
存在
在安静的
生动的
记忆的重现中。

我记得
这么一个
人——
他二十岁
左右
晚上十点钟
他喝醉了
盯着一块破碎的
新奥尔良
镜子

脸部以梦的方式
对抗着
世界的
墙

我
走向
何方?

（1989）

八只

从我的床头
我看见
三只鸟
在电话
线上。

一只飞
走了。
然后
另一只也飞了。

一只留下
然后
它也
走了。

我的打字机
是墓碑
静静的。

我尽量
不去

看鸟。

只是想着我应该
让你
知道，
混蛋。

（1989）

我们没有钱和蜂蜜，但我们有雨

由于温室效应或诸如此类的原因
天就是不像以前那样
经常下雨了。

我尤其记得大萧条的
雨。
那个时代没什么钱但有
大量的雨。

只要一天或一夜不下雨
下起来就会持续七天
七夜
那时洛杉矶的暴雨排水管
还没建成，带不走那么多
水
雨水密集
暴虐
坚定而下
你听见雨撞击
屋顶坠落地面
雨的瀑布从屋顶
倾泻而下

常常有冰雹

大大的冰块

轰炸

爆炸

狠狠砸向万物

那雨

就是不

停

屋顶到处都在漏水——

洗碟盆，

蒸煮锅

被放得到处都是；

滴水声很大

你不得不反复倒空那些锅盆

一次又

一次

雨漫过街边的马路牙子，

横穿草坪，爬上台阶

进到屋里。

浑浊的雨水常常跑进

有拖把和浴巾的厕所：鼓泡、发疯、旋转

旧轿车立在街头，

那辆有问题的车在晴天

还尚能发动，

失业的男人站着
望向窗外
看着那老机器正在死去
就像一个有生命的东西
正在那里死去。

失业者，
失败时代的失败者
与他们的妻儿
与他们的
宠物在一起
被囚禁在他们的家中。
宠物拒绝出门
并将粪便拉在
奇怪的地方。

与他们曾经美丽的妻子
幽禁在一起
失业的男人疯了。
当提示典当的东西即将
不能赎回的信件出现在邮筒里的时候
爆发了可怕的争吵。
雨和冰雹，豆子罐头
未抹黄油的面包；煎
蛋、煮蛋、荷包

蛋；花生酱
三明治，还有一只看不见的
鸡
在每一口锅里。

我爸爸，从来不是一个好男人
经常，在下雨天
打我妈妈
我把自己
扔在他们之间。
胳膊、膝盖
尖叫
直到他们
分开。

"我要杀了你，"我冲他
尖叫，"你再碰她一下
我就杀了你！"

"你这婊子养的
从这儿滚出去！"

"别走，亨利，你就和
妈妈在一起！"

所有的家庭都在围城
之中但我相信我们家
比大多数家庭都要
恐怖。

夜里
我们试图入睡时
雨仍在下
在床上
在黑暗中
望着月亮倚着
伤痕累累的窗户
如此勇敢
握住窗外
大把的雨,
我想起挪亚方舟
我想,它又
来了
我们全都那样
想。

接着,忽然,雨
停了。
雨似乎总是
停

在凌晨五六点左右。
然后归于宁静，
并非完全的寂静，
万物继续
滴
滴
滴

无雾
在临近早晨八点钟
有一道
炽热金黄的霞光
凡·高黄——
疯狂，刺目！
于是
屋顶排水管
大量排水的
声响
开始在温暖中
扩大：
乓！乓！乓！
人们起床
望向窗外
所有仍浸泡着
的草坪

比绿的原色更

绿

鸟群

在草坪上

疯了似的欢鸣，

七天七夜

他们没有像样地进过餐

他们像浆果般

疲倦

并且

等待奄奄一息的

蠕虫

爬到树顶。

鸟群拔掉

它们

狼吞虎咽；有

乌鸦与麻雀

乌鸦试图

赶走麻雀

但是麻雀，

饿得眼睛发绿，

小而灵活，

得其

所愿。

男人们站在自家门廊里
抽烟，
现在知道了
他们不得不
外出
寻找工作
寻找也许并不存在
的工作，开出也许
并不愿意发动的
汽车。

曾经美丽的
妻子们
站在她们的浴室里
梳头，
化妆，
尝试着把她们的世界
重新整合在一起，
尝试着忘记
那紧缚住她们的
可怕的悲伤，
她们困惑于
如何解决早餐的
供给。

在收音机里
我们被告知
学校
开学了。
那么
不久
我将走在
通向学校的路上，
街头有大量
水坑
太阳明亮像一个新
世界，
我的父母回到那座
房子，
我准时到达我的
教室。

索伦森太太跟我们
打招呼："我们无法像
平时那样课间休息，地面
太湿了。"

"啊！"大部分男生
走了。

"但我们可以在
休息时间做点特别的
事情，"她继续说，
"那也会
很有趣！"

好啊，我们全都想知道
能有什么
好玩的
两小时等待
是一段漫长的时光
索伦森太太
开始
上
课。

我看着那些小
女生，她们全都看起来如此
漂亮、干净、充满
警惕，
她们坐得
笔直
她们的头发
很美丽
在加利福尼亚的

阳光下。

然后休息铃响了
我们全都等着
娱乐活动。

索伦森太太告诉
我们：
"现在，我们要
做的是告诉
每一个人我们在大暴雨期间
做了什么！
我们从第一排开始
最右边，迈克尔，你
打头阵！……"

好吧，我们全都开始讲述
我们的故事，从迈克尔开始
继续再继续，
不久我们意识到
我们全都在撒谎，不是
完全撒谎至少也是大部分
撒谎，一些男生
开始窃笑，一些
女生开始向

他们扮鬼脸
索伦森太太说：
"好吧，我需要
你们安静
一点！
我感兴趣的是
你们在大暴雨期间的
所作所为
即使你们
什么都没做！"

于是我们不得不接着讲述我们的
故事并且它们只是
故事。

一位女生说
当彩虹初
现时
她看见上帝的脸
在彩虹的尾部。
只不过她没讲
是在哪一端。

一个男生说他把
钓鱼竿伸向
窗外

抓住了一条小
鱼
喂给了他的
猫。

几乎人人都在
撒谎。
只不过真相
太过可怕
讲述起来
令人尴尬。

然后铃声响了
休息
结束。

"谢谢，"索伦森太太
说，"非常
美好
明天地面
就干了
我们
就能出去
玩了。"

大部分男生
欢呼起来
一小撮女生
仍旧坐得
直直的，
看起来如此漂亮
干净、充满
警惕，
她们头发
在阳光下的美丽
在这个世界上
我再也没有
见过。

（1990）

廉价旅馆

你从未活过
直到你住进一间
廉价旅馆
除去一个电灯泡
一无所有
还有五十六个男人
挤在
一张帆布床上
大家一起
立刻
打呼噜
这些
呼噜
如此
深沉
粗俗
难以置信——
黑暗的
流鼻涕的
粗俗的
非人的

喘息
就像来自
地狱。

你的精神
几乎要崩溃
在那
声音之下

以及
混合的
恶臭：
坚硬
未洗的袜子
沾上小便和
大便的
衬衣

在所有这一切之上
慢慢循环的
空气
很像是
从那个无盖的
垃圾桶里
产生。

还有那些
黑暗中的
身体

肥与
瘦
以及
蜷曲的
一些
腿和
胳膊

一些
笨手
笨脚

一些
没头没脑

所有之中
最糟糕的是：
完全
没有
希望

绝望覆盖
他们
完全彻底地
覆盖他们。

这
不
值得。

你起
床

走出去

漫步
街头
在街上
上上
下下

经过大楼

绕过
街角

回头
来到
同样的
街道

想想

这些男人
曾经
全都是
孩子

对他们
来说
到底
发生了
什么?

到底
发生了
什么
对于
我来说?

外
面
天黑着
很冷。

（1990）

士兵、他的妻子和流浪汉

我是旧金山的一个流浪汉曾经混在
穿着体面的人群中去过一个
交响乐音乐会
音乐是好的，但现场
围满观众却不好
有管弦乐队与指挥
也
不好
虽然音乐厅很不错
音响效果完美
我还是更喜欢独自一人
守着收音机听音乐
后来我回到我的房间
打开收音机但
墙上传来重击声：
"关掉那个该死的玩意！"

有个士兵住在隔壁
与他的妻子一起生活
他很快就要为了保护我
和希特勒作战，所以
我关掉了收音机然后听到他的

妻子说，"你不该那么做。"
士兵说，"去他的！"
我想他让他妻子做的这件事
非常美好。
当然，
她从未做什么。

不管怎样，我从未去过另一个音乐会现场
我总是非常安静地
听广播，我的耳朵紧紧
塞着耳机。

战争有它的代价，数百万年轻人
死得到处都是
当我听着古典音乐
我也听见他们在绝望和
悲伤中做爱，伴着肖斯塔科维奇、勃拉姆斯
莫扎特，喘息声渐渐增强直到高潮，
穿过我们在黑暗中
共享的
那堵墙。

（1990）

自主

创造你自己然后重塑你自己，
不要陷入泥沼。
创造你自己然后重塑你自己，
不被庸才驾驭
不自怜自艾。

创造你自己然后重塑你自己，
改变你的腔调和身材让他们
再也
找不到你。

给自己充电，
接受重复
当然只在你已经完成了创造
与重塑之后。

接受自我教育。

创造生命，
它是你，
它过去的历史
它现在的存在。

没有别的，
一无所有。

（1990）

恐龙，我们

如此而生
生在这里
如白垩纪的脸微笑
如死神夫人哈哈大笑
如电梯破裂
如政治景观消失
如超市的打包工高举大学学位证
如多脂的鱼类吐出它们肥腻的猎物
如太阳戴上面具

我们
如此而生
生在这里
在周密而疯狂的战争中
在破败工厂空荡荡的窗前
在人们不再相互交谈的酒吧
在以枪击和刀杀为终结的搏斗中

生在这里
在活着过于昂贵、死反而便宜的医院
在付不起律师费、伏法更便宜的地方
在监狱人满为患疯人院大门紧闭的国家

在一个人们将傻瓜托举成富豪英雄的地方

生在这里
活着走过这里
因此而死
因此而静
因此
被阉割
被引诱
被剥夺继承权
被其愚弄
被其利用
被其亵渎
被其整疯搞病
被其
制造暴力
弄成非人

心被熏黑
手指抵达喉咙
枪
刀
炸弹
手指抵达反应迟钝的上帝

手指抵达瓶子

药丸

粉末

我们出生在致命的悲伤中

我们有一个负债六十年的政府

很快它将连利息都拿不出来

银行在燃烧

金钱将无用

杀手将会在街头公开行凶且不会受到惩罚

到处是枪支和流徙的暴徒

土地将无用

食物将紧缩

大多数人都将拥有核武器

爆炸不断地球将会瑟瑟发抖

辐射机器人将彼此追踪

富人和被上帝选中的人可以去宇宙空间站观光

但丁的地狱将被打造得看起来就像儿童游乐场

看不见太阳，它总是在夜里出现

树木将死去

所有植被将死去

辐射人吃辐射人的肉

大海被污染

湖泊与河流消失
雨水将变成新的金子

人类与动物腐烂的遗体将在黑暗的风中散发腐臭

最后几个幸存者会被新的可怕的疾病追上
空间站被磨损被摧毁
补给慢慢消失
普遍的衰退将自然扩散

从未有过的最美丽的宁静

将从那里生出

太阳依然藏在那里

等待下一篇章。

（1991）

涅槃

不多的机遇，
完全斩断并松懈了
意志，
一个小伙子
乘坐公共汽车
穿过北卡罗来纳州
在去往某地
的路上
天开始下雪
公共汽车停
在山中
一个小咖啡馆前
乘客们
鱼贯而入。

他与其他人一起
坐在吧台边
点菜然后
食物送达。
餐饭
特别
好

还有
咖啡。

女服务员
不像他之前
认识的
女人。
她坦然自若
有一种天生的
幽默
感。
做炸鸡的讲着
疯狂的故事。
洗碗工，
在后面，
哈哈大笑，美好
干净
令人愉快的
笑声。

小伙子看着
窗外
的雪。

他想留在
这家咖啡馆

永远。

这种好奇的感觉
淹没了他
这里的
一切
都是
美的，
美总会在
这里
停驻。
接着司机
告诉乘客们
时间到了
该上车了

小伙子
想，我只想坐在
这儿，我只想留在
这儿。

但是
他站了起来跟着
其他人上了
车。

他找到他的座位
透过
车窗
望向咖啡馆。

然后，车子移动
离开，蜿蜒向下，
向下，开向
山外。

小伙子
直愣愣地望着
前方。
他听见其他
乘客
在谈论
其他事情，
他们或者在
看书
或者
试图
入睡。

他们没有
注意到

这种
魔力。

小伙子
将头倒向
一边，
闭上
双眼，
也试图
入睡。
没有别的
什么发生——
只是听到
发动机的
声音，
轮胎的
声音
在这
风雪之中。

(1991)

知更鸟

有一只知更鸟在我心里
他想出来
但我对他很强硬
我说，待在那儿，我不会
让任何人看见
你。

有一只知更鸟在我心里
他想出来
但我给他倒威士忌请他
抽烟
妓女、调酒师
杂货店店员
都不知道
他
在那里

有一只知更鸟在我心里
他想出来
但我对他很强硬
我说，
蹲下，你想搅乱

我吗？
你想把事情
搞砸吗？
你想打击我的书在欧洲的
销售吗？

有一只知更鸟在我心里
他想出来
但我很聪明，我只是偶尔让他
在夜里出来
当所有人都进入梦乡。
我说，我知道你在这儿
所以不要
悲伤。

然后我把他放回去，
但他在我心里
唱了一小会儿，我不让他
死去
我们睡在一起
仿佛
履行我们的
秘密协议
这种美好
足以让一个男人

哭，但我不
哭，你
呢？

（1991）

秘密

别烦恼，无人拥有
美丽的女人，那不是真的
无人拥有奇异
而隐秘的力量，无人
杰出非凡或卓越绝伦或
不可思议，他们只不过看起来像那么回事。
所有的一切都是恶作剧，都在一场骗局里，
别烦恼，别相信。
这世界拥挤着
几十亿人，他们不论生
死，都没有意义
当他们中的一个人跳起来
历史的明灯便在他们头顶
闪烁，忘掉它，它并非
你看见的样子，它只是
又一次愚弄傻瓜的
表演。

没有强壮的男人，没有
美丽的女人。
至少，你可以明白地
死去

你可以拥有
这唯一可能的
胜利。

（1991）

粉丝来信

我读你的东西有很长时间了，
我刚把小比利哄上床，
他在什么地方被咬了七个大包，
我身上有两个，
我丈夫本尼，他有三个。
我们有些人喜欢昆虫，也有人憎恨
它们。
本尼写诗。
他曾和你一起在同一本杂志上
出现过。
本尼是世界上最伟大的作家
但他脾气很大。
他曾做过一次朗读，有人
嘲笑他的一首严肃的诗
本尼立刻掏出他的老二
就在那儿
在舞台上撒尿。
他说你写得很好但这不代表
你能对他的写作指手
画脚。
不管怎样，今晚我做了一大锅
果酱，

我们全都只爱果酱。

昨天本尼丢了他的工作，他说他的老板

让他出尽了洋相

我还是要做好我在修甲店

的工作。

你知道有些同性恋会进来

做指甲吗?

你不是同性恋，对吗

查那斯基先生?

不管怎样，我只是觉得喜欢给你写信。

你的书被我们这儿的人

读了又读。

本尼说你就是一个放屁的老头，你

写得确实很好但这不代表

你能对他的写作指手

画脚。

你喜欢虫子吗，查那斯基先生?

我想现在果酱已经凉了

可以吃了。

所以再见。

　朵拉

(1991)

向后靠

就像你坐在一张太阳色的椅子里
听着慵懒的钢琴曲
头顶的飞机
和战争无关
最后一杯酒和第一杯
一样美好
你意识到你还在遵守
对自己
做出的
承诺。
大量的承诺。
最后一个：关于承诺。
不那么美好的是
你为数不多的朋友
都死了并且他们似乎
无可替代。
对于女人，你了解得不够
早
甚至了解得
太晚。
如果可以进行自我分析：
美妙的是你最终

完美无缺，
你抵达虽晚
却保持渊博
多能。
除这之外，别无其他。
除非你够能毫无遗憾地
离开。
直到后来，多一点游戏，
多一点耐力，
向后靠，
像这条穿过车水马龙的街道的
狗：
不会总是好运。

（1992）

你想进入竞技场吗？

如果它不是来自你的冲动
就别写。
除非它冲杀出来从你的
耳朵、你的头颅、你的屁股
你的肚脐，
不要写。
假如你要枯坐一小时
盯着你的电脑屏幕
或者弯腰驼背趴在你的
打字机上，
不要写。
如果你是为了想要
女人上你的床，
不要写。
如果你要坐在这儿
涂抹，重写，
就不要写
如果写起来特别艰苦，
不要写。
如果你正学着像其他某个人
那样写，
不要写。

如果你不得不等待自己发出
咆哮，
那么接着等待。
如果你再也发不出咆哮，
去干别的事。

如果你不得不对你的妻子朗读
或你的女朋友或男朋友
或你的父母或随便任何人
你还没做好准备。

不要像大多数作家，
不要像成千上万
自己称自己是作家的作家，
不要如此迟钝无趣
不要自命不凡，不要把自己锁在
自恋之中。
不要用你的废话把纸张
搞死。
全世界的图书馆都
打着呵欠
入睡。
不要增加它们的负担
不要写。
除非它像火箭穿过

你的头盖骨爆炸，
除非它一直都在
把你逼疯
或自杀或杀人
不要写。

除非你体内的太阳
正烧出你的勇气
不要写。

当它被你真正了解
它便被自己
写出并一直写下去
直到你死去或者它死在
你体内。

没有其他办法。

永远没有。

（1992）

健康状况表

我已和赛道上漫长的日子
融为一体：
我是马，是职业赛马手，我是六浪[1]、七
浪，我是一又十六分之一英里，我是一个
障碍，我是所有丝绸的所有颜色，我是所有
赛道终点的定格照片，我是事故、死亡，
我是最后一个完赛者，是故障、赌金揭示牌上的
失败、下落的鞭子
成千上万张无法实现梦想的脸上的
麻木和痛苦，我是黑暗中驾驶回家的
漫长的过程，在雨中，我是十年又十年
又十年的赛跑以及赢和输以及重新再起跑，我
是与赛马电视节目和《赛马消息报》为伴的我自己。
我是赛马场，我的肋骨是木护栏，我的
双眼是赌金揭示牌的闪烁，我的双脚是
马蹄并且有某种东西骑在我的背上，我是
最后的弯道，我是家的延伸，我是远景摄影
和最有希望获胜者，我是正序连赢，一日双赌并且
只选 6 号。

---

[1]　浪（furlong），赛马比赛时的长度单位，1 浪 =220 码或 201.2 米。

我是人道毁灭，我是赌马的老赌棍，他
已经变成
赛马场。

（1992）

一场新的战争

现在是一场新的战斗，抵抗老年的
消沉，
撤退到你的房间，趴在你的床上，
没有什么动弹的欲望，
已经临近午夜。

不久以前，夜晚才是你生活的
开始。不过不要哀叹逝去的青春：
青春没有任何
奇迹。

现在却在等待死亡。
死亡不是什么问题，难的是等待。

你应该在十年前死去。
你烂醉如泥的放纵
无始无终。
这是一场新的战斗，是的，但无所
哀悼，只有
记下。

坦率地说，站在刀上的等待

甚至有点枯燥。

至于感谢，在我离去之后，
没有什么要给他人、他日、他夜
表达的感谢。
狗儿在墙边等待，树木在风中
摇晃。

我不愿留下太多。
只有可读的一点东西，也许。

一只野洋葱头生长在烧毁的
道路上。

巴黎在黑暗中。

（1992）

大笑的心

你的生命就是你的生命。
别让它被棒打成阴冷的
屈服。
记得留心。
会有出路。
某处有光。
它无法变得光芒万丈但可以
击败这
黑暗。
记得留心。
众神会赐你
良机。
弄懂机会，拿走它们。
你无法击败死神但是
你有时
可以在生命中
击败死亡。
你越能
学会这一点，
就能得到
越多的光明。
你的生命就是你的生命。

悟透它你才能拥有
它。
你是不可思议的
众神盼望着在你的
体内
大笑。

（1993）

孤注一掷

如果你想试试，就要全力
以赴。
否则，不要轻易陷进去。

如果你想试试，就要全力
以赴。
这可能意味着失去女朋友、
妻子、亲属、工作
也许还有你的精神。

全力以赴。
这可能意味着三四天
不吃。
这可能意味着在公园长凳上
受冻。
这可能意味着监狱、酒精中毒，
这可能意味着被嘲笑、
被愚弄、
被孤立，
孤立是礼物，
其余的都是对你勇气的
测试，

看你有多想
干此事。
你将干它
反抗所有的拒绝与
最高的胜算
它会比你能够想到的
其他一切
都更好。

如果你想试试，
就要全力以赴。
再无其他此样的
感觉。
你将独自一人与上帝
同在
所有夜晚将如火如荼
辉煌灿烂。

干吧，干吧，干吧。
干吧。

全力以赴。
全力以赴。

你将骑着死神直插

地狱，
你完美的大笑，
这仅有的美好的战斗
就在此时此刻。

(1993)

那么现在?

词语来了又走
我坐着，病了。
电话响了，猫睡着了。
琳达在用真空吸尘器打扫卫生。
我等待活，
等待着死。

我希望能勇敢地打个电话。
这是一个糟透了的困境
外面的树不知道：
我正看着它在下午的夕阳中
随风而动。

在此无话可说，
仅仅只能等待。
每一张脸都自有它的孤独。

哦，我曾经年轻过
哦，我曾经难以置信的
年轻！

（1994）

号称"新海明威"的酒鬼诗人

刘耀中[1]

  中国现在的诗作，越来越讲究中西合璧，讲究古典主义与现代主义的结合。西方当代的后现代诗歌则不在乎形式，其拥有的震撼力和快感给予现代诗歌很大的推动力，由于过于激进而将许多非诗的因素带入了诗歌。中国现代诗不仅能保存细腻的诗风，并且还能接纳汉语的结构。不管一个诗人采取个体还是整体的观念，现代诗的形式都还能马马虎虎地保存下来。由于生活环境的变化，中国现代诗已失去了牵制强烈爆发力的容量。中国诗歌已面临一个不可轻视的挑战，并且展开了一个边缘与中心的形势。笔者看到，自从1900年奥地利心理学家弗洛伊德出版了《梦的解析》和荣格发现了"情结"有"感觉和色调"以后，西方诗人纷纷向无意识领域进军。他们发现诗人不离开他的诗作，并且与之形成了一种情结。西方诗人已被煮

---

[1] 美籍华裔学者，水源工程师，文化评论家。1934年10月24日出生于广东中山的一个华侨家庭。毕业于南加州大学土木工程系。自1983年以来撰写了大量哲学、宗教、文学、艺术等方面的评论，在美国、中国发表，并在中国出版了《荣格、弗洛伊德与艺术》《新生代的视野：一位美籍华人谈西方文化》《诗人与哲人》等书。

硬了，因此笔者研究了南加州的一位名诗人，也借此给后现代一些定义，供大家参考。

洛杉矶的诗人多是外来的，包括首屈一指的诗人布考斯基（Charles Bukowski，1920—1994）。他出生于德国，父亲是美国士兵，母亲是德国人。布考斯基在两岁时随父母搬到巴尔的摩，后移至帕沙第纳，一生多居住在洛杉矶。他的父亲经常打他，发怒时常拾起什么就用什么打他，极为残忍。他长痤疮严重，长大之后仍满脸脓包，像一个快要爆炸的炼金丹的蒸馏器。

少年时的布考斯基没有朋友，无论男孩女孩都拒绝和他玩，认为他是白痴。他十三岁就学会了喝酒，那是挨打和受虐待的结果。他曾躲在父亲朋友家的地下酒窖里喝葡萄酒，喝醉了，就满心欢喜地称酒精是魔术。

1939 年，布氏在洛杉矶城市学院读英文和新闻学，那时美国经济不景气，他在失望之余离开洛杉矶，跑到纽约和费城，过着流浪的底层人的生活。因为缺乏社交能力，征兵局都不录用他。他拼命地写文章写小说，而篇篇都被《大西洋月刊》和《哈珀斯》杂志拒绝，但他并不灰心。一直到 1946 年，他在气愤之下，叫出了"给他们地狱，我成酒鬼"。

1955 年，布氏患致命性出血溃疡，几乎死在公共医院里。但他终究没有死，反而继续写作，但只写诗。

他的第一部诗集有三十页，发行了二百册。1963 年，他的运气终于转好。当时有一个底层社会报刊《洛城自由报》（*L.A. Free Press*）采用了他的稿子。他的朋友马丁亦继续帮他出版书作，持续约数十年，这对他是很大的帮助。

布氏靠写作赚不到钱（每回写作的收入只有一百美元，而且是在 1964 年之后），他就找其他的谋生手段，比如洗碗、开卡车、在加油站打工、做热狗等等，最后总算在美国联邦邮政局找到一份长期工作。混了一段时间后，他在 1971 年撒手不干了，然后以邮政局的工作为内容，写了一部单卷本小说《邮政局》（*Post Office*），在美国发行了七万册，在欧洲发行了五十万册。

布氏给底层杂志，比如《皮条客》（*Hustler*），以及《花花公子》等粗言俗语的色情杂志写文章、小说等，以酒鬼硬汉的粗俗语言吸引大众。典型的布氏故事如《脏老头手记》（*Notes From A Dirty Old Man*），用的就是底层社会的俚语。最后，好莱坞终被吸引，挑出头牌明星唐纳薇（Faye Dunaway）主演他的《酒吧苍蝇》（*Barfly*）。该电影因布氏真实的自传性故事、坦白的说话方式，获得了很高的票房。评论界认为布氏打开了娱乐界的一个新领域，以硬汉姿态给甜蜜的幻梦一个"粗糙的吻"（Harsh Kiss）。

1991 年，传记名家查尔可米斯基给布氏写了一部传记，名为《洛杉矶一个难对付的家伙——布考斯基的生活》（*A Tough Guy from L.A.——The Life of Bukowski*）。查氏说，布氏相当强硬，发出令人躁动的声音。布氏的诗迷们称他为当今最佳作家，可与海明威媲美。洛城老派的写底层小说的同性恋作家（墨西哥裔）约翰·雷希（John Rechy）教授也称赞布氏，说布氏在美国被作家同行排斥太久了，只有欧洲人才关注布氏。布氏在美国渐渐走红后，美国学术界仍然鄙弃他，他的作品只在 1974 年拿到过一个旧金山文艺团体的奖。

布氏声称葡萄酒帮他写作，只需要一点酒精、一台收音机，他想都不用想，就能让打字机打出充满感情和色调的诗作（他每隔两夜便这样写作一次）。绅士和淑女是看不起布氏的。他酗酒，醉倒街头；他挨打，受尽凌辱；他赌博，自寻破财；他失业，离婚……"前一个妻子，上一份工作，"他说，"这就是我的所有。我一辈子顾虑我的灵魂，我永远一手拿着酒瓶，一面注视人生的曲折，打击与黑暗，等待死亡最后到来。嗨！死亡，伙计，马上来吧，很高兴见到你（Hey, buddy, glad to see you.）。"

布氏身后留下几千页诗和五部小说，还有一个新婚不久的妻子。他死时居住在洛城最令人沮丧的地区——San Pedro 海港，这是一个房屋破烂、失业人口众多、水手和墨西哥人聚集的地方。

布氏的著作，有很多被译成了希腊文、法文、葡文、德文等，以下是布氏的一段话：

> 突然，我靠着树边呕吐，
> "看那个老头儿，"
> 可爱的棕色眼睛的小鸟，
> 对着可爱的绿眼小鸟说，
> "他真是被操坏了。"
> 这是最后的真话。

因此，布氏代表的是学院派的对立面，是一种流传于平民百姓的诗。那些生活在底层的，从来没有兴趣研究现代诗歌的百姓最喜爱他的诗。他关于淫秽和酗酒的主题，他邋遢、落魄的形象，他对两性赤裸裸的描写……他的作品，更像是摇滚乐而不是诗歌。即使是南加州已故的名诗人罗宾逊·杰弗斯，也没有像布氏一样如此得到大众的认可。

我们不应因为布氏的诗有上述原因而排斥他。布氏的诗简单易懂，原汁原味地反映出人的私生活，并表现出强烈的反叛主义。他的诗歌，在一段时期给了学院派一定的推动力。

布氏不认为诗歌有什么神圣之处，他一向认为诗歌的功能无非是把生活和感情真实地记录下来。布氏选择了自由派诗，从不受格律的束缚。他不太注重技巧，亦毫不掩饰他粗暴的人格及秽言俚语——那恰是他每日的生活。布氏是洛城唯一用诗把生活剥得如此赤裸裸的诗人。

在布氏的诗里没有"美丽",只有"下里巴人"日
复一日（day-to-day）的生活，如工厂工作：

> 轮胎坏了，在凌晨三点的康布顿（一个黑
> 人区）。
> 那些东西使人们隔阂，
> 甚至更坏。

布氏似乎是个个人英雄主义者，与世界搏斗、与
时间争斗，每一时刻都像在犯罪：

> 那种感觉
> 照在你身上
> 永远地，知道
> 你用过他所拥有的之后
> 就废弃了它。
> 请你打开报纸
> 看看他的过去
> 以及
> 它所保证的
> 他的权力。

布氏有能力用粗俗的语言把他的生活写下来，从
不自怜，也不悔恨。有人说布氏是自英国作家乔

治·奥威尔以后最佳的用目击者的身份描写生活的诗人。布氏的诗，是酒神狄奥尼索斯式的艺术，而不是太阳神阿波罗式的。《老头儿的泥土》就有这样的幽默感。布氏没有完成正规的教育，更没哈佛履历。一个穷鬼挣扎着往上爬的唯一方式，就是实话实说（Tell it like it is）。他比金斯堡老实。他的作品在瑞典、德国特别吃香，就是因为他有北欧人沉静的心态。他讽刺天堂美国，也为资产阶级人士对比了穷鬼的生活。

布氏对酒鬼生活的描写，使我们了解到酒鬼的另一面。酒鬼不是一个拦着你的去路、向你要一块钱的黑人和墨西哥人的代名词，相反地，以布氏的观点，葡萄酒在西方文化中的价值是值得歌颂的。荷马曾用过"酒暗海"（wine dark sea）一词；没有酒就没有古希腊的辉煌文化；恺撒大帝也爱面包加酒；甚至连基督·耶稣和他的族人也喝很多的酒。酒还象征着耶稣的血，因而带有宗教和神秘的意味。因此布氏认为酒是值得赞美的。

布氏是一个底层人，住在洛城的一个比好莱坞区更糟的区。他简陋的房子里只有一破床、一椅、一风扇、一电视，外加三两个杯子和一瓶酒。他不是为人师表的人，他是一个地道的美国自力更生的孤立主义者，他是反师道的，常讽刺嬉皮士受了印度宗教的影响（嬉皮士认为每个人都应该有个精神老师，因此他们到处寻找老师，追求精神满足，其实那些嬉皮士是追求满足自己的享乐主义而已）。

布氏在后期，收入很不错了，找了一个名叫琳达的女人为妻，买了一辆BMW，经常到好莱坞喝酒鬼混。酒吧里的人看着他说："你有一张空空的脸（You have an empty face.）。"他则回答说："我60岁了，比你们中的任何人都接近死亡。"他在酒吧一坐下就马上要酒。布氏不只是个存在主义者。如果说奥威尔还仅仅写的是无产阶层的人物的话，布氏写的则是更底层的，既没有文化又没有道德和自尊心的人物。很多人说布氏是个仇恨人类的人，但是布氏的一个女友却说并非如此。她说布氏只是想隐居。她说只要你是他的朋友，他为你什么都肯做。

由此看来，布氏倒是一个美式豪侠了，也许这就是大部分美国人的真实面目。

布氏生活在第二次世界大战后的经济萧条时期，终在洛杉矶沦为酒鬼。洛杉矶是美国领土向西发展的最后一站，在政治、经济上错综复杂，在文化上，洛城也是一个包容了异端邪说和诺斯替教的城市，布氏从中看到了劣神统治的瓦砾。

法国当代后现代主义的社会学家布希亚（Baudrillard）在加州洛杉矶时，看到了洛城、拉斯维加斯和整个美国都已发展成后现代（post-modern）的城市和国家。酒鬼诗人布考斯基（他是一个边缘诗人，我们不能说他是个后现代主义者）也同样看到洛杉矶这个伟大的城市的命运。他的诗歌表现出来的冷静，像海明威死前写的《老人与海》一样。布氏成了当今文坛的一个偶像。美国文化已由一元转为多元，但现在又有学者像解构主义的文艺评论家哈罗德·布鲁姆（Harold Bloom）一样，极力反对多元化。布氏的死，预示着物极必反，美国文化将趋向保守而走回古典主义、形式主义和经典主义。

待到太阳等不及了，我们才怒放

——布考斯基译史小记

伊沙

我被委以信任，因诗歌的
兴衰发展
至少我被委以的信任，是因它
衰亡的部分

——查尔斯·布考斯基

一

我与至今尚未谋面的美籍华裔人文学者刘耀中先生建立通信联系，是在 20 世纪 90 年代初。起初是因为他在严力主编、于纽约出版的《一行》中文诗刊上读到我的诗后写信给我，他在信中称我为"中国的金斯堡"，令我青春时的虚荣心得到了巨大满足，也令我在写作上倍受鼓舞。他在后来的信中总是要夹寄一份他发表于海外中文报刊上的介绍西方文学、哲学大师的文章的复印件，他系统介绍的这些大师有我了解的，有我并不十分了解的，甚至还有我压根儿不知道的。最吸引我的还是他在评述这些大师时，所动用的知识系统和丰富材料，是我在一般国内学者那里读不到的。刘耀中先生当时已是退休年龄，而我才刚大学毕业走进社会不久，我们靠通信建立起来的私人友谊还真有点"忘年交"的意思。介绍艾伦·金斯堡的那篇文章，是他在我的请求之下写的。他在该篇文章结尾处还写道："去年西安青年诗人伊沙来信说，他很感谢我寄给他的那部 1989 年出版的巴利迈尔斯著的金斯堡传记，他希望我写一些关于'被打垮的一代'[1]及金斯堡一生的介绍和评价，承蒙器重，特写此文以答谢！"

刘先生在信中提到的那部名叫 *Ginsberg: A Biography*（Simon and Schuster 出版社）的金斯堡传记，是他在 1994 年寄赠于我的。这部英文原版书寄达之后激发的是我妻子老 G 将它译成中文的兴趣与冲动，当时国内的出版社似乎正处于刚刚懂得必须掏钱购买版权而又普遍买不起的阶段，出版几乎无望——正是在这种形势下，老 G 开始翻译这本书，我的这位前同窗和当年在大学校园里活跃一时的前女诗人，深知金斯堡对我来说意味着什么，她把自己的打算说了出来，很像是情话："大不了我就当翻上一堆资料吧——供你

---

[1] 即"垮掉的一代"。

私人使用的资料。"老 G 的翻译工作自那年秋天开始，一直持续到第二年春节过后，因怀孕而告停。我由此得到了一堆占全书四分之一的中文资料，私下熟读，获益匪浅。我在反复阅读这堆"私人资料"时发现了妻子的翻译才能，尤其体现在译诗方面："圣洁的母亲，现在您在慈爱中微笑，您的世界重生。在蒲公英点缀的田野里，孩子们裸着身体奔跑 / 他们在草地尽头的李子林里野餐，小木屋中，一个白发黑人讲着他的水桶的秘密……"——这是老 G 所译的金斯堡名篇《卡第绪》中的片断，我发现比之漓江版的单行本多了些诗味和灵气，写过诗的人译诗和没写过诗的人到底不一样……当时我只想到了这些。

二

第二年，即 1995 年，在刘耀中先生的一封来信中，他夹寄了一篇介绍美国诗人查尔斯·布考斯基的文章《号称"新海明威"的酒鬼诗人》。这是我此前一无所知的一位诗人，但这篇文章却叫我没法不激动：因为文中所引的他诗的片断，也因为他极富传奇色彩的生平和他的人生态度，甚至包括他在美国文化中的际遇与地位。我的直觉告诉我：这是一位注定要和我发生关系的诗人，正如我在 1986 年初读金斯堡时的直觉一样。在我的急切要求下，刘耀中先生很快寄来了一本布考斯基出版于 1981 年的原版诗集 *Play The Piano Drunk Like A Percussion Instrument Until The Fingers Begin To Bleed A Bit*（Black Sparrow 出版社）——这本宝贵的书是他在加州格伦代尔城的一家旧书店里购得并转送于我的，书的扉页上还留有上一位读者的阅读心得，他（或她）用英文写道："我能说什么呢？大师！生日快乐 1983。"

老 G 在看完这本原版诗集后对我说的话，与当年顾城的姐姐顾乡在看到《今天》时对顾城说的话有点相似——她说："他写你这种诗。"——正是这句话让我急切地想把布考斯基的诗译成中文，与妻子合译布考斯基的建议也正是由我在当时提出的。说干就干，当年 7、8 两个月，我的暑假期间，我们共同翻译出布氏诗作二十四首，其中二十三首后来陆续刊发于《西藏文学》《女友》《倾斜》《中国诗歌》《诗参考》《葵》《创世纪》（中国台湾）《双子星》（中国台湾）《前哨》（中国香港）《新大陆》（美国）等十余家海内外中文刊物——其中既有每期发行量高达两百万份的大众刊物，也有非正式发行每期印数只有几百册的同人诗刊——这便是布氏诗作在中文世界里的最早现身。也正是自那年起，我在中国当代的诗人圈中开始听到有人谈论布考斯基这个名字（一开始我还误听成诺贝尔奖获得者布罗茨基），并听到越来越多的赞誉之声，我知道由我和妻子老 G 一起提供的这个译本没有辱没大师的名字！

这年9月，我去北京出席诗刊社一年一度的"青春诗会"时，留在西安家中的老G经历了一次早产的危险，我被吓坏了——翻译工作就此叫停。接着是我们的儿子吴雨伦在那年冬天的如期来临……多年以后，吴雨伦也步入了诗人的行列，除了遗传基因的作用，是否也得益于这段时间的"胎教"——用布考斯基的诗作"胎教"，够昂贵够奢侈，他当有更大的作为！

接着是老G眼中只有她这个"作品"的漫漫七年……

三

在这七年中，我读到过布考斯基的第二种中文译版——只是一组诗，发表在美国《新大陆》诗刊上，是出自中国台湾旅美诗人秀陶的译笔——我觉得那是典型的台湾译风，他把布考斯基这条老硬汉搞软了，还搞得有点松松垮垮。在这七年间，中国诗坛流传的布考斯基一直是我和老G译出的那二十来首——我确实感受到了它们的顽强，它们强大的生命力！

2001年某一天，青年诗人魔头贝贝将其中五首诗贴到《唐》论坛上来，据他所说是从某大网站读到并转贴过来的。布氏的诗在网上一出现，立刻激起青年诗人以及爱诗者们的强烈反响，他们的感受一如我在七年前的感受：竟然还有这样一位大师！大师也可以是这样的：说人话讲人事，亲切如风！是网上所贴的五首诗在流传中引起的错误促使我在电脑上重新校对当年所译的这二十四首，一边校译一边在《唐》《诗江湖》《个》《或者》《扬子鳄》五家当代诗歌网站同时发布，2002 年 4 月到 5 月间，我在写作之余一直在做这件事。6 月是如火如荼的"日韩世界杯"。7 月的一天，韩东打来电话，这位好友在 6 月到来前的一次电话中已经送我两单"世界杯"的"大买卖"，这一次的电话中又送了我比这两单"大买卖"更值钱的一条信息——那便是楚尘为河北教育出版社策划的"二十世纪世界诗歌译丛"。然后是我给前年冬天曾在北京有过一面之缘的楚尘打电话；然后是我把已经译成的二十四首布考斯基的诗发到他的邮箱里；然后是楚尘简练而肯定的回答。7 月到 10 月，我和老 G 重拾译笔，译完了计划中剩余的七十六首布氏诗作，除去 7 月我到北京办护照的一周、在西安参加亚洲诗人大会的一周、8 月去瑞典参加奈舍国际诗歌节的半个月——除去这前后加起来的一个月，我和老 G 几乎每天都在为布考斯基工作，国庆长假也不例外。对我来说，为诗工作有着永远的激情。而对老 G 来说，在每天烦琐的八小时行政工作之余，还要面对布考斯基这个老头，她只是为了让自己更多地面对诗歌，她以为更多地面对诗歌就是更多地面对我！加上楚尘——这个韩东眼里的"工作狂"，我知道他为了此书独自去面对了很多我不知道的琐事——因为布考斯基和别的大师有所不同，他毕竟是美国出版界的一块宝，版权不是可以随便奉送的玩意儿。

四

七年中，我遇到每一个和美国和诗歌有关的人，都要向他们询问查尔斯·布考斯基。2002 年 8 月在瑞典奈舍国际诗歌节上，我问到一位颇具雅皮士风度的纽约派老诗人，他笑了，马上举手仰头做出一个喝酒的动作。当我说出"布考斯基是我最喜欢的美国诗人"时，他的笑容变得更加灿烂。布考斯基太有名了，无论喜欢他还是不喜欢他的人，都无法回避他在美国当代诗歌中的巨大存在——每当感念于此，我就对国内翻译界的"引进"标准怀疑至极，终于不再相信。在1995 年以前，中国读者为什么会对布考斯基一无所知？那仅仅是在被译成中文的任何一部"美国诗选"中都没有他的大名。而在美国，这类"诗选"又出自哪些人的编选？——学院与学会——他们仅仅代表着多元文化当中的一元而已，而布考斯基又正好是被这个元所排斥的，我注意到颁发了那么多届的美国三大诗奖（普利策、国家图书、波林根）长长的获奖名单中竟然没有布考斯基的名字，正像哈罗德·布鲁姆教授开宗明义拒不将金斯堡的作品收入他编选的《西方正典》一样，还人身攻击地说其是"假惺惺的伪君子"，在美国多元文化的生态环境中，这本属于正常，甚至是非常健康的一种表现。但被一些人搬到中国之后则被当成了一种权威标准——在我们的习惯思维中总觉着必然要有的一个权威标准！

从学院到学院、从学会到学会、从知识分子到知识分子、从文坛交际家到文坛交际家——在中西文化的交流和对西方文化的"引进"中的确存在着这样一条"暗道"，当这条"暗道"成了"自古华山一条路"时，结果可想而知。中国读者面对的西方"大师"，要么是文学史意义上的，要么就是国际文坛意义上的，诺贝尔奖获奖者正属于这两种——而这仅仅是两种。而那些正在发生的、其先锋意义正当其时的并在彼岸的本土文化中活力四射的作家和诗人，总是被这条"暗道"排除在外。以致后来，这种现象在中国的诗歌界恶化为一些"知识分子诗人"开始借大师之口布道和说事，推行他们信奉的权威标准，借此向诗坛和读者示威并施压，在"暗道"中"与国际接轨"。

也许没有上述背景，我这个惜时如金的"职业诗人"也不会对布考斯基的翻译工作倾注如此之大的热情和精力。仿佛是一种欲望般的巨大冲动：作为诗人，我要自己独立去评判另一位诗人，教授们、学者们、翻译家们——用不着你们可恶的指点了，统统都给我闭嘴！

五

七年中，我怀揣一份美国诗歌的地图，反复阅读着布考斯基。最终，我给了他"四星半上将"的军衔，而在我眼中，在此之上的"五星上将"也只有华尔特·惠特曼、T.S. 艾略特、艾伦·金斯堡三人——如此评判势必会带入一个诗人在文化和历史语境中的作用与影响来作为考量标准，那么回到一个诗人纯粹的写作内部，布考斯基就该被追授他没有得到的那半颗星。也就是说，在我眼里，布考斯基是美国有史以来最杰出的诗人之一。

金斯堡出生于 1926 年，布考斯基出生于 1920 年，后者甚至比前者还大六岁。考虑到他们属于同一代人并且在诗歌走向上大体相近，我对前辈评论家爱将他们放在一块比较的做法基本认同。布考斯基开始发表诗歌时，金斯堡已快爆得大名了。一个是写得晚，出道更晚，另一个则在勇敢地当了一把文化逆子的同时，也旋即成为时代的宠儿。金斯堡是随着一个大时代的到来应运而生的诗人，布考斯基则是一个天生的边缘诗人，与他所经历的任何时代似乎都格格不入。金斯堡一生中的大半时光，都是在世界最著名诗人的优越感中写作的；布考斯基则始终在一种不得志的落魄感中写完了自己的一生。《嚎叫》是金斯堡一生的顶峰，也是平生难越的一座高峰，他后来的写作都是在如何超越自己而不得的努力中。布考斯基则属于渐入佳境的一种，极为多产，泥沙俱下，越写越好，貌似不经意，却暗藏智慧，他的巅峰十分自然地出现在他的晚年。

以下所述是我身为诗人更为隐秘的心得：金斯堡是"史诗"书写者、时代的代言人，他最为擅长或者说真正写得好的是《嚎叫》《美国》《卡第绪》这类长诗或类长诗，他的短诗写得并不十分好，他的短诗都写得太"大"——我指的是他还是习惯动用"史诗"的架构和以站在高处的语势来写。四川文艺出版社推出的那本《艾伦·金斯伯格诗集》在得到时尚文艺青年热买的同时，也让真正的诗人十分失望，这一方面有翻译的问题，另一方面则是金斯堡的短诗远不具备他们印象至深的《嚎叫》的水准。而布考斯基则正好相反，他的诗是日常的、边缘的、个体的，他没有也无意建树金斯堡《嚎叫》式的文化里程碑，他对人性的深切关注和对自己人生片断和生活细节信手拈来的好功夫，使他成为短诗高手，他不是传统意义上短诗的营建者（讲求精致的那种），恰恰 40—100 行的中等篇幅是他更能发挥才华的一个空间，他善于把篇幅意义上的"长诗"做"小"——我指的是往人性的细微处去做。在这个篇幅之内，在这个世界上，我尚未见到过比他更好的诗人。与布考斯基相比，我认为金斯堡写的是真正知识分子的诗歌，真正社会精英的诗歌；而布氏本人则体现为一种真正的平民主义和个人主义，他的作品充满着美国平民生活的强烈质感并将诗中的个性表现推向极端。金斯堡诗歌的先锋性太过依赖于一个大时代的背景，布考斯基则是绵长的，他的先锋性即使对美国对整个西方诗歌而言，也一直绵延至今。

六

正如我不讳言跟自己有关的诸多事情的真相，我自然也不讳言说布考斯基与中国诗歌的关系从我这儿开始——不是说我和老 G 翻译了他，而是说他首先作用于我，对我产生了至关重要的影响。

回到 1995 年，或许有心的朋友还记得：前一年我出版了 1988—1993 的六年诗选《饿死诗人》（中国华侨出版社），又在这一年和诗人严力、马非一起推出了一本诗合集《一行乘三》（青海人民出版社），其中收有我在 1993—1994 年的作品，那些诗与之前相比写得小巧精致，语言被打磨得十分光滑，外在的完美充分暴露了一个内在的危机：我诗歌的空间与身体的扩张相比已经显得太小了，我清楚地意识到我必须有一个重新开始——也正在这时，我读到了布考斯基的英文原作，他诗歌中所携带的极度自由的空间感和来自平民生活底层的粗粝带给我很大的冲击和宝贵的启示。从这年开始，我在略作调整的向度上，又重新写"开"了，布考斯基的影响是明显的：我写《每天的菜市场》——这几乎是我从未有过的角度和发现；在《一年记住一张脸》中，我如实记录下了焚烧亡母遗体的殡葬厂炉前工；《回答母亲》中那种看似漫不经心但却句句致命的对话方式；在《失语的理由》中，我写到家中请来的哑巴漆匠，我和妻子与之构成的一个绝妙场景——我在1995—1998的四年诗选《我终于理解了你的拒绝》（青海人民出版社）记录下了布考斯基对我的全部影响，事实确实如此：是布氏的作品帮我开启了我诗歌写作的第二阶段。这么说是不是有点大言不惭——我的第一阶段充满着金斯堡式的高亢、激越、紧张，是布考斯基使我冷静、下沉、放松。

与此同时，我也注意到布考斯基对我同辈以及后辈诗人的影响。我把后来的译作在网上发布后，这种影响变得立竿见影。显然，布氏的影响已到达中国年轻一代的诗人中，已到达中国诗歌的生力军中，这种影响目前正在升温，可以预料的是：随着他更多的诗被译成中文，这种影响将变得愈加广泛和深入。这种影响的发生与以往最大的不同在于：它不是在文化的压力（文学史上的显赫地位）和某种光环的笼罩（诺贝尔奖及其他）下获得的，诗人们喜欢他——一个酒鬼，一个糟老头——仅仅在于：他的诗实在太棒！

七

请问我：布考斯基给了你这么多，而你给了他什么？

请让我回答：我给了他汉语之内最美妙的语感，使他经过对诗而言最致命的翻译之后，仍然是一位有声音的诗人，尽管这声音不完全属于他自己。具体的情况是：我给他安的这条汉语的舌头，对比他在英语中本来的舌头而言，甚至显得过于精巧了。我和老 G 的诗歌趣味被加了进去——这实在是没有办法的事，绝对的"信"在翻译中是不可能的。所以，对那些已经涌现，也必然会更多涌现的想要细数老头汗毛、嗅嗅老头狐臭的"布迷"（他们一定是更为专业的诗人）来说，他们需要小心辨识。

好的诗歌译者必须为诗人的声音负责——这话说给国内的翻译界，恐怕也没几个真能听得懂，由此可见我们自布考斯基开始的工作注定将构成一种挑战——但我们实在是无意于此，尤其是老 G，她的初衷不过是想叫自己抱负不低的老公不至于眼界狭隘，感谢她多年以来一直以布考斯基的标准来看我的诗，不管我达得到达不到，但在终极趣味上还是尽早脱离了在国内的这个"坛子"上与人"打拼"。意义可以不管，但工作仍将继续，我一定要用自己的眼睛去继续认识异国的好汉，老 G 则不想让自己的生活离诗太远……让我们好好看看——总之，在世界诗歌的"软"与"硬"之间，我们会当仁不让地选择"硬"，身在一个以柔克刚的文化体统中，我们会义不容辞地选择"刚"！

八

时间又过去了九年。九年前的那次出版机会最终还是因整个出版计划的搁浅而失去了，九年中又有一家出版社折腾了一回，但最终还是没有变成现实。九年中我把自己所有积压的作品全都出光了，布考斯基还是没有出来。我没有显得太过焦虑是因为主要心思还是在自己的创作上。九年来，又多出了几种布氏译本，中国台湾出版了他的多本小说集，布考斯基在中文世界里已经大名鼎鼎，他已经成了泛文艺青年的偶像。2011 年秋天某夜，来自美国堪萨斯大学的退休教授杨钟华先生访问西安，就布考斯基这个话题与长安诗歌节诸位同人做了一夜交流，让我们见识了在我和老 G 翻译之外的一组布氏晚年作品，那一夜我大受刺激，有一种已经多年没有过的被人打败的感觉，这使我重新燃起翻译布考斯基的热情，秋冬之间一口气又译出了一百首，并暗自决定将布考斯基的诗歌翻译进行到底。经过这第三轮的翻译，我更加深刻地认识到了这位诗人的分量，现在在我眼中他是 20 世纪后半叶世界诗坛上最杰出的诗人，我们在十六年前遇到他，并率先将其拉入到中文世界来，是多么有价值的一件事，这个过程再辛苦都是值得的。

第三轮对布考斯基诗歌的翻译一直持续到了 2013 年，我们根据的是我旅居美国的妹妹寄来的一本布考斯基大选集、青年诗人崔征给我发来的多达八部布考斯基诗集的电子版，在这一轮的翻译前后，还让我颇感欣慰又备受鼓舞的是：黄海、周琦、潘洗尘出资印制了四种布考斯基诗选，这并非商业出版，只限于同行间的传播交流，他们对布考斯基、对诗歌的爱是无私的……而这四种独立出版的布考斯基诗集却在中国的一线诗人中起到了很大的传播作用，从那时迄今，新一轮的"布考热"在中国诗坛再度兴起并且持续高温……诗人将这四种版本的布氏诗集变成电子版通过公号在微信上发布、传播，布考斯基诗歌也随着中国一线诗人进入了微信时代，毫不夸张地说，他是微信时代被传播得最广泛的外国诗人，甚至可以不加"之一"。

在这期间以及尔后，主客观的情况又有变化：从主观上讲，我与老 G 在这一轮翻译布考斯基前后，在中国译诗界刮起了一场风暴，在短短三四年的时间里，总共翻译了上千首外国名诗，出版了十余种译诗集，专译了莎士比亚、泰戈尔、阿赫玛托娃、特朗斯特罗姆等杰出诗人的作品，在"他译"（布考斯基之外）、"广译"（上百家外国诗人）上更进一步展示了实力与译功，以译文的诗性赢得了一线诗人的信任，在中国诗坛树立起了我们夫妻的翻译品牌。客观上，布考斯基著作的出版在中国内地终于有了突破，起先是一部小说集、一部长篇小说，到了去年，来自另外一位译者的诗集上市了……

面对此情此景，我感受复杂，用我后来对沈浩波的一句话可以概括："我感觉我们被欺负了！"

九

2017 年春，《伊沙诗集》（五卷本）由磨铁策划在浙江文艺出版社出版——我在五十一岁的年纪，出此厚厚五卷本，真是太奢华了！在这种情况下，沈浩波又放出话来：要在我五十一岁生日时送我一件礼物。我心想：这五卷本难道不是最好的生日礼物？再要送我什么，我还真有点不敢要的感觉，所以并未做任何猜想……但是，沈浩波让我自己猜时我却脱口而出猜对了：布考斯基的版权！

哦，我说出的仅仅是我心中最大的一个愿望！

于是，我从 2017 年 7 月开始翻译由美国学者 Abel Debritto 编选、美国 Harper Collins 出版社于 2016 年出版的 *Essential Bukowski*：*Poetry* 一书，书内所选的九十五首长短诗作，其中三十余首，我们之前译过，在此期间做了精心的重译，另外六十余首均为首译，整个翻译过程持续了将近九个月，对我和老 G 来说，这是史上第四轮的布诗翻译，又是一堂伟大的诗歌课，这使我们对布诗的理解再度加深，好在翻译中的点滴体会我都用诗句或碎片式散文诗的形式记录下来，在此精选一些，以飨读者，与了不起的布迷交流：

某个烂译者
说我译布考斯基
没他好
原因是
我不是个酒鬼

酒鬼
你以为你喝大之后
跟李白跟布考斯基一样
都能呕吐出黄金

1954：布考斯基开始发诗
1982：王小龙写出《纪念》
中国口语诗比美国口语诗
晚生二十八年——属于儿子辈

只有当我们站起来后
才能将他山之石看清楚
惠特曼是自由体白话诗

狄金森是现代抒情诗
庞德、艾略特是意象诗
金斯堡是前口语
布考斯基是后口语

在美国诗歌史上
前后口语诗的间距
非常短暂（大概五年）
由同一代人先后完成
我们与之十分近似

最爱布考斯基的
巨星是肖恩·潘
但最爱琢磨老布表情
并朝此方向长的是
我最喜欢的德尼罗

译布考斯基
给我译笑了
他写自己朗诵时的
紧张与窘相
骂自己是"胆小鬼"
又甩了中国诗人几条街

新译布考斯基

好多诗都有种
译过之感
事实上并没有

硬汉怕软
与海明威相似
布考斯基怕的东西
用中文描述更形象
江郎才尽

译布考斯基时
总能感觉到他对
美国诗人、美国诗坛
美国文学史的瞧不起
他有这个资格

二十多年来
自打布考斯基
越来越多地出现在中文世界
布罗茨基就越来越像学者了
被引用更多的是论文
以前他可是黑马在我们中间寻找骑手

布考斯基的结尾
大货司机的刹车

面对布考斯基我们束手无策，他活透了！

布考斯基诗中的美国生活总是让我感到似曾相识，哦，那是美国电影看多了。可是，我诗中的中国生活与中国电影中的，那可相差十万八千里。

伊诗专家没有发现的，我自己来供认：我1994年以前的诗中是没有人物对话的。1994，我和老G初译布考斯基的元年。

包括李白在内的中国酒鬼诗人与布考斯基的差距在于——他们没有写过自己酒后的丑态。

1995年，我与老G初译布考斯基，他有一首诗写到了电脑，我们看不懂译不通，于是便放弃了……

有时，布考斯基也爱使用排比句，与我们高大上加挥手指方向的"排比控"不同，他是往低小下加具体琐碎里走。

我与布考斯基不谋而合的相似之处：年轻时还有一部分超现实的诗，越老越少，终归于无。

扯去布考斯基酒鬼的假面，译出其大师的本相，让中国末流文青倍感扫兴一哄而散。

布考斯基提醒我：每个人的生活都是精彩的，只是绝大部分缺乏自知或者写不出来。

啥叫诗之翻译？布考斯基"吮吸疯癫的灰色"，被伊沙、老G译成："吐纳混沌的苍茫"——啥叫伟大的中文？

布考斯基在中文里的福气，缘于他至爱李白（万古酒友啊），超过莎士比亚。

布考斯基认为：黄种男人形似鬣狗——正中我下怀。

没有缺点的诗人绝非第一流，布考斯基的缺点之一是啰唆——带酒写作使然。

又为母语骄傲了一下，为我对它的掌握而自豪："所有填充物全都跑出来像一只老旧的枕头"被我译成"败絮其外，老旧枕头"。

布考斯基写大萧条，我想这就相当于中国诗

人写大饥荒，当我译到大萧条中的男人们开着车出去找工作时，我他妈的真想抽自己：比较文学的狗思维要不得！

中国的一些土鳖知识分子，守着一堆啥都译不出的烂译本谈论着：这个技巧好那个技巧好，奥登技巧最好……我和老 G 派布考斯基（口语大师无技巧？）去把他们的脸打成屁股。

因其父母首译了布考斯基，我希望儿子成功申请洛杉矶的学校，纽约也不错，是其父母的青春偶像金斯堡的城。

在诗内部，言说并不高级，但是最好的诗人会在沉稳的言说中掌控一切，譬如布考斯基，譬如我。

非诗人译诗者、非口语诗人译诗者译不出原作者的口气。

对布考斯基原著看了两眼，然后说译就译的女人，在中国只有一个，就是我老婆！

布考斯基不被征兵局录用，就像鲁迅在日本

加入回国刺杀团到了码头忽然怂了……他们
要是早早被打死了，我们怎么办！

译中忽发奇想：漫长的冷战时期，社会主义
阵营怎么没有利用好布考斯基——他把属于
资本主义的祖国揭露得太狠了！不读其诗，
我怎会知晓在美国还有五十六人同住一室的
便宜旅馆！

在更加了解布考斯基的今天，再回头看其他
美国诗人、欧洲诗人，都像温室大棚里长出
来的。

十

　　1995 至 2018 年——前后二十四年，我们终于等到
了这一天，就像你私藏了一位非法移民，他终于拿到
了绿卡，可以大摇大摆地走在阳光下……
　　对于中国诗歌来说，他又像是一位最出色的外援，
跟我们一块踢一块玩，告诉我们说：你们的踢法是对
的，是符合世界潮流的！
　　对于我们夫妻来说，这项合作的伟大性不亚于我
们合作生出吴雨伦！哦，对了，有心人在打听：在翻
译这件事上，我们究竟是怎样合作的？在此我愿意

答复：1995 年的第一轮，老 G 译初稿，我负责润色；2002 年的第二轮，仍然是老 G 译初稿，我负责润色；2011—2013 年的第三轮，我负责译初稿，老 G 负责校订；2017—2018 年的第四轮，我负责译初稿，老 G 负责校订。

对于一个有抱负的译者来说，要有广译，要有专译，最好再能有发现……如此说来，我们很幸运！由于我还有多种文体繁重的创作，由于我们夫妻也都是年过半百的年纪，放眼今后，不奢望再有新的发现（那得仰仗神赐），我们打算将专译锁定在布考斯基，再加上一些必要性很强的广译……

这辈子就这么着了。

这不，我们刚刚婉拒了一个重译惠特曼的邀请，但接受了布考斯基下一本诗集的翻译。

2018 年 3 月于长安

图书在版编目（CIP）数据

这才是布考斯基：布考斯基精选诗集 /（美）查尔斯·布考斯基著；伊沙，老G译.—成都：四川文艺出版社，2020.8（2024.11重印）

ISBN 978-7-5411-5549-9

Ⅰ.①这… Ⅱ.①查… ②伊… ③老… Ⅲ.①诗集—美国—现代 Ⅳ.①I712.25

中国版本图书馆CIP数据核字（2020）第102840号

ESSENTIAL BUKOWSKI: Poetry

by Charles Bukowski, selected and edited by Abel Debritto

Copyright © 2016 by Linda Lee Bukowski.

Published by arrangement with Ecco, an imprint of HarperCollins Publishers.

Simplified Chinese translation copyright © 2020 by Beijing Xiron Culture Group Co., Ltd.

All RIGHTS RESERVED

著作权合同登记号　图进字：21-2019-576

ZHE CAISHI BUKAOSIJI: BUKAOSIJI JINGXUAN SHIJI

这才是布考斯基：布考斯基精选诗集

［美］查尔斯·布考斯基　著　伊沙　老G　译

出 品 人	冯　静
责任编辑	王梓画　叶　驰
特约监制	里　所
特约编辑	修宏烨　李柳杨
封面设计	周伟伟
责任校对	段　敏

出版发行　四川文艺出版社（成都市锦江区三色路238号）
网　　址　www.scwys.com
电　　话　028-86361781（编辑部）

印　　刷　河北鹏润印刷有限公司
成品尺寸　130mm×198mm　　　开　本　32开
印　　张　9.5　　　　　　　　字　数　190千
版　　次　2020年8月第一版　　印　次　2024年11月第三次印刷
书　　号　ISBN 978-7-5411-5549-9
定　　价　69.90元

磨铁诗歌译丛

已出版

磨 铁 读 诗 会

大风起兮云飞扬。

从丰邑中阳里走出一介布衣刘邦，一番叱咤风云之后，夺得了天下，改革了弊政，展开了一幅大汉王朝的历史画卷，华丽明媚，熠熠生辉。

扇舞飞旋，岁月流转。往事的脉络被串成一首首诗赋，日月星辰，高山大川尽在其中；宫苑都会，街景市貌尽收其里；王侯将相，文人商贾尽列其间；鸟兽虫鱼，奇石佳卉尽出笔底；绘画雕塑，杂耍游艺尽显其貌；医卜巫祝，三教九流尽显其能。神采飞扬，夸奇炫博，层层书简中那错落的字句，蕴就了一代繁华，承载了一个盛世王朝不老的传说。

时光掠过高楼小筑，后宫深巷，金戈铁马，那些灿若星辰的人物，从这幅画卷中相继而来：汉武帝，董仲舒，李广，周亚夫，陈阿娇，卫子夫，李夫人，蔡文姬。

霍去病率领部下击溃匈奴大军，所向披靡，弱冠封侯，屡立战功，却在二十四岁时得病不治身亡。

张衡用十年写成《二京赋》，洋洋洒洒数千华美之词，赞叹汉室辉煌，却终看破官场，归隐山林。

司马迁忠君爱国，却遭惊天大难；司马相如一腔报国热血，却被当成歌功颂德的工具；东方朔欲在夹缝中求生，终落得黯然离去的下场。

英雄的离去总让人扼腕，美人的命运亦让人叹息。

勾栏瓦肆，长乐未央。一曲笙歌落，美人霓裳舞，一顾倾人城，再顾倾人国。遗世而独立的佳人，一舞醉了繁烟，也迷离了帝王冰冷的眸。奈何自古美人如名将，不许人间见白头。纵横孤绝的帝王，也留不住枕边红颜的消逝。倾城之美，倾城之悲。她孤独离去，留给他一生思恋，魂牵梦萦，此生难安。

一曲《白头吟》，承载了卓文君的决绝刚烈。在《凤求凰》那一幕完美的爱情剧落幕后，生死不离的承诺，却唤不回良人渐行渐远的心。白首相偕，难道只能是可望而不可即的奢望？终究心有不甘，索性放手一搏，闻君有两意，故来相决绝。

一篇《长门赋》，锁住了陈阿娇的幽怨自伤。烟花易冷，恩宠难再。帝王之爱薄如蝉翼，到头来不过是一场镜花水月。以色事君，色衰而爱驰，终究一梦成空。

一阕《哀怨曲》，唱出了王昭君的抑郁凄凉。客隅漠北，定是歌弦无琵琶，入耳满胡笳。终究异乡为异客，仲秋望月梦宫榻。她至死不会忘记汉宫的那间闺阁，息身遥远，唯独不忍去望中原的方向。一去紫台连朔漠，独留青冢向黄昏。

一段《怨歌行》，蕴蓄了班婕妤的无边寂寞。她空有满腹才情，却勘不破世道人心的无常。九重宫阙，爱断神伤。人生若只如初见，是否还会选择爱上？或者爱本就是劫数，无论如何终是在劫难逃。

风月迷人眼，泪洒诗行间。《上邪》的惊天誓言还在芦苇间飘荡，转眼便陌上花开，而良人依然未归。默默地等待，以一种凝望的姿态，会不会有柳暗花明与春暖花开，终等到故人缓缓而归？

过往的浮云，消逝的容姿，安舛如风，飘然而来，飘然而去。世仍沧海，心已桑田。

黄沙弥漫，湮没了金戈铁马的繁华过往，转眼便到了动荡的年月。末世的仓皇，是生命里躲不开的郁结。人们滤去所有浮华和沉重，以最素朴的句子来诉说最深的哀伤。

行行重行行，与君生别离。相去万余里，各在天一涯。乱世里，离别是最寻常的事，往往一别，再难相见。

纵然看惯离别，也没见过如此强烈的离愁。原该相守，却各居天涯，没有辜负彼此，却辜负了大好年华。古诗里的那些女子，心心念念的无非一句话，一封信，一个人。谁知道哪一天才能见到，谁知道这一生还能不能见到。

然而，乱世生离中，还有一个人在笃定地盼着自己回去，也该是一种奢侈的温暖吧。于是，所有的设想都弥漫着无奈与忧伤，却充满了情意和芬芳。

乱世里的人，什么都想抓住，什么都不再贪求长远。

所以，才见得"思君令人老，岁月忽已晚"是多么婉转忧伤的句子，仿佛世间的思念都已为你历尽，世上的苦楚都已为你尝遍。

所以，一句"同心而离居，忧伤以终老"才显得那样凄惶无助。所有温柔辗转的埋伏，只为让人于静寂中聆听更大的疼痛。

原来，有的句子平淡写来，却字字泣血，可以读到满心憔悴，仿佛于秋风中，惊见一树黄叶萧瑟于枝头。千年之后，这忧伤哀怨的叹息声，仍听得人心酸。

天地大悲不过如此，人生如寄，生死存亡，触目惊心。

荒烟蔓草，几轮烟月。繁华变作荒芜，沧海化作桑田。那些老去的往事，终究成了故事。

芳芷汀兰，白露渐起，沐风而歌。河边香草留下了余味，在河畔，在亭阁，忧伤的月，残照千年。丹朱的色彩没有变，瓦当的花纹也还是老样子。木叶萧疏，山水岑寂，所有的景色历历在目，没有繁花，没有浓荫，一切都清清朗朗于天地之间。

乱世退到很远，只有一个女子，婉转忧伤的心事，或隐或现。

一段苍凉戛然而止，置于心中，蕴蕴沉沉。

目　录

卷一　一往情深不堪忘

情爱的妙处在于不可预见、无法控制。人们永远都无法知道，会在什么时刻，爱上什么样的人，但是一旦爱了，便是千山万水，也无法阻隔那眉宇间的秋波。

死生契阔，与子成说

华夏五千年，最朴素的是历史，最美丽的是情诗。那旋律绕耳，那情丝绵长。《诗经》中的恋情便一直那样纯净美好："南有乔木，不可休思；汉有游女，不可求思。汉之广矣，不可泳思；江之永矣，不可方思……"

百多年后的汉朝乐府案前，也放着一首如《诗经》般美好的小诗。其语浅近易懂，其思致奇无边，其情深若瀚海。那倾倒不完的热辣情意，可以融化最冷硬的心。

上邪！我欲与君相知，长命无绝衰。山无陵，江水为竭，冬雷震震，夏雨雪，天地合，乃敢与君绝！

无名氏《上邪》

诗中的姑娘想必比较年轻，竟连用五个自然界中不可能发生的意象，热情大胆地表白自己的心。初读时，觉此诗表露的情意竟如此大胆直白，比勾栏瓦肆间的情话更令人面红耳赤。可就有这样一位烈性女子，她冒着被世人指点诟病之危，勇敢地倾诉了自己的一往情深。在《上邪》中，人们见到了撕心裂肺的爱情誓言。爱情成为一种信仰，一种至死不渝的忠诚。"死生契阔，与子成说"的勇气，并非人人都有。"我欲与君相知，长命无绝衰"的坚决，当能与之匹配。

记得那年荷花池畔，风絮飘零。纳兰容若白衫飘飘缓步行来。正是夕阳西下断肠时分，清朝第一才子将残阳含在眼中，悠悠念道："人到情多情转薄，而今真个不多情。"爱情，是否只有从浓烈转为黯

·001·

淡这一条出路？荷香已残，凭栏处，再无"一生一代一双人"。后世人独爱他哀叹"情深不寿"的辞章，独醉于他舔舐情伤的背影。爱情，难道果真是一道不可愈合的伤口？白首不离，是否只存在于遥不可及的梦境？

纳兰容若，那亲笔写出"人生若只如初见，何事秋风悲画扇"的彬彬少年，竟还没有千年前这小女子来得胆大。若说纳兰容若的爱情是柔软的悲剧，那《上邪》式的爱情，就是注定会涅槃重生的传奇。

法国作家杜拉斯说：爱情之于我，不是肌肤之亲，不是一蔬一饭，它是一种不死的欲望，是疲惫生活中的英雄梦想。爱情不是永恒的，追逐爱情才是永恒。何必为爱伤情？那只是为静谧海洋制造出滔天巨浪的温凉月光。无论你珍惜或是无视，它将永远照亮你心扉中最软的地方。

《上邪》，这首遥远的古调似乎还在耳畔缭绕，唱过了春华秋实，唱过了百岳千江。歌声中那丝丝入扣的浓情，变成了一种无形的力量，无时无刻不揉打着人们的心房。爱情，是不死的。

相爱，从不是为了告别，但往往爱到最窝心时，却要面临分别。于是此时，爱人之间总要做出些承诺，或言"青青子衿，悠悠我心"，或言"在天愿作比翼鸟，在地愿为连理枝"。总之，是要为那尚且没有结束，尚且不想结束的爱情做些什么。王维有言："红豆生南国，春来发几枝。愿君多采撷，此物最相思。"

凛凛岁云暮，蝼蛄夕鸣悲。凉风率已厉，游子寒无衣。锦衾遗洛浦，同袍与我违。独宿累长夜，梦想见容辉。良人惟古欢，枉驾惠前绥。愿得常巧笑，携手同车归。既来不须臾，又不处重闱；亮无晨风翼，焉能凌风飞，眄睐以适意，引领遥相睎。徒倚怀感伤，垂涕沾双扉。

无名氏《凛凛岁云暮》

同样的无作者，同样的情深似海。海誓山盟不久后，便要独自忍受新婚寂寞的少妇，倚窗思念远行的郎君。等待，悠长而寒冷。闺怨之苦，更是惆怅且寂寞。青青河畔草，绵绵思远道。她始终坚信自己嫁对了人，对那名曾有白首之约的男子，她依然抱有甜蜜的幻想。

岁暮寒，寒衣密密缝，家书墨阑珊。年关时节，远方的游子啊，你身居异乡是否有御寒的棉衣。婚后不久便分别，这是任谁也无法忍受的痛苦。孤枕难眠到天明，唯盼梦中得团圆。又梦良人罢远征，怎奈此愿古难全。梦醒之后，枕边的冰凉令人愈发绝望。冰冷渗入心扉，只恨不能化身飞鸟，穿越崇山峻岭去寻找爱人。只恨当初，怎么就那样坚信"两情若是久长时，又岂在朝朝暮暮"。

不就是如此吗？爱情初降临，是那样浓艳摄人。谁也未曾想过会有"人面不知何处去，桃花依旧笑春风"的一天。时间，是消磨爱情的毒药。当初的生死相许忽然就变得可笑与荒诞。当初依偎在一起的姿势，也忽然变得尴尬异常。不敢再回头张望，怕从前重叠在一起的两个影子，会让自己觉得悲伤。牵手之时，心不再悸动；回忆往昔，谁也想不起当初的誓言和情浓时悠扬的吟唱：凤飞翱翔兮，四海求凰……

情人们总是在时间的圆盘中不断做困兽之斗。当生死相许变得如同风化的石头一样沧桑，分离，便会以摧枯拉朽之姿袭来。爱情的玄妙，在于最伟大的诗人也写不出它的精髓，最会营造气氛的作家也描述不出流转在恋人间的情愫。

白驹过隙，情浅缘深在天意，情深缘浅在人心。只要曾经爱过，那爱就会像生根在心口的朱砂痣，年年复年年地炙烤着，熨帖着我们的心。路漫漫其修远，爱情，会让热情变成激情，会让能力变成动力。因为有爱情，我们勇敢，我们执着。

所以，当沧海桑田物是人非，即使眼中的山再不是山，眼中的水再不是水，我们还是会大步向前。就像不会有无法愈合的伤口一样，不会有人永远纠结在过去的阴霾之中。我们怀着一颗虔诚的心，为逝去的爱情送去哀悼和纪念。长江水，浩汤汤，卷走的不只是英雄，还有爱人们的梦想。无数的人爱过了、失去了，然后站在岸边，撒一捧鲜花，无力地观望。

爱情的故事，永远不会结束。从上古到后世千年，或爱或恨或随波逐流，只在诸君谈笑间。

入骨相思，百转千回

是"玲珑骰子安红豆，入骨相思知不知"更加忧伤，还是"在天愿作比翼鸟，在地愿为连理枝"更为动人？悠悠千载，文人骚客绞尽脑汁妄图给"爱"下个定义。爱情是司马相如吟唱《凤求凰》时卓文君眼中的光彩？还是弃女逢着故夫时长跪相问的语气？佛曰："恩爱犹若众鸟会栖于树，晨各离散，随其殃福。"

有所思，乃在大海南。何用问遗君？双珠玳瑁簪，用玉绍缭之。闻君有他心，拉杂摧烧之。摧烧之，当风扬其灰。从今以往，勿复相思！相思与君绝！鸡鸣狗吠，兄嫂当知之。妃呼狶！秋风肃肃晨风飔，东方须臾高知之。

无名氏《有所思》

"红豆生南国，春来发几枝。愿君多采撷，此物最相思。"每到七夕前后，成千上万的情侣便通过各种途径，将这首王维的红豆诗献给自己的爱人。《红豆》用词浅显，表意深浓，简单动人的话语，总是最能柔软人心。少女的情思如红豆，情浓时只恨不得倾身相许，这就是《有所思》。

《有所思》其诗与《上邪》一样载于汉乐府，是来自遥远北狄的战歌。周朝典籍有载，北狄一支，指的是分布在中原以北地区的少数民族。狄人的战歌热情奔放，风格多样。时光如梭，这首歌的本意与作者都已亡佚，只有歌中带给人的热辣情愫，长留心间。

闻君有他心，拉杂摧烧之。《有所思》让我们领略了北方女子面对感情的专注，甚至专横。全心全意的付出，便定要得到一心一意的回报。姻缘是杆小秤，左边的爱与右边的情一定要相等。当变心的男人撤走了爱的重量，烈性女子也绝对不再留半分感情。

此诗被选入乐府民歌，自然深得民歌之朴素浅显。它表白的情感是那般爱恨分明，世家子女从未曾见。就好像境界越高的人越是深藏不露，懂得越多的人越是不愿开口。被羞耻心牵绊着，被礼教束缚着，人们时常将自己追求爱欲、自由的本性遗忘在角落。这首情韵高昂、浅近古朴的小小诗歌，让人不由得想要随之起舞歌唱。

歌声如细碎轻快的脚步，带领我们走近一扇古老庄严的大门。轰隆作响，门开了，清风带着珍珠粉末飘了进来，我们好奇地、小心地探出了头。

温凉月光下，红衣飘扬的可爱女子，眼神执着地望着远方。这景象，正好应了那句诗：你站在桥上看风景，看风景的人在楼上看你。那是她爱人离去的方向，为了那个不知归期的男子，她日日期盼，日日彷徨。可北狄女子，怎会有汉人闺女的委婉和忧伤？大红的衣衫，毫不掩饰的情感，爱也罢，恨也罢，总要断个分明。

拜伦说："比一切更甜蜜的，是初次的热烈爱情——它是唯一独尊的。"狄人之歌经常是直白的呐喊，体现轰轰烈烈的美，像武则天的霸道决绝，像吉卜赛女郎的豪放热情。中原文化却尚和尚礼。其爱情，讲的是莲步轻移，情丝朦胧。古来写爱、写表白爱情的诗，有谁能写得过《诗经》呢？

青青子衿，悠悠我心。纵我不往，子宁不嗣音？

青青子佩，悠悠我思。纵我不往，子宁不来？

挑兮达兮，在城阙兮。一日不见，如三月兮！

《诗经·郑风·子衿》

今日众人常见的"青青子衿"一词便源于此诗。曹操的《短歌行》亦曾以"青青子衿，悠悠我心"抒发渴望招揽贤才的情愫。此诗可谓闻名遐迩。与《有所思》内容相仿，诗歌讲的是一个女子思念远方的丈夫，感觉生活苦闷而漫长的故事。不同的是，诗歌所用意象不再是华丽张扬的"双珠玳瑁簪"，而是两片衣领，一缕佩带。文字亦没有"当风扬灰"式的惊心动魄，更像是被少女含在嘴中，回环往复的低吟。

无论什么样的爱情，都是美丽的。无论哪种歌颂爱情的诗，都是值得感动的。我们享受着爱情的甜蜜，那是"爱而不见，搔首踟蹰"的美好，是"溯游从之，宛在水中央"的迷人。可同时，我们也承担着分离的苦与涩，那是"风飒飒兮木萧萧，思公子兮徒离忧"的哀怨，是"不得于飞兮，使我沦亡"的悲伤。

年华流走人伤心。何曾伤心人易老，只怕灯火阑珊时，此情可待成追忆。不敢爱的，不能爱的，错过了爱的，便得相思。

思念不是爱情，它是一种渴望幸福的情怀，是萦绕枕畔的幽香，是柔软了天空的白色云彩。思念，是无声的古乐，无字的《诗经》。

秋风萧萧愁杀人，出亦愁，入亦愁。座中何人，谁不怀忧？令我白头。胡地多飙风，树木何修修！离家日趋远，衣带日趋缓。心思不能言，肠中车轮转。

无名氏《古歌》

《古歌》不写爱情，只谈相思。这位远游在外的游子思念故乡，语言质朴，乡情浓浓。眼含热泪的男儿，望着他深爱的故乡，衣带渐宽，却心甘情愿。《古歌》与《有所思》都寄托了浓浓的情意，都是美丽的故事，异曲同工的情诗。

《古歌》五十余言，满纸愁思，令人目不忍睹。那是与萧萧秋风一起飘荡不散的思念，好像摇摇飘落的枫叶，好像秋日天空满满的愁云。愁云入眼，才知那是无处可消除的游子之思。千古游人，谁能不相思？因相思而斑白了头发的人比比皆是，杜甫思乡，亦曾有"白头搔更短，浑欲不胜簪"之叹。《古歌》中的游子独立萧萧旷野里，倾耳只闻杜鹃声。情丝婉转入诗，竹简那么重，只因承载的不止是翰墨，还有刻骨的思念，在百转千回。

爱时，若小鹿乱撞；恨时，若百爪挠心。有什么区别呢？都是在心上狠狠地画上一笔，总不若思念来得磨人、有趣。缱绻缠绵，循环往复，夜以继日地折磨着，那是生死茫茫的怨，无计消除的情。世间有爱、有恨、有思念，于是才被称作红尘。这浩浩红尘中，有公子情、佳人意，更有离愁恨、故园心。好不活泼，好一场相思戏。

闻君两意，唯愿一心

一别之后，二地相悬。说道是三四月，又谁知五六年。七弦琴无心弹，八行书无可传，九连环从中断，十里长亭望眼穿。百般想，千系念，万般无奈把郎怨。万语千言道不尽，百无聊赖十凭栏。重九登高看孤雁，八月中秋月圆人不圆。七月半，秉烛烧香问苍天，六月伏天人人摇扇我心寒。五月石榴花红似火，偏遇阵阵冷雨浇花端。四月枇杷未黄，我欲对镜心已凉。三月桃花随流水，二月风筝线儿断。噫，郎呀郎，巴不得下一世，你为女来我做男。

卓文君《怨郎诗》

后世文人绞尽脑汁始终无法探明，一个即将被命运长河淘尽青春的女子，是如何心平气和地提起柔毫，写下这封言辞浅淡的书信。这看似漫不经心的诗句，其实是她为司马相如设下的一个"情"网。

字里行间，她步步紧逼，逼他回忆起往昔刻入骨髓的疼痛，甜入心扉的恩情。看着满纸哀鸣，司马相如想不愧也不得不愧。才女卓文君，她将自己的一生都写进了这首诗中，那些只属于她和他的爱恨缠绵。她并非要爱郎自惭形秽，只是想以一名发妻的身份告诉他，过去种种，他做错了的，她不计较；他做对了的，她一生永铭。

聪慧如卓文君，在接到司马相如托人送来的那首"一二三四五六　七八九十百千万"，独独缺"亿"的数字诗，怎么会不明白"无亿"即"无意"的暗示。郎情如纸薄。感情于变心的男人而言，便如泛黄发霉的纸笺，放在身边，只觉碍眼。在那个男尊女卑的社会里，左拥右抱的男人被称作风流才子。三妻四妾的家庭被称作有齐人之福。富贵通达之日，便是糟糠妻下堂之时。

那桩被千古传唱的"凤求凰"的故事，那段被誉为"世界十大经典爱情之首"的姻缘，在卓文君铅华洗尽、颜色老去之时，生了变故。司马相如，终是有了纳妾的念头。然属意者何？各家史册杂谈均未有载，想来，应该是个年华正盛的佳人儿吧。或容颜倾城，或聪敏过人，然而有悠悠千载华夏史为鉴，她终是不及文君。

细细品这首《怨郎诗》，细细品这容颜柔且丽、性情婉且韧的女子。不难看清，从认识司马相如的那一刻，她便开始了日复一日、年复一年的跌宕之旅。早在丽质初成的那日，卓文君的傲气也已暗暗蓬勃生长。藏于姣好模样之下的，是向往自由的悸动心芽。最后，在女子最好的豆蔻年华，她毅然抛弃名利，与司马相如夜奔出府。

而今，那个被她信赖仰仗、奉若神明的男人，也同世间其他男子一样，变得寡情薄幸；也同前夫一样，要弃她而"去"。只见新人笑，哪闻旧人哭。一朝官运亨通，便要背弃同她的誓言，另结新欢。有人说，爱情像远山顶上漂泊不定的游云，清风一送，便是万里。回首之时，无论是云还是情，都已飘散得不成形。

四川琴台，相传是司马相如与卓文君初遇的地方。相如抚琴，文君卖酒，是世人最向往的爱情。杜甫曾有诗《琴台》云："茂陵多病后，尚爱卓文君。酒肆人间世，琴台日暮云。野花留宝靥，蔓草见罗裙。归凤求凰意，寥寥不复闻。"

凭栏远眺，那年的情景还依稀可见。她卓文君，在自己一生中最美的年华里遇见了司马相如。小字闺中坐，女儿方十七。垂花重掩映，难锁玉人心。从小锦衣玉食的卓文君，只愿觅得佳婿，不负韶华年岁。然造化弄人，娇滴滴的可人儿还未出嫁，便守了寡。"未娉夫死"四个大字将她压得喘不过气，更压碎了她白首不离的美梦。她还没能体会初为人妇的喜悦，便先感受了望门新寡的无边哀愁。十七岁的姑娘家，还没有懂得如何去爱，已经明白了什么是悲痛。

这样一个同时经历大喜大悲的女子，她人生的境界又岂是寻常人可以比拟的。可还记得那位被司马相如选中的小妾？在上善若水的卓文君面前，她无疑是一道乏味不堪的风景。

然而，对于司马相如来说，乡间的上善若水显然及不上京都的柳绿花红。岁月悠悠，当美色金钱纷纷袭来，早年携手与共的影子便能说放就放，半分眷恋也无。汉代的女子，终究不能觉醒，甘愿当男人背后的花木，盛放凋零只为君。

如果说那早丧的第一位夫君教会了卓文君何谓遗憾，那么，司马相如便带卓文君体会了爱情里柔肠百转的滋味。卓文君始终记得，那是许多年前的一个夕阳西下，在她父亲卓王孙的宴席上。他一袭广袖布衣，款步行来的身姿，竟与她梦中良人的身影缓缓重合。他一曲冲破规矩束缚的《凤求凰》，令她就此陷入爱情的泥沼之中不能自拔:凤飞翱翔兮,四海求凰。无奈佳人兮,不在东墙。将琴代语兮,聊写衷肠。愿言配德兮,携手相将……鲁迅在《汉文学史纲要》中有言:"武帝时文人,赋莫若司马相如。"才子之名,可见一斑。

古时婚姻,须讲求父母之命、媒妁之言,且与门第息息相关,无论是婚后生活幸福与否,它都具有顽强的生命力。而在自由恋爱中,无论彼此存有真情,抑或是逢场作戏,只要与长辈意愿相违,则往往无疾而终。家族名声与文人道统,哪里容得下半分亵渎。卓文君所处的西汉初年,正是汉武帝罢黜百家、独尊儒术的时期。若非门当户对,纵使情深似海,亦无法相守。十七岁,这个看似无法承担,甚至无从清楚知晓"婚姻"这个词的年纪,卓文君便独自担起从喜到悲、从悲到伤的重担。当爱情叩响心扉,地位、门户、金钱,一切的一切都被这饱读诗书的女子抛到了九霄云外。唯有爱情亘古地存在于天地之间,存在于相爱的人之间。

皑如山上雪,皎若云间月。闻君有两意,故来相决绝。今日斗酒会,明旦沟水头。蹀躞御沟上,沟水东西流。凄凄复凄凄,嫁娶不须啼;愿得一心人,白头不相离。竹竿何嫋嫋,鱼尾何簁簁。男儿重意气,何用钱刀为!

卓文君《白头吟》

只有这首假托卓文君之笔拟作的《白头吟》,这句无比契合卓文君心境的"愿得一心人,白头不相离",成全了才子与佳人的一见倾心。在两千多年前的中国,在那个真正存在着"凤"与"凰"的汉朝,怎能不情醉于如此直率的告白,如此坦诚的回应。

前事起伏,后情更加跌宕。背父私奔的卓文君,妄图挣脱封建礼教的桎梏,奔向自由的未来。然而,自由终究要付出代价。司马相如家境贫寒,除却满腹经纶,竟无一技傍身。《史记·司马相如传》记载:"梁孝王卒,相如归,而家贫无以自业。"卓文君的爱,让她愿伴他卖酒为生;文君的爱,让她只想和相如做一对只羡鸳鸯不羡仙的眷侣。想必那段日子,司马相如就是卓文君的唯一,故而她以千金之身当垆卖酒,为司马相如挡风遮雨。

　　世人常思，如若二人再没有回到家乡，如若二人再没有受过卓王孙的资助，他们是否会从此安于平淡，贩卖那浓香四溢的佳酿，直到白发婆娑？有人说贫贱夫妻百事哀，亦有人言患难夫妻见真情。当卓文君将《凤求凰》听进心中的刹那，就注定了她想要白首不相离的永恒。

　　往事湮没风中，文君为爱私奔，司马相如却为了那个无名的女子将卓文君的爱情之梦无情打破。难道司马相如那首"倾国倾城倾佳人"的《凤求凰》，只是为了她殷实的家境，或是夕阳下她含笑不语的娇容？

　　司马相如此决绝，卓文君却如此善良。堂前得宠、风光无限的丈夫要另觅新欢，下堂妻如何能拦？这个世界上本来就难有永恒不变的爱情，在千姿百态的诱惑里，司马相如变了的是那颗赤子之心。

　　"愿得一心人，白头不相离"，未见白头，离别却成必然。佛语有云："前世五百次的回眸，换来今生的一次擦肩而过。"不知道用了前世多少次的擦肩而过，才能换来这半生的厮守。从决绝地随着司马相如私奔，卓文君就已经学会将命运把握在自己手中。

　　相遇相知的偶然，却得出相离的必然。在这纷纷扰扰的尘世，离别早已命中注定。但对于卓文君这样将自己命运牢牢掌控住的女子来说，司马相如在接到那一封《怨郎诗》后，必然后悔的神情也应在她的预料之中。

　　故事在两千多年前完美定格，司马相如与卓文君，成了中国古代少有的鹣鲽伴侣。在如今，这一切都只能被猜想推测的两千年后，唯独真实的便是那一首骄傲的浅吟，和那一年春草重生之时，诉不完的款款爱意。

今生诀别，来世相约

　　世上；是否真的有生死相随的爱情？几千年来，人们不断追逐真爱的足迹。直到某一日，在天涯的对面，人们见到了海角。在天涯与海角遥遥相望之处，人们发现了一对形神毕肖的鸳鸯石。石头上，用娟秀的篆字，娓娓讲述着这样一段往事……

"十三能织素，十四学裁衣。十五弹箜篌，十六诵诗书。十七为君妇，心中常苦悲。"这是一首与《木兰辞》并称"乐府双璧"的叙事诗，有着《诗经》的现实，《楚辞》的浪漫。

这是一个有关殉情的故事。那还是在汉末，一个白兰花开，寒霜绽放的时节。一对被双方高堂、手足拆散的夫妻被逼无奈，决定将时间永远定格在彼此的生命中。

庐江府管辖下的小镇上，有户刘姓人家。刘家的女儿刘兰芝生得美丽动人又心灵手巧。在建安年间，动荡不安的社会大背景下，人心思变。单纯的刘兰芝那颗渴望爱情的心慢慢萌芽，慢慢生长，像庭院深处静静盛开的白兰花，待花意正浓时，唱出一首旋律悠扬的情诗。

刘兰芝是个个性坚强，性格独立的女子。《孔雀东南飞》第一段言其"心中常苦悲"，说明面对这场不被婆婆看好的婚姻，她心中亦有反弹。时光荏苒，随着相处日久，这种反抗意识也在心中缓慢滋长，最终促使她对丈夫有了"君既为府吏，守节情不移，贱妾留空房，相见常日稀""非为织作迟，君家妇难为"之语。并非贱妾织工懈怠，而是焦家之妇确实不好当。

刘兰芝孤单一人嫁到夫家，与丈夫纵然相爱，却因丈夫有公差在身无法朝夕相对。在焦家的日子里，更多的是与焦母相处。所谓"君家妇难为"的始作俑者，自然只有焦母。单纯美丽，并不代表逆来顺受。刘兰芝，从不是个会委曲求全的人。

然而，面对爱妻撒娇式的逼迫，刘兰芝的夫君焦仲卿，这个与妻子"相见常日稀"的男人，却选择对母亲的命令言听计从。君子者，侍君忠，侍母孝。焦仲卿是个不折不扣的君子。他深爱妻子，却也从来孝顺老母，每见母必"启禀"而言。即先要下跪请安，再开口说话。《礼记》有载："子甚宜其妻，父母不悦，出。"母亲毫无转圜的"休妻另娶"，是焦仲卿扛也扛不动的命令。母亲的绝情，令焦仲卿意外且心痛。然而懦弱的他除了苦苦哀求，竟不敢有半丝反抗。

府吏得闻之，堂上启阿母："儿已薄禄相，幸复得此妇。结发同枕席，黄泉共为友。共事二三年，始尔未为久。女行无偏斜，何意致不厚？"

阿母谓府吏："何乃太区区！此妇无礼节，举动自专由。吾意久怀忿，汝岂得自由！东家有贤女，自名秦罗敷。可怜体无比，阿母为汝求。便可速遣之，遣去慎莫留！"

府吏长跪告："伏惟启阿母。今若遣此妇，终老不复取！"

阿母得闻之，槌床便大怒："小子无所畏，何敢助妇语！吾已失恩义，会不相从许！"

无名氏《孔雀东南飞》（节选）

焦仲卿在母亲面前始终是唯唯诺诺的，对这位不能称作是慈母，却生了他养育了他的女人，他只能妥协。他只能选择与至爱之人分道扬镳。

一番"蒲苇纫如丝，磐石无转移"的海誓山盟后，刘兰芝被遣回了娘家。在后来发生的一系列变故中，孤单的她始终怀抱希望，希望焦仲卿能最终说服婆婆，迎她回家。只要能和焦仲卿在一起，忍受多少的屈辱她都愿意。然而刘兰芝，这名如白兰花般纤尘不染的单纯姑娘，她从未多想一想，在那个父母之命具有法律效力的岁月里，纤纤女流究竟占据了怎样的地位？在日日夜夜的等待中，刘兰芝所忍受的已不仅是屈辱，还有遥遥无尽的不安。

焦仲卿的母亲赢了，她用了一个母亲最不该用的手段，赢得了这场婆媳之争。接下来，她要为焦仲卿挑选一个符合她眼光的妻子。因为对于焦母来说，焦仲卿的想法，从来都不重要。

相较于焦仲卿"吾今且报府"的懦弱，刘兰芝对爱情的义无反顾，就显得尤为珍贵。"蒲苇纫如丝，磐石无转移"的誓言，千百年来一直在大众间争相传颂。从未有念弃君去，怎堪世情薄似纸；从未有心嫁他人，怎奈人情恶如斯；从未有意赴清池，怎知雨送黄昏花易落，霜打西风锦帕湿。

刘兰芝前后两次拒绝再嫁，可谓情深义重。然而这昙花一现的坚守，很快就被封建礼教下的"在家从父"的思想镇压。刘兰芝再倔强，毕竟是个女子，且是个被休离的女子。她守着自己有关爱情的誓言，家中兄长却只想将她再嫁给有权有势的人家。事实上，刘兰芝的兄长绝对不是有意去害她，他只是想为妹妹寻个更好的夫家，他不懂妹妹的坚持，不懂什么是"白首不相离"。

福无双至，祸不单行。娘家逼嫁的同时，刘兰芝还要承受焦仲卿的误会。许是命吧，在刘家人都以为她接受了现实，决定展开一段新的人生时，当再也没有人会限制她自由的空当，二人又相遇了。天色沉沉，刘兰芝满腔愁苦地出门散步。她听到熟悉的马蹄声，快跑迎上前……

府吏闻此变，因求假暂归。未至二三里，摧藏马悲哀。新妇识马声，蹑履相逢迎。怅然遥相望，知是故人来。举手拍马鞍，嗟叹使心伤："自君别我后，人事不可量。果不如先愿，又非君所详。我有亲父母，逼迫兼弟兄。以我应他人，君还何所望！"

府吏谓新妇："贺卿得高迁！磐石方且厚，可以卒千年；蒲苇一时纫，便作旦夕间。卿当日胜贵，吾独向黄泉！"

新妇谓府吏："何意出此言！同是被逼迫，君尔妾亦然。黄泉下相见，勿违今日言！"执手分道去，各各还家门。生人作死别，恨恨那可论！念与世间辞，千万不复全。

无名氏《孔雀东南飞》（节选）

"孔雀东南飞，五里一徘徊。"今生之别，来世之约。刘兰芝决定妥协了，是她太爱焦仲卿，她选择不计代价地回到这个无法保护她，却真的疼爱她的男人身边。刘兰芝单纯，却又何其通透。在这段婚姻里，她是被抛弃的，可他又何尝不痛。

"我们都是寂寞惯了的人。"张爱玲用最通俗的语言写出了婚恋中女子那份无可奈何的孤独。然而相比之张爱玲的哀伤，刘兰芝要面对的，却是整个时代的压力。

刘兰芝去了。就在悲伤无以复加的那一刻，她毅然挣脱了所有束缚，随着风的方向，义无反顾地朝晚霞弥漫的天空飞去。指如削葱根，口如含朱丹，顾盼生姿处，蒲苇照明堂。

清池之水漫过口鼻之际，不知道她想没想过，自己的约定，他会不会遵守？不知她想没想过，焦仲卿会不会在她死后另觅新欢。刘兰芝终是执着的。幸好，她的执着有了回报。纵然徘徊过，焦仲卿还是选择了去赴爱妻的来世之约。关于焦仲卿的徘徊，陈祚明《采菽堂古诗选》有云："兰芝不白母而府吏白母者，女之于母，子之于母，情固不同。"对妻子并非不是不爱，只是他还有难以卸下的责任。

这是一个看似关于爱情，实则讲述婚姻的悲剧故事。丈夫与妻子，本该是这世上最亲密的人。举案齐眉，相敬如宾，你在我眼里，我在你心中。能与你相依相偎走到生命尽头的，是唯一的那个他。可是，不知从何时起，夫妻关系被套上了一个沉重的枷锁。夫妇有礼，成了维持社会正常运转极为重要的因素。男女的结合，渐渐不再为了"心仪"。婚姻关系，渐渐变得不由自主。所以，一场婚姻坍塌覆灭，被埋葬的绝对不仅是爱情。

题序有云："汉末建安中，庐江府小吏焦仲卿妻刘氏，为仲卿母所遣，自誓不嫁。其家逼之，乃投水而死。仲卿闻之，亦自缢于庭树。时人伤之，为诗云尔。"从整个故事来看，这对苦命鸳鸯对双方付出的情感，已经远远超过了男女之情。那是一道生死不渝的契约，一道化为鸳鸯相依相伴、永不分离的契约。

《孔雀东南飞》本就是个传说。传说总是三分实，七分虚。之所以能流芳千古，是因为每次读到"指如削葱根，口如含朱丹"时我们唇角的微笑。是因为午夜梦回，闻得窗外莺啼，内心深处隐隐涌起的阵阵热浪。那像是眼泪，却原是一腔悸动的情愫。

刘兰芝和焦仲卿走了，带着无数痴情儿女的不舍，和后世无穷无尽的猜测揣度。

青松迎风傲立，梧桐凝望着细雨，林间有鸳鸯起舞，鸾凤和鸣。传说，凤凰的眼泪，能治好这世间最重的情伤。你看斜阳尚早，就让这场死生契阔的相随，来证明这世上真有那么一种情感，叫真爱。

卷二　百般相思亦枉然

那些女子的故事要怎么开篇，又该怎么结束。她们早已逝去，留下后人百般相思亦是枉然。只是，这般浮光掠影的东西，终究难以收鞘，遗留在外，让人莫不纠结。

胡笳悲音，终觅凤缘

她是史上第一位有名有姓有确实作品的女诗人。"明六列之尚致，服女史之语言。参过庭之明训，才朗悟而通云。"文学天赋，是上苍赐给她的礼物。尽管分毫不能改变这离离乱世，也不能改变她坎坷的命运。但总算是老天给她的补偿。有文章、诗歌的陪伴，她始终处在苦难里的人生，终于不再那样乏味。

蔡文姬，名琰。琰者，璧上起美色也。文姬少而善属文，《列女传》谓之"博学而有才辩，又妙于音律"。除却才学，文姬更是个乐观向上的女子。前后三次出嫁的经历，在古代女子中极为罕见，可算是异常坎坷。她竟咬牙撑过了这一切，且活得如春花绽放，风姿摇曳。后世文人所能及者，不过寥寥。

她是可遇而不可求的。

"天妒红颜""命运多舛"这类词根本难以概括她那些年的经历。因其父蔡邕乃是当时著名的学者，更是丞相之师，所以出嫁前的蔡文姬，不仅"才气英英"，且被教导得彬彬有礼。出嫁后，她也曾度过一段幸福美满的婚姻生活。丈夫卫仲道才华横溢，夫妇二人举案齐眉，琴瑟和谐。怎奈不过一年光景，卫仲道便染病去世，蔡文姬也因无所出而回到娘家。

公元192年5月，权臣董卓去世，一时军阀混战。"干戈日寻兮道路危，民卒流亡兮共哀悲。"羌胡番兵在此当口挥兵东进，掳掠中原，蔡文姬就在这场末世乱离中被劫——戎羯逼我兮为室家，将我

行兮向天涯。再如何不情愿，还是嫁给了南匈奴的左贤王。

如蔡文姬这般才华横溢、心高气傲的女子，却被困在那寸草不生的苦寒之地与一位语言不通、风情不解的王爷成了夫妻。可见命运，真的是和她开了一个天大的玩笑。这玩笑，将她未来几十年的人生光亮，浇熄在了那黑沉沉的现实之中。

"北风厉兮肃泠泠。胡笳动兮边马鸣。孤雁归兮声嘤嘤。乐人兴兮弹琴筝……"一去匈奴十二载，那段日子是蔡文姬人生中的低谷。身在异乡为异客，何况嫁却异乡人！温馨的家长里短没有，谈风弄月的知心人更没有。故而，怎样的疼宠呵护、衣食无忧，也难以抵消这才华横溢的女子对故乡的思念。十二年的凄苦，能够为她解忧的，只有那深深烙印在心中的华夏文明。在风吹沙起的日子，蔡文姬对于眼前的悲惨境地满腹愁怨无处诉，只能提笔挥毫。

我生之初尚无为，我生之后汉祚衰。天不仁兮降乱离，地不仁兮使我逢此时。干戈日寻兮道路危，民卒流亡兮共哀悲。烟尘蔽野兮胡虏盛，志意乖兮节义亏。对殊俗兮非我宜，遭恶辱兮当告谁？笳一会兮琴一拍，心愤怨兮无人知。

蔡文姬《胡笳十八拍》（节选）

这首《胡笳十八拍》是蔡文姬从塞外回到汉朝后所作。生于乱世的她深受乱世之害，随同难民流亡的道路全是坎坷。胡马烟尘中，匈奴将她俘获。在她为南匈奴的左贤王诞下子嗣后，又接到了曹操将要接她回中原的消息。能返回故土自然令她欢喜，但离开这里，就意味着要离开她的子女。这对作为一个妻子、一个母亲的蔡文姬来说，又是撕心裂肺的痛楚。蔡文姬正是怀着这样的心情写下了传唱千古的《胡笳十八拍》。

胡笳是匈奴人经常吹的一种乐器。在南匈奴的那十二年里，蔡文姬也学会了吹奏胡笳。当她终于离开这片她一直试图远离的土地时，才知道时间真的可以将一个人的感情彻底麻醉。在这里生活得太久太久，欠下的回忆债，越来越重。蔡文姬虽然选择了返回故乡，但她的人生也注定了就此残缺。大半记忆都被她丢在匈奴国，这个陪伴她走过最好年华的他乡。她感叹生命的无常，却也在天不垂怜的颠沛流离中学会如何坚强。当胡笳吹响，她的心，变得无比宁静、安详。

　　蔡文姬带着舍不下的忧伤回到了中原，幸福的生活似乎在向她招手。她振作起精神，鼓励自己虽已是年老色衰之身，但仍有追求幸福的权利。作为蔡邕的挚友与弟子，曹操以丞相之尊亲自下令接她回家。这位在汉献帝朝翻起千层巨浪的权臣，却有着一颗敏感多情的爱才知心。"呦呦鹿鸣，食野之苹。我有嘉宾，鼓瑟吹笙。"蔡文姬的身份、名气、才华都是他分外看中的，于是，丞相大人挥袖赐婚，将她许配给了年轻有为的田校尉董祀。

　　初与董祀结为连理之时，蔡文姬并没有得到幸福。早年经受过的种种挫折和对远在他乡的儿女的思念之情，时时刻刻折磨着她。虽受尽苦难却从未学会妥协的她，亦不知如何与这位养尊处优的小夫君相处。而董祀一介彬彬公子，即便迫于丞相威慑将文姬娶回家中，心里也是不大愿意的。曾经远嫁胡人的女子却成了他的正妻，一时间，令他如何接受？

　　如果命运愿意这样放过蔡文姬，也未尝不是件好事。青瓦素灯前，唱唱《胡笳》、读读《诗经》，转眼便是来生。夫君董祀犯罪当死，丞相下令斩首示众。蔡文姬是何等人物，早已习惯被命运捉弄的她，立刻以女子之躯，蓬首跣足拜请丞相收回成命。

　　当时正值隆冬时节，蔡文姬蓬头垢面，衣衫单薄冲到魏王府前"叩头请罪，音辞清辩，旨甚酸哀，众皆为改容"。她不卑不亢地为自己的丈夫辩白，面上丝毫不见惊慌。曹操座下能人辈出，但都被这女子的冷静果敢深深折服，变了脸色。

　　文姬的机智，曹操的法外开恩，令董祀获释。至此，董祀终于看清楚，这名他一直忽视的"糟糠妻"，原来是块不可多得的美玉。蔡文姬所挽救的不仅仅是丈夫的性命，还有她人生中最后这一段婚姻。相传获释之后的董祀，带着蔡文姬隐居山野，过起了神仙眷侣般的生活。夫妻二人泛舟江湖，同吟古调今声，不在话下。

回首大半个人生，婚姻的不幸带给了蔡文姬许多悲苦，她更曾作《悲愤诗》以自解，字里行间，说尽人世变换，种种辛酸。

欲死不能得，欲生无一可。彼苍者何辜？乃遭此厄祸。边荒与华异，人俗少义理。处所多霜雪，胡风春夏起。翩翩吹我衣，肃肃入我耳。感时念父母，哀叹无穷已。有客从外来，闻之常欢喜。迎问其消息，辄复非乡里。邂逅徼时愿，骨肉来迎己。己得自解免，当复弃儿子。天属缀人心，念别无会期。存亡永乖隔，不忍与之辞。儿前抱我颈，问"母欲何之？人言母当去，岂复有还时？阿母常仁恻，今何更不慈？我尚未成人，奈何不顾思！"

蔡文姬《悲愤诗》（节选）

对于历经沧桑的蔡文姬而言，挫折已经成为她与命运之间的小小游戏。玩儿的次数越多，就越发不将输赢放在心上。日月盈昃，辰宿列张间，人世几经。她将忧愤节撰成篇，心中却一派清明。真应了苏轼的那阕词："回首向来萧瑟处，归去，也无风雨也无晴。"

后人多言此诗"真情穷切，自然成文，激昂酸楚，在建安诗歌中别构一体"。但其实这只是蔡文姬作为一个女人，于世间来来回回度日、进进出出嫁娶之间，领悟出的一番甘苦罢了。

汉末丁廙的《蔡伯喈女赋》曾言蔡文姬有仙子般的聪慧与脱俗之美，在二八年华之际，以出众的气质得名乡里。文姬知书达理，才华横溢，既懂礼数又有教养。仲春之时，她穿着红色的罗裳戴着金钗玉镯，历尽沧桑的容颜却依然那样超凡脱俗。她的人生从此变得美好，她与夫君也能执子之手与子偕老，在平凡的生活中颐养天年。

古往今来写过蔡琰的正史与野史、情词与怨诗不可胜数。其实翻来覆去，不过就那么一句话：璧上起美色，千古一文姬。

倾国倾城，佳人难再

北方有佳人，绝世而独立。一顾倾人城，再顾倾人国。宁不知倾城与倾国？佳人难再得。

李延年《北方有佳人》

相传某次宫宴上，乐师李延年趁汉武帝酒酣微醉之际，献上了一曲《佳人歌》。歌中佳人生于北国，有南方女子没有的孤傲风情。佳人有倾城之貌，却又不似世上万千庸脂俗粉的美丽。佳人之美，是绝世无双的。

一生酷爱猎奇的刘彻只觉得，哪里会有这样的女子？然而，心已被这首歌撩拨得躁动不已。

平阳公主此时拱手答道："延年有女弟。"这位"女弟"，便是日后令刘彻神魂颠倒的李夫人。而彼时身为倡优的李姑娘，早已知道如何去魅惑一个男人。于是果如李延年所言，这名体态轻盈，舞姿曼妙，既精通音律又知书达理的姑娘，彻底倾倒了未央宫。

《汉书》称李夫人为"实妙丽善舞"。适时汉武帝正当壮年，后宫中有佳人无数，他却偏偏对李夫人疼爱有加。人说帝王之爱是霸道的，可哪个女子，不希望拥有一场能被载入史册的爱情呢？后宫佳丽三千人，三千宠爱在一身。姊妹弟兄皆列土，可怜光彩生门户。

然而，欲要拥有冰上起舞的绝世之姿，就要承担冰裂人亡的风险。进宫不过数年，李夫人便染上疾病去世了。想她一位夫人，圣宠正佳且产下皇子，突然早卒，真是令人唏嘘。

事实上，《史记》与《汉书》对这位李夫人的记载，是颇有出入的。《史记·外戚世家》中言其有子一人，兄弟皆在朝为官。寥寥数笔，说尽她短而乏味的一生。《汉书》却辅以描写渲染，先是以《佳人歌》大肆赞扬此女容色，又张冠李戴，将汉武帝招魂王夫人之事加诸她的身上。说汉武帝一生文治武功，却偏偏忘不了一名小小的倡女。所为者何？绝世佳人再难得也。

李夫人之美，不在容颜，而在她遗世独立的忧伤。

那年深秋，她身患顽疾药石罔效之际，汉武帝曾不顾帝王之身，执意前来探望。佳人却以袖遮面不肯相见。汉武帝不懂，即使面对行将就木的李夫人，他为何还是有那么多的好奇，那么多的不满足？其实只要他仔细想一想便能明白，那不过是女儿家欲拒还迎的把戏。只是那把戏，李夫人玩得极巧。一不留神，帝王也被她勾走了魂。其实，她不过是想用这仅有的一次执拗，换死后数十年里君主的牵挂。

从李夫人病逝前以袖遮面一事来看，这绝对不是个被爱冲昏头脑的姑娘。她始终清楚自己的身份，不是昔日的陈皇后，更不是今夕的卫子夫。以色事他人，能得几时好？李夫人是聪慧且明智的，即便是育有一子，也不敢有丝毫懈怠。她怎会不记得，戚姬死得那样凄惨。她舞姿翩然，总能分毫不差地找准自己的位置，极有分寸地挑逗着那位千古一帝。面对这难得的倾国之女，即便他是千古一帝，最终也动了凡心。

李夫人是明智的，她一介倡优，没有陈阿娇的家世，能令皇帝非娶不可；没有卫子夫的福气，与帝王相识落难时。她清楚地知道，枕畔酣睡的这个男人，不是她爱得起的。于是她步步为营，与世无争地守在后宫一隅，谦卑温婉。在汉武帝面前，却又总如局外人一般淡漠微笑。这是上上乘的为妃之道，昔日妲己也要甘拜下风。看着她的画像，汉武帝慨叹："望彼美之女兮，安得感余心之未宁？"她活得何等优雅，死得何等潇洒。

孝武李夫人的一生充满神秘色彩。《汉书》中说，她因乐师李延年献歌圣上，而被召入宫。之后一人获宠，家中兄弟皆平步青云。其中更有仲兄李广利，因其获宠而拜贰师将军出兵大宛之事。不知李夫人是否真如班固《汉书》所说的那般倾国倾城，但佳人一去再难得，却是有目共睹。

"罗袂兮无声，玉墀兮尘生。虚房冷而寂寞，落叶依于重扃。望彼美之女兮，安得感余心之未宁？"李夫人病逝之后，刘彻寤寐思服辗转反侧。一个晃神，便见纤纤楚腰起舞殿前；案前小憩，也能听见靡靡之音在耳畔唱响。

美人如花隔云端，求之不得，帝王心亦老。

美连娟以修嫮兮，命樔绝而不长。饰新宫以延贮兮，泯不归乎故乡。惨郁郁其芜秽兮，隐处幽而怀伤。释舆马于山椒兮，奄修夜之不阳。秋气憯以凄泪兮，桂枝落而销亡。神茕茕以遥思兮，精浮游而出疆。

　　　　　　　　　　　　　　刘彻《李夫人赋》（节选）

上天创造了一个美得令人忧伤的女子，又让其生命早早流逝。汉武帝为她修建新宫，请芳魂稍做停留。可失去她欢声笑语的宫殿就好像城郊安葬她的凄惶坟墓，充满了忧伤和静谧。汉武帝又在李夫人的坟茔前不分昼夜地驻足凝望，见桂枝滴落，秋日阳光折射出的影子，多像初见时她回眸一笑的身姿。不想思念，因为心无法随她而去。就算倾尽天子之力，也跨不过奈何桥，寻不见那缕袅袅寒烟。孤单寂寞的男人徘徊在月下，佳人在缥缈之间，渐行渐远。

刘彻将自己对李夫人的思念诉诸竹简，竹上刻痕犹在，斑驳如潇湘之泪。李夫人以死换来了尊严，也换来了帝王一生的思念。"惨郁郁其芜秽兮，隐处幽而怀伤。"世间的人太多，爱恨离愁太过纷繁，能让人记住且感动的故事，只有寥寥几则而已。

悲愁于邑，喧不可止兮。响不虚应，亦云己兮。嬿妍太息，叹稚子兮。悯罔不言，倚所恃兮。仁者不誓，岂约亲兮？既往不来，申以信兮。去彼昭昭，就冥冥兮。既下新宫，不复故庭兮。呜呼哀哉，想魂灵兮！

刘彻《李夫人赋》（节选）

汉武帝的哽咽永远得不到回应了。李夫人留给他的是遗憾，是注定此生无法忘记的眷恋。夫人别怨我未因思念而消瘦，只因稚子年幼，我曾答应你护他周全；夫人别怨我再未回到你的宫殿，只因彻之深爱，香魂已归离恨之天。

天妒红颜，要将你带离我身边。刘彻不恨苍天，只恨自己当初痴傻，非要见见这遗世佳人生得怎个容色娇颜。昭阳殿前初相遇，一见李氏误终生。

白居易叹"丹青画出竟何益，不言不笑愁杀人"。帝王之爱最浅薄，李夫人却能令汉武帝昼夜思念，渴望与其魂魄相见，却又不敢相见。只怕见亦悲，别亦苦。不见陈阿娇，不见卫子夫，李夫人用她的方式留住了帝王的目光。不争，亦不抢。她以仙人之姿降世，她在一生中最美丽的那几年遇见爱情，又以仙人之姿翩翩远走。

生亦惑，死亦惑，尤物惑人忘不得。人非木石皆有情，不如不遇倾城色。

长门恩断，陌路离殇

烹一壶清茶，赏一幅古画。画中女子影影绰绰，仿若要与君迎面而来，擦身而过。男人们永远也不会明白，肤如凝脂，骨若水铸的女儿家，拥有胜他们千百倍的包容与坚强。又或者，男人们心里是明白的。只是，他们更清楚，一日装作不知，便能多一日的肆无忌惮。为了哄骗全天下的女子，男人创造了历史。而皇宫，正是历史的集中营。

"明星荧荧，开妆镜也；绿云扰扰，梳晓鬟也；渭流涨腻，弃脂水也；烟斜雾横，焚椒兰也。雷霆乍惊，宫车过也；辘辘远听，杳不知其所之也。一肌一容，尽态极妍，缦立远视，而望幸焉；有不得见者，三十六年。……"

这是唐人杜牧笔下，秦阿房宫中的景象。无数佳人，被当成货物一般炫耀，然后弃之一旁。秦朝，一个强权不寿的时代，封建中央集权文明的开端。最终，落了个"一夫作难而七庙隳，身死人手，为天下笑"的下场。然紧随其后的汉朝，却成了中国封建社会中最鼎盛的朝代之一。人们总去嘲笑秦的短命，赞美汉的恢宏。其实汉朝的大部分制度、文化、语言、风俗均承秦而来。在这其中，也包括对宫廷女子的迫害。

自秦始，女子在华夏文明中的地位一降再降。直至唐武后称帝，方见转机。事实上，早在武后朝八百余年前的汉初，就曾有过这么一位女至尊。男儿能为者，她皆能为；男儿不能者，她亦敢做。她为丈夫争了一个皇位，也为天下争来了两百余年的安生，更为自己争来了史书的"本纪"之荣。她叫吕雉，是汉高祖刘邦的结发之妻，也是中国历史长河里第一位临朝称制的女性。

吕雉的过人之处，在于她以女子之躯执掌天下十余载。吕雉的悲哀，在于她能执掌天下，却留不住良人的目光。刘邦的心，永远在更年轻的女人身上。"忽见陌头杨柳色，悔教夫婿觅封侯"的心情，没有人比她更清楚。一国之后的尊荣，使她连"君心与妾既不同，徒向君前作歌舞"的权利都没有。万般无奈之下，这个早已习惯掌控一切的女子，终于变得面目狰狞，心狠手辣。

吕雉是悲哀的，这种悲哀渗透了灵魂，枯竭了心扉。被吕后戕害的戚夫人亦是悲哀的，只是她的悲哀，无关心神，只因夺夫之恨。这位连名字都未被记载的绝世佳人，是刘邦在风烛残年的那段日子里，最温柔的陪伴。"汉王此地因征战，未出帘栊人已荐。风花菡萏落辕门，云雨裴回入行殿。"二八佳人在怀，枕畔日日馨香萦绕，好不自在。她成了最美的女子，最媚的女人。戚夫人给了刘邦一个美梦，带他重回少年时，满足了他作为男人的自尊心。

她本可以平安顺遂地颐养天年，错就错在，身为一个女子，她不懂什么叫"权"。《史记•吕后本纪》："及高祖为汉王，得定陶戚姬，爱幸，生赵隐王如意。孝惠为人仁弱，高祖以为不类我，常欲废太子，立戚姬子如意，如意类我。戚姬幸，常从上之关东，日夜啼泣，欲立其子代太子。"

戚夫人单纯得令人想要发笑。无权无势的姬，却妄图和那"与高帝共定天下"的"女皇"争夺嫡位。岂不比"燕雀与鸿鹄谁能飞得更远"这个问题，更加可笑吗？于是，人们给这位可笑的女人，配上了一首可笑的歌："子为王，母为虏。终日舂薄暮，常与死为伍。相离三千里，当谁使告汝。"

历史，不会因为虞姬泪尽，霸王自刎而驻足；不会因为吕后专权，戚氏惨死而恸哭；亦不会因为汉武穷兵，阿娇被幽禁而生出半分不该有的波澜。戚夫人为她的不自量力付出了生命，吕雉为了一个不值得她爱的男人付出了所有，而陈阿娇，即便是倾尽整个身心，也没换回未央宫里的那个人，一个顾盼与回眸。

陈阿娇的一生，留给后人太多故事。她曾为皇帝正妻，有和吕雉一样的权势，然而她不是吕雉，她不会弄权；她也曾风华正茂，恩宠万千，然而她不是戚姬，她不会媚人。青梅竹马、患难与共的正宫皇后，从上古典籍翻起，直到封建社会灭亡的那日，只得她陈阿娇一人。

东汉班固为后人留下了这样一则故事：汉武帝刘彻于乙酉年七

月七日生于猗兰殿。四岁的时候被封为胶东王。又过了几年，文帝之女长公主刘嫖见他聪明讨喜，便抱着他问："彻儿可想娶妻？"刘彻说想。长公主便指着身边伺候她起居的百余宫女问他喜欢哪个，刘彻都说不喜欢。最后长公主指着女儿陈阿娇问："阿娇可好？"刘彻笑着说："好，若是能娶阿娇为妻，必定建一座金屋送给她。"

金屋藏娇，简直神仙也要羡慕。金屋藏娇，即便只是刘彻想倚仗姑母馆陶公主的势力，去争抢太子之位，而无心许下的承诺，它也是所有女子求之不得的美梦。

奈何金屋之后，便是长门。

《长门赋·序》中说："孝武皇帝陈皇后时得幸，颇妒。别在长门宫，愁闷悲思。闻蜀郡成都司马相如天下工为文，奉黄金百斤为相如、文君取酒，因于解悲愁之辞。而相如为文以悟上，陈皇后复得亲幸。"

司马相如是诗人，所以他懂陈阿娇的寂寞；司马相如是男子，所以他懂刘彻的心思。"故人昔新今尚故，还见新人有故时。"对于汉武帝刘彻来说，后宫的生活，不过是他实现宏图霸业的间隙，一隅可供休憩赏景的凉亭。千古一帝，注定了他的孤独，也注定了陈阿娇的错爱。男人的欲望，是掠夺，是占领。《长门赋》词情深邃，将陈阿娇描摹得风姿绰约，楚楚可怜。忽然，就让汉武帝对这名被自己冷落多年的佳人重燃爱意。

夫何一佳人兮，步逍遥以自虞。魂逾佚而不反兮，形枯槁而独居。言我朝往而暮来兮，饮食乐而忘人。心慊移而不省故兮，交得意而相亲。

司马相如《长门赋》（节选）

佳人轻移玉步，香魂飘散，去往未知之境。独居之处，庭院萧索，"玉肤不禁衣，冰肌寒风透"。李白《拟恨赋》言："若夫陈后失宠，长门掩扉。日冷金殿，霜凄锦衣。春草罢绿，秋萤乱飞。恨桃李之委绝，思君王之有违。"日日守着孤馆寒梅盼君来，却道"只见新人笑，哪闻旧人哭"。

忽寝寐而梦想兮，魄若君之在旁。惕寤觉而无见兮，魂迁迁若有亡。众鸡鸣而愁予兮，起视月之精光。观众星之行列兮，毕昴出于东方。望中庭之蔼蔼兮，若季秋之降霜。夜曼曼其若岁兮，怀郁郁其不可再更。澹偃寒而待曙兮，荒亭亭而复明。妾人窃自悲兮，究年岁之不敢忘。

司马相如《长门赋》（节选）

夜深忽觉枕衾寒，花容乱，梦醒却见床上只有一副玉枕。令人魂飞魄散的哀伤，那是情殇。令人瑟瑟发抖的寒冷，那是冷宫。从夜半盼到天明的日子，日复一日。天边的星光，犹如秋之霜降一般清冷。庭院深深，却承载不动她的忧伤。刘彻啊，究竟是君不识蛾眉有人妒，还是等闲变却帝王心？秦宫佳人不得见，三十六年掐指过。等待如此心酸，我却甘之如饴。是我的味觉失了准？还是往事太甜，太难忘记？

陈阿娇其人，没有吕雉的才干，没有戚姬的美色。终其一生，她只为自己的爱情而活。爱情是浪漫的，又是盲目的。在她的意识里，刘彻是她的丈夫，且只能是她一人的丈夫。谁敢与她争抢，便要付出生命的代价。可笑，可叹，帝王之爱，阿娇永远不懂。于是即便有了《长门赋》，刘彻与陈阿娇，最终也只能形同陌路。

女人似水绕指柔。权力，令女人这汪温柔的水沸腾不已；爱欲，令女人备受煎熬后仍然义无反顾。宫中女子的悲哀，在于她们无法在恩宠与自我之间找到平衡。欲望，使她们变得狰狞可怖；寂寞，折磨得她们形销骨立。爱，永远无法分享。帝王之爱，永远不可能是真爱。镜花水月间，上演的是一幕幕荣宠与冷落。

远嫁胡地，燕支长寒

其一

汉家秦地月，流影照明妃。

一上玉关道，天涯去不归。

汉月还从东海出，明妃西嫁无来日。

燕支长寒雪作花，蛾眉憔悴没胡沙。

生乏黄金枉图画，死留青冢使人嗟。

其二

昭君拂玉鞍，上马啼红颊。

今日又宫人，明朝胡地妾。

李白《昭君怨》（二首）

唐天宝年间，李白单骑走漠北，行至中郡单于都护府，驻足祭奠王昭君。李太白其人永远是独特的，此诗中"燕支长寒"两句下笔新奇，非亲身所见不能得之，非凡夫俗子所能及之。好好一首哀怨诗，竟让他写出了清水出芙蓉的美感。

一曲大漠哀怨歌，远不如一场心与心的交流，眼神与眼神间的领会来得动人。王昭君的美，不在她的忧伤，而是在忧伤聚成海之后，向命运妥协的勇敢。

《后汉书·南匈奴传》载："昭君字嫱，南郡人也。初，元帝时，以良家子选入掖庭。"在后宫生活数年，无非是春风桃李花开日，秋雨梧桐叶落时。跨入掖庭多少年，王昭君就寂寞了多少个昼夜。可这又有什么呢？"一入王庭寂寞身"的少女数不胜数，忧伤，更是比胭脂花蜜还要浓郁。

《尚书·尧典》云："诗言志，歌永言，声依永，律和声。八音克谐，无相夺伦，神人以和……"其中有言，诗与歌都是用来表达思想感情的方式。

一更里，最心伤，爹娘爱我如珍宝，在家和乐世难寻；如今样样有，珍珠绮罗新，羊羔美酒享不尽，忆起家园泪满襟。

二更里，细思量，忍抛亲思三千里，爹娘年迈靠何人？宫中无音讯，日夜想昭君，朝思暮想心不定，只望进京见朝廷。

三更里，夜半天。黄昏月夜苦忧煎，帐底孤单不成眠；相思情无已，薄命订姻缘，春夏秋冬人虚度，痴心一片亦堪怜。

四更里，苦难当，凄凄惨惨泪汪汪，妾身命苦人断肠；可恨毛延寿，画笔欤君王，未蒙召幸作凤凰，冷落宫中受凄凉。

　　五更里，梦难成，深宫内院冷清清，良宵一夜虚抛掷，父母空想女，女亦倍思亲，命里如此可奈何，自叹人生皆有定。

王昭君《五更哀怨曲》

　　水晶舞鞋，不是人人都能拥有的。一往情深，也不是人人都能体悟的。少年不识愁滋味，为赋新词强说愁。王昭君的诗，不带艺术美感，不带描写雕刻，更像是拢着琵琶弦随意哼出的小调，但总算是倾诉有道，也能帮她打发漫漫长夜的冷意。

　　年少的姑娘一颦一笑都倾城，想必前世，这名王姓女子必是灵山下一棵百忧草。寄居在她魂里的忧愁太深，拖累今生也要被思念填满。昭君的哀怨仿佛没有尽头。她生得这样清丽美好，命运怎能不捉弄她？《后汉书》载："（汉元帝）时，呼韩邪来朝，帝敕以宫女五人以赐之。"

　　呼韩邪单于早年间与汉朝交好，感情日笃之际，有了和亲的打算。汉元帝没有武帝挥戈大漠的英雄气，便欣然答允联姻。然而竖看华夏千载，远嫁正牌公主的皇帝可谓凤毛麟角。白居易《阴山道》诗中有一位咸安公主出嫁回纥，这实属不易。汉元帝自然也没有大方到愿意把自己亲生的女儿送去黄沙滚滚的塞外。宗亲大臣商议后决定，从宫女中挑选数人赐给单于，王昭君正是其中之一。

　　王昭君被选和亲的前后因由众说纷纭。如今正史中这般记载："昭君入宫数岁，不得见御，积悲怨，乃请掖庭令求行。"这便是说，昭君自请远嫁。

　　阳春三月，春暖花开好时节。王昭君彩衣翩翩，仙人般行至朝阳殿。汉元帝九五之尊，心疼美人远嫁，更恨自己怎么没先遇到她。真是"低徊顾影无颜色，尚得君王不自持"。

　　《后汉书》载："昭君丰容靓饰，光明汉宫，顾景斐回，竦动左右。帝见大惊，意欲留之，然难于失信，遂与匈奴。"昭君出塞，千古流传。曾有诗人赞她和亲之举且悲且壮，有诗"汉武雄图载史篇，长城万里遍烽烟。何如一曲琵琶好，鸣镝无声五十年"赠之。可叹，由来女人懂得男人的理想，男人却不懂女人的悲伤。一柔弱之躯，竟要远赴他乡，到那铁马冰河孤魂遍野之处了却今生，怕之唯恐不及，哪里还想得起什么家国天下？

一去紫台连朔漠，独留青冢向黄昏。对王昭君来说，天上是南飞的鸿雁，人间是满目的胡杨、沙丘。家人、君王、锦衣华服都已恍如隔世。琵琶声停欲语迟，不见明妃落雁冢。

王昭君就这样斩断了自己和那个瑶池青柳的中原故土的所有联系。后世有《王嫱报汉元帝书》，书中文字如泣如诉："臣妾幸得备身禁脔，谓身依日月，死有余芳。而失意丹青，远窜异域，诚得捐躯报主，何敢自怜？独惜国家黜涉，移于贱工，南望汉关徒增怆结耳。有父有弟，惟陛下幸少怜之。"然和亲乃是国家行为，皇帝金口玉言许诺的，即便是嫁了公主都不能说回就回，王昭君不会那么不自量力。

你想要的，生活都会给你。只是看你愿意付出多大的代价交换。远嫁呼韩邪单于，对昭君而言，未必不是一种解脱，一种新的开始。如人饮水，冷暖自知。人在面对选择时难免犹豫，没有人知道今日的选择会造成何种结果，但人生只有在不断的选择中才能前行。王昭君跨出宫门，见识到塞北大漠辽阔天地，巍巍天山雪顶含翠之时，忽然觉得命运不是在和她开玩笑，只是许了她一世长安。

王昭君还没来得及幸福，大漠风烟却忽生变故。她出嫁第二年，汉元帝驾崩；出嫁第三年，夫君单于病逝。真应了那句话：君不见咫尺长门闭阿娇，人生失意无南北。昭君怨，苦难当，命运凄凉，风吹人断肠。

远见家乡海之畔，妾身却在天之涯。风也萧萧，雨也萧萧。寄声欲问塞南事，只有年年鸿雁飞。心醉处，那年玉关情，落雁谣。

秋木萋萋，其叶萎黄，有鸟处山，集于苞桑。养育毛羽，形容生光，既得行云，上游曲房。离宫绝旷，身体摧藏，志念没沉，不得颉颃。虽得委禽，心有徊惶，我独伊何，来往变常。翩翩之燕，远集西羌，高山峨峨，河水泱泱。父兮母兮，进阻且长，呜呼哀哉！忧心恻伤。

王昭君《怨词》

　　眼前的树林秋叶金黄，寄居在山中的飞鸟放声歌唱。"云无心以出岫，鸟倦飞而知还"的优雅，昭君竟然懂得。水土养得故乡人，飞禽羽色油亮，翩翩翱翔。又见天边滚烫的云霞，那如梦似幻的颜色，却不是吉兆。云霞将王昭君带入了深宫，一入宫门深似海，从此故乡只在梦中。

　　命运给了她选择的权利，也给了她逃脱的机会。但王昭君与这机会擦身而过。于是，她只能倾尽全力克制自己，只身与荒凉大漠斗争数十寒暑。只留下那"不籍雄兵千百万，琵琶一曲静胡尘"的凄凉之语。

　　纳兰的诗，总是有关深爱的。他说："今古河山无定据。画角声中，牧马频来去。满目荒凉谁可语。西风吹老丹枫树。从前幽怨应无数。铁马金戈，青冢黄昏路。一往情深深几许。深山夕照深秋雨。"而王昭君的情感，正隔了几个世纪与他遥相呼应。王昭君深切爱着的，不是汉宫君王，不是塞北单于，更不是诗赋小说中写的那样，爱什么家国苍生。王昭君之爱，是这世间芸芸众生都懂的爱情。她爱琵琶声，爱琵琶声弹出的乡音，爱三峡江头回荡着的款款歌声。

　　她终究在大漠那片土地上，抑郁而终，未能回到那个令她魂牵梦绕的中原故土。

　　王昭君死后，葬于当地，因为她的墓依山傍水，始终草色青葱，所以王昭君的墓地又被后人称为"青冢"。大漠深处，倩影翩跹，从青冢中走出来的芳踪令人难寻影迹，始终心生怜惜，像那青冢上的青草，密密地疯长。

自退冷宫，苦心终负

　　人说，后宫女子的命运从来不在自己的手上。此话有理，却也无理。有理者何？自汉高祖始，戚姬之《戚夫人歌》、陈皇后之《长门赋》、李夫人之《落叶哀蝉曲》、明妃之《怨词》，此四诗者，字字恨泪斑驳。无理者何？汉成帝朝班氏婕妤，德贵淑灵，雅好诗文，因不屑与宠妃赵飞燕为敌，自请幽居深宫。

人生在世，总有事非执着不可，总有事绝不可执着。

翻开梁代文论家钟嵘《诗品》的第一页，有这样一句话："从李都尉迄班婕妤，将百年间，有妇人焉，一人而已。"《诗品》将两汉至梁代百余位诗人分为上中下三品，班婕妤位居上品，且为众诗人中唯一的女性。《诗品·汉婕妤班姬》言："其源出于李陵，团扇短章，辞旨清捷，怨深文绮，得匹妇之致。"

作为汉成帝的妃子，班婕妤容貌秀丽、聪慧大方、举止庄重自持。她在《自悼赋》中言自己"承祖考之遗德兮，何性命之淑灵"。难能可贵的是，她还拥有世间男子罕能及之的文学才华。其《自悼赋》以《楚辞》之体，《诗经》之境，千古以来，始终在中国文学史上占有一席之地。

班氏跻身汉成帝登基后首次召选的女眷，以良家子之身入了宫闱。其后忽蒙圣宠，被封"婕妤"之位。前后不过一年光景，汉成帝便赐予她可以独自居住的馆所、宫殿，还与她生得一子。可惜小皇子出生后不过数月，便因病夭折了。《汉书·外戚传》载："成帝游于后庭，尝欲与婕妤同辇载，婕妤辞曰：'观古图画，贤圣之君皆有名臣在侧，三代末主乃有嬖女，今欲同辇，得无近似之乎？'"

可见，初入宫闱的班婕妤是蒙受皇恩，年轻且骄傲的。她知书达理，更有着自己的坚持。汉成帝为她的才华所倾倒，为她出淤泥而不染的清丽气质所折服。于他而言，班婕妤已不仅仅是可以蒙承恩泽的良家子，更是千金难买的红颜知己。情浓之时，他更要求与她同辇而行。

班婕妤的命，始终掌握在她自己的手中。佳人拱手作礼，不卑不亢地说出拒绝之言。诚然，若是寻常人家的夫妇，自然不必拘于俗礼。但汉成帝身为九五至尊，言行坐卧皆需有礼有例，半分不得僭越。身为帝王要付出的代价，班婕妤比帝王更懂。

这一拱手的辞言，令皇帝羞愧不已，就连太后也欣喜地称赞道："古有樊姬，今有班婕妤。"樊姬，是曾辅佐楚庄王，使楚国威名远扬的贤妃。太后这一赞，令班婕妤在后宫的地位愈发显贵。然日诵《诗经》《女师》的班姬，又怎会同寻常宫妃一般恃宠成娇？智慧如班婕妤，与后宫一众坐井观天的女子怎能同日而语。《汉书·外戚传》载："赵飞燕姊弟从自微贱兴，逾越礼制，浸盛于前。班婕妤及许皇后皆失宠，稀复进见。"

　　青春年华流水似的过。班婕妤文质彬彬，同女夫子无异，自然读得懂《诗经·白华》里那句："白华菅兮，白茅束兮。之子之远，俾我独兮。"独宠圣前，能有几时？而失宠的下场，聪明的班婕妤在史记里读得分明。自然她也能看懂，汉成帝凝视那舞姬的眼神。

　　她便是历史上有名的赵飞燕，是李白诗中"一枝红艳露凝香，云雨巫山枉断肠"的女子，也是《西京杂记》中那"骨纤细，善踽步而行，若人手持花枝，颤颤然，他人莫可学也"的妙龄佳人。与她同处一朝的女人，无一不嫉妒。

　　只除了班婕妤。

　　班婕妤眼中的赵飞燕，是艳俗且有害礼教的。是当不得圣前之人的。然自己一介女儿身，身为后宫妃嫔的她对这种事却又那般的无可奈何。随着愁苦识尽，年华不再，这位千古传奇女子，也只能成为寂寞宫墙内，一粒可有可无的尘埃。

　　新裂齐纨素，鲜洁如霜雪。裁为合欢扇，团团似明月。出入君怀袖，动摇微风发。常恐秋节至，凉飙夺炎热。弃捐箧笥中，恩情中道绝。

班婕妤《怨歌行》

这就是后宫女子的命运。新人一笑，旧日恩情绝。

　　可班婕妤岂是寻常宫娥？她的命，她要自己掌握。原是不想进宫的，却用一人自由，换来举族安宁。如今，她又将自请退居东宫，换下半世的太平。

　　赵氏姊弟气焰遮天，长安城内一片喧嚣，班婕妤一方清静之殿也沾染了红尘之气。终于，她倦了。这世上哪里会有姬妾求丈夫休了自己？且看汉成帝妃班婕妤。一纸奏章，不求恩宠，只求清静。赵飞燕的美丽娇媚冠于后宫，可班婕妤的超脱，又岂是小小宫闱所能容纳的。

长信宫，那个等同于冷宫的地方。于嫔妃而言，冷宫就是芳冢。班婕妤却时刻谨记，君子者，不可长处乱世。后宫已被赵家姐妹搅得浑浊不堪，到长信宫中侍奉王太后，一可以避祸，二可以得清静，反而是最好的处所。忘却昔日之情，走得这般潇洒。只因为她崇拜的，心所向往的是大汉天子，而不是眼前的男人。

一曲《自悼赋》，哀的是礼崩乐坏，人心不古。她将自己比作屈原，比作宋玉。后人只以为她因恩宠不再而悲伤惆怅，又有几人能明白，她从不想做妲己，她是想做樊姬。

岂妾人之殃咎兮，将天命之不可求。白日忽已移光兮，遂晻莫而昧幽。犹被覆载之厚德兮，不废捐于罪邮。奉共养于东宫兮，托长信之末流。共洒扫于帷幄兮，永终死以为期。愿归骨于山足兮，依松柏之余休。

班婕妤《自悼赋》（节选）

比起做一名姬妾，班婕妤更愿意做一名诗人。她向往盛德光辉的周朝，憧憬娥皇女英时的盛世清明。她痛恨赵飞燕狐媚惑主，就像屈原痛恨那些颠覆楚国的谗臣。虽深居简出，却从不敢忘怀昔日圣前之恩。只是"樊姬"已死，她最后只希望"楚庄王"能励精图治，不要被眼前的美色迷惑。黄昏已经来临，臣妾的生命也将走到尽头。但愿夫君将我葬于松柏之下，但愿夫君能明白我的一番苦心。

汉成帝最终没能明白班婕妤的苦心。懂她的，是左思："郁郁涧底松，离离山上苗。以彼径寸茎，荫此百尺条。世胄蹑高位，英俊沉下僚。地势使之然，由来非一朝。金张藉旧业，七叶珥汉貂。冯公岂不伟，白首不见招。"

松于涧底生，苗于山间秀。班婕妤空有松柏的高洁，却比不上赵飞燕掌上舞的飘飘欲仙。"贤者处蒿莱"的苦楚，后宫中没有人能明白。

植满郁郁松柏的道路上，班婕妤孤独地走着。毫无暖意的日光匆匆划过，不肯为她停留片刻。床帏暗，孤风冷。在夜以继日的孤独时光中，班婕妤度过了她人生中最平静的几年。弥留之际，回顾宫墙中的一切，她有憾，却无悔。

卷三　红尘妖娆繁花乱

汉代的男男女女，于长安的亭台楼阁，羊肠小道上邂逅：艳丽佳人古香古色的装扮，让人眼前一亮；俊朗男子对事业的一腔热情，难以言表；还有男女之间的情事纠葛，婚姻爱恨……

这些往事于闹市，于乡间，都留下了痕迹。红尘莫不妖娆。

美人如花，蕙心纨质

"开我东阁门，坐我西阁床。当窗理云鬓，对镜贴花黄……"即便是《木兰诗》中那如男子般的花木兰，也喜爱梳妆打扮。女子之美，作为中国历史的非物质文化遗产薪火相传，流芳百代。

古典美，包含着妆容美、体态美以及最重要的心灵之美。

妆容之美，早在《诗经》中的《绿衣》《子衿》数篇中已有过相关描写。到了大一统的秦汉时期，中原女子的装扮渐渐趋近周朝服饰，庄重且典雅。女儿家的汉服依周礼衣冠的体系，分为交领襦裙、齐胸襦裙、曲裾、袄裙等。乐府诗中"着我绣夹裙""缃绮为下裙，罗绮为上襦"均可为佐证。玉珏叮当、衣袂摩挲，就连那足底"嗒嗒"的木屐声也让古代女子更多了三分妩媚。那是与当代时装截然不同的美，那是藏匿于汉代诗篇中的"莲步款款，笑声清脆"。

除却衣着，在中国古典文化的长河中，鞋履同样占有很重要的地位。沈德潜的《古诗源》有载："行必履正，无怀侥幸。"

秦汉之时，人们通常称鞋为"履"。履是鞋的统称，尤其是在汉代，不同场合，要求穿不同的履。史书中有"祭服穿舄，朝服穿靴，燕服穿屦，出门则穿屐"的说法。那时，民间也有许多爱美的女子喜欢着木屐，木屐底镂空雕花，内藏香粉，一步一鸣，名曰步步生莲。如今女子或是在鞋架上摆满琳琅满目的高跟鞋，或是在衣柜中储满五光十色的衣裙，但其精巧用心之处，却远远不及千年前的汉代。

20世纪70年代，湖南长沙东郊附近发现了一处汉朝墓穴，考古学家在墓中发现的一具千年不腐的女尸，成为人们议论的焦点。随女尸一道出土的还有三千余件保存完好的汉代文物。庄重的包头履、流光溢彩的丝绸，让我们仿佛穿越时光，回到了那个海纳百川的朝代。

经过考证，这具女尸生前生活在西汉年间，是一位叫作"辛追"的侯门姬妾。通过容貌还原，人们发现这位辛追夫人生得体态端庄、光彩照人，俨然是富贵人家娇宠的女子。

辛追墓也被称为"东方美人"墓。墓中出土的衣裙剪裁精细，同时包含了西域花样缤纷、富有民族色彩的毛料，和中土经纬交织、美轮美奂的丝绸两种不同的风格。衣服上绣有华美的图案、娟秀的文字，色泽鲜艳、织工精良。前后数来，随葬的衣物浩浩汤汤足有百余件，且种类各式各样数不胜数。"东方美人"墓穴中出土的衣物，足可以证明在汉代，不论是皇亲贵族，还是平民女子，穿衣打扮都要求精美舒适、别具一格。

除了衣物，考古学家还在墓中发现了两顶做工精良的假发。这真是令人惊奇！事实上，早在先秦，中国就已经有"鬄""髢"的说法，其意思即相当于今日的假发。《诗经》中更有"不屑髢也"之语。早在遥远的古代，人们就已经开始为了拥有端庄美丽的外表，而制造各种各样的假发了。

身体发肤，受之父母，不敢毁伤。古代人绝对不轻易剪发，一旦断发，必有大变。"断发断念""断发明志"等词的出现，证明了头发对古人的重要。今日的流行语"待我长发及腰，少年娶我可好？"这并不是一句戏言。在汉代，长发及腰，就意味着女子已近"及笄"，可以觅夫出嫁了。长发飘飘，美则美矣。只是三千烦恼丝，打理十分麻烦。男子重礼，出行必束发盘簪。女子则是爱美，喜欢借助金、玉、宝石等发饰将长长的头发打理得高贵典雅。簪子美，辛弃疾有词以玉簪喻远山："遥岑远目，献愁供恨，玉簪螺髻"。以意象喻自然，既生动又贴切，足见古人对簪子的钟情。汉人对生活充满热情与耐心，由这小小的物什便可见一斑。

诚然，汉代描写女性妆容的诗赋并不多见。但即使是在这为数不多的作品中，我们也可以翻看到汉代文人对女子精神面貌的品评之语。乐府诗《陌上桑》的作者对罗敷的描写，首先便由她的穿着与首饰铺展开来。

> 日出东南隅，照我秦氏楼。秦氏有好女，自名为罗敷。罗敷喜蚕桑，采桑城南隅。青丝为笼系，桂枝为笼钩。头上倭堕髻，耳中明月珠。湘绮为下裙，紫绮为上襦。行者见罗敷，下担捋髭须。少年见罗敷，脱帽著帩头。耕者忘其犁，锄者忘其锄。来归相怨怒，但坐观罗敷。

无名氏《陌上桑》（节选）

一个迎面走来的女子，我们首先看到的绝对不是她心灵的美与丑，而是她的整体气质，美丽的妆容能将其气质衬托得更加耀眼。清晨的日光倾斜而下，养蚕的罗敷踏着晨光前往城郭采摘桑叶。乌黑的长发绾成精致的堕马髻，小巧的耳垂上，夹着璀璨如月光的宝石耳珰。看那春日的鹅黄，是她绣着美丽花纹的长裙；紫藤萝的绫缎，是她最喜爱的短袄。远远望见罗敷走来，农夫们忘记耕田，忘记锄地，回家后又互相埋怨误了农时。这全是因为罗敷脱俗的气质。汉朝人对美的要求是"含蓄而内敛"，是"犹抱琵琶半遮面"。那种美，让人好奇，让人情不自禁想要追逐。

和《陌上桑》有异曲同工之妙的还有《羽林郎》，在《羽林郎》中，同样美丽的女子胡姬更懂得把握分寸，但又不失礼于人。

> 胡姬年十五，春日独当垆。长裙连理带，广袖合欢襦。头上蓝田玉，耳后大秦珠。两鬟何窈窕，一世良所无。一鬟五百万，两鬟千万余。

辛延年《羽林郎》（节选）

胡姬和罗敷一样美艳动人，而且她们都是内心纯洁的女子，所以，她们的美更是令人只可远观而不可亵玩。汉代女子的形象在这些诗文中逐渐丰满起来，虽然无法透过赋词看清楚她们绝艳的容貌，却可以了解到她们不可方物的美。

古代女子的美除却精致的妆容打扮，还体现在婀娜的身形、窈窕的体态上。宋玉《登徒子好色赋》中曾言女子"腰如束素""增之一分则太长，减之一分则太短，著粉则太白，施朱则太赤。眉如翠羽，肌如白雪，腰如束素，齿若含贝"。女子之美，在文人笔下被描摹得出神入化，韵味十足。而曹植的《洛神赋》更是将女子之美写得如梦似幻，所谓"翩若惊鸿，矫若游龙"，仿若仙人降世。

后世模仿此赋者犹如浩瀚夜空中的星海，但真正能熠熠发光的，寥若晨起之点点星芒。绝世美女的美，在于那一抹朦胧烟雾的遮挡。窈窕身段、玲珑曲线的美并非上乘，那种美会随着时光的流逝而消失。只有那种镜花水月、可望而不可即的美丽，才能随着岁月的沉淀，愈发浓醇。

在古人的眼中，"美人"不仅要气质出众、体态优雅，心灵和品德的美好也尤为重要。乐府诗《陌上桑》的下半篇，讲的就是美人罗敷智斗纨绔子弟的幽默小故事。

使君遣吏往，问是谁家姝？"秦氏有好女，自名为罗敷。"

"罗敷年几何？""二十尚不足，十五颇有余。"使君谢罗敷："宁可共载不？"罗敷前致辞："使君一何愚！使君自有妇，罗敷自有夫。""东方千余骑，夫婿居上头。何用识夫婿？白马从骊驹；青丝系马尾，黄金络马头；腰中鹿卢剑，可值千万余。十五府小吏，二十朝大夫，三十侍中郎，四十专城居。为人洁白皙，鬑鬑颇有须。盈盈公府步，冉冉府中趋。坐中数千人，皆言夫婿殊。"

无名氏《陌上桑》（节选）

"罗敷"本是汉代人对漂亮女子的统称，相当于今日的"美女"。《陌上桑》中，这活泼且爱美的姑娘自称"罗敷"，足见其大胆与自信。正是这种发自内心的自信令农田里忙种的人们忘记劳作，正是这种与生俱来的气质令当地使君对她垂涎三尺。"堕马髻"是妇女可绾的发型，由此可知《陌上桑》中的罗敷已为人妻。面对使君的轻薄，她严词拒绝，用各种方式的嘲讽，令使君颜面扫地。

女子的美，在妆、在颜、在心。四百余个春夏秋冬，巍巍两汉，有体态轻盈的赵飞燕在昭阳殿前翩翩起舞；有绝世独立的李夫人在椒房病榻上以袖遮面，我见犹怜；有高贵典雅的阴丽华怀抱一腔真情，孤殿独守；有才华横溢更胜男儿的佳人班昭，挑灯撰写汉书的同时，依然不忘苦修德行……因为有她们的存在，我们不再只记得汉朝的金戈铁马，穷兵黩武；因为有她们的光辉，后世不再只流传汉朝的离别战歌，乱世悲吟。

春心萌动，欲真即美

"昔为倡家女，今为荡子妇。荡子久不归，空床难独守……可谓淫鄙之尤。然无视为淫词、鄙词者，以其真也……非无淫词，然读之者但觉其深挚动人；非无鄙词，然但觉其精力弥满。可知淫词、鄙词之病，非淫与鄙之为病，而游之为病也。"

清代文人王国维在其《人间词话》中所引的诗作，来自汉末的一组乐府诗——《古诗十九首》。它是汉末政治动荡、人心思变时期，文人追求艺术变革、再现社会真实面貌的佳作。其情丝细腻缠绵，刻画人物功底颇深，值得品味欣赏。

"青青河畔草，郁郁园中柳。盈盈楼上女，皎皎当窗牖。娥娥红粉妆，纤纤出素手。昔为倡家女，今为荡子妇。荡子久不归，空床难独守。"《青青河畔草》刻画了一位独居小楼，思念远游夫婿的倡家女子形象。所谓"倡家"，指的是古代从事音乐歌舞的乐者。而从整篇诗作的基调分析，这应是一名同汉武帝李夫人类似的，曾在教坊唱过歌或跳过舞的女子，而并非我们如今所指的妓女。

诗歌开篇言物起兴，用"青青""郁郁"两组叠词描写春天的气息。这种灵感当然来自乐府古诗"青青河畔草，绵绵思远道"。作者借用古诗的诗意勾起读者对"闺思"的联想。"垂柳郁郁拂面来，嫩草青青逐水去"的美丽鲜活，全都被写进这两句诗中。紧接着又连用"盈盈""皎皎"两个形容词体现女子身姿的曼妙、容色的姣好。此时前两句描写景色的诗便成为对女子靓丽青春的陪衬。女子的美，在面容体态，更在一颦一笑之间。那"娥娥红粉妆，纤纤出素手"的细微描摹，最令人难忘。人说要看女子的气质，首先看她的手。这双纤纤柔荑忽入眼，人的心，蓦地就跟着软了。

佳人登楼倚窗，既是眺望远游的夫君，也是排遣自己的寂寞。女子命苦，当年身在教坊，被当作玩物，供达官贵人欣赏。如今虽已为人妇，夫君却常年在外不能相伴，于是她只能望着楼外的春色默默伤心。若是故事到此戛然而止，就似《迢迢牵牛星》一般"盈盈一水间，脉脉不得语"，由得后人想象，也别有一番韵味。只是此诗的最后两句，"荡子久不归，空床难独守"却幽幽转了个情欲的弯儿，生出几分脸红心跳的暧昧来。

那是"枕畔空空，待君归来"的旖旎。从青青河畔草开始铺垫，女子从望春、忆春，到思春、伤春，都被作者写得那样直白急切。那不是思嫁女子的娇娇怯怯，那是年轻的身体和炙热欲望交汇，那是一种几乎要将整颗心燃烧殆尽的思念。

事实上这类"半露骨"式的、描写女子私生活的诗作，在西汉和东汉前期并不多见。直到东汉后期，因为乱世离殇，儒家伦理道德面临质疑与崩塌，人们对不受束缚的自由生活充满向往。一些文人才开始自主地进行"叛逆"式思考，在文学作品中寻求道德上的解放。《古诗十九首》就是这种思考的结果之一。

汉末的思想解放潮流，便如豆蔻年华的少女春心萌动，凭栏思嫁一般。汉末的文人，普遍对背离儒家礼教的一切事物和思想，都有着极大的兴趣。此时，人们对欲望的追求尤其狂热，从前不敢写进诗中的情欲之语也跃然纸上。

惟情性之至好，欢莫备乎夫妇。受精灵之造化，固神明之所使。事深微以元妙，实人伦之端使。考遂初之原本，览阴阳之纲纪。

……

惟休和之盛代，男女得乎年齿。婚姻协而莫违，播欣欣之繁祉。良辰既至，婚礼已举。二族崇饰，威仪有序。嘉宾僚党，祈祈云聚。

蔡邕《协和婚赋》

这是东汉文人蔡邕所作的一首描写男女新婚之夜的诗赋。百代以后，词中句读多有亡佚，但我们仍可从残存下来的语句中感受洞房花烛的美妙。

蔡邕的这篇赋，代表了汉末民众——至少是汉末文人——在某种程度上对礼教的摒弃。诗人通过对新婚之夜夫妇圆房这一情节的描写，表达人们对自由生活的美好憧憬。

面对夫妻间难以启齿的恩爱情事，蔡邕毫不避讳地诉诸笔端。先是正面描写女子容色娇媚，"十里红妆，凤冠霞帔，三步一驻，五步一停"的扭捏。挑开喜帕，迎着摇曳的烛光，女子肤色如池畔盛开的粉莲，不点而媚；肌肤如香蕊间凝注的嫩蜜，一触便觉细腻无比。接下来是描绘喜床上的衾枕。鸳鸯绣枕成双对，簇新的缎面被褥铺满床榻，凌乱暧昧。被中藏着的各种各样的香草、熏料，为新婚之夜添上一抹浪漫香味。最后，是伊人红装花乱，胭脂半残；挽起的发髻上发钗脱落，不翼而飞。一头青丝铺洒在大红喜被之上，异样妖媚。

与《青青河畔草》中以相思为主调，辅以淡淡情欲的手法不同，此诗字里行间，极尽艳情之能事。通过对饰物、妆容等细节的描写，对新婚女子的媚态做了细腻的描摹，以期引发人们在挣脱礼教过程中的共鸣。此诗虽描绘露骨，但并不会令人感觉淫秽。这便正应了王国维之言，淫鄙之事用在诗中便是"真"，经过诗人的润色，就升华为真挚动人的情愫。

除却《协和婚赋》，同类题材的辞赋蔡邕还写过数篇，其中《青衣赋》一篇所描写的婚恋之事同样大胆露骨，但是文末收尾处理得十分细腻。

明月皎皎，当我户扉，条风狷猎，吹予床帷。河上消摇，徙倚庭阶。南瞻井柳，仰察斗机。非彼牛女，隔于河维。思尔念尔，惄焉且饥。

蔡邕《青衣赋》（节选）

这是一首描写少年思恋爱人而不得寐的作品。皎洁如秋水的月光下，少年倚着窗扉，看秋风吹动薄纱床帏。那阵风仿佛也吹进了他心中，令他思念起不知身在何方的爱人。此赋虽然不似《协和婚赋》中那般用词直白，但后人也能从中看出汉末文人对人性自由的追求。

汉末情诗爱赋，除却有关"思念夫君""洞房花烛"的故事，更有专门描写新妇忐忑心境的诗篇。比如东汉文人张衡的《同声歌》，就以委婉又不失情调的语句描绘出一幅新妇初入夫家的画面。

> 邂逅承际会，得充君后房，情好新交接，恐栗若探汤。不才勉自竭，贱妾职所当，绸缪主中馈，奉礼助烝尝。思为苑蒻席，在下蔽匡床，愿为罗衾帱，在上卫风霜。洒扫清枕席，鞮芬以狄香。重户结金扃，高下华灯光。衣解金粉御，列图陈枕帐。素女为我师，仪态盈万方。众夫所希见，天老教轩皇。乐莫斯夜乐，没齿焉可忘！

张衡《同声歌》

通过对家庭生活的描写叙述，写出了女子谨遵妇德"绸缪主中馈，奉礼助烝尝"的战战兢兢。仿佛可见，这初嫁之后羞涩非常的少妇，万分小心地侍奉丈夫，生怕令丈夫不顺心如意。又写其在夜晚闺房之中陈列素女、天老、黄帝的画像，并依照素女图中的娇媚模样，按照天老、黄帝图中所讲的阴阳之术侍奉夫君。

事实上，张衡在创作这首诗时，原意是通过女子侍夫之举比喻臣子侍君以忠。张衡的这种比喻在前人中从未出现，对后世产生了较大影响。以妻子的小心翼翼比喻臣在君前的惶恐；以闺房之乐中妻对夫的晓谕，比喻臣子委婉规劝圣上不要因沉迷于女色荒废朝政。同时，我们也可以从侧面了解到，张衡的这种创新，是时代思潮给予他灵感的结果。

色耶？空耶？在汉末社会大变革的时代，没有《诗经》中委婉娇羞却斩钉截铁的誓言，也没有《楚辞》里哀伤缠绵又真挚坚决的呼喊。汉末文人，以其特有的"情欲"之笔，为后人留下一首首不敢深思，却又忍不住遐想的诗篇。

新人一笑，旧影谁怜

曹雪芹在《红楼梦》中，关于秦可卿和公公爬灰那一段的描写，虽然隐晦，但是依然引起了人们谈兴。豪门之内的伦理是非，本就是众人口中的饭后闲谈。但值得我们关注的是，为何这些男女非要做出如此不堪入目的丑事？他们位高权重，财大气粗，本不必如此偷偷摸摸地冒着败坏自己名声的风险，背上偷人的骂名。

其实，婚姻与爱情中的孰是孰非本就不是一两句话可以说得清楚。都说"清官难断家务事"，婚姻中的是是非非就更难三言两语地说清道明了。

曹雪芹将公媳之间的秘密抖搂得引人入胜，而汉朝一首乐府诗则将婚姻中两性的关系描写得入木三分，妻子的卑微和无奈，丈夫的无情和后悔，还有那个并未出面的第三者的尴尬和窘态，都栩栩如生地呈现了出来。

上山采蘼芜，下山逢故夫。长跪问故夫："新人复何如？"

"新人虽言好，未若故人姝。颜色类相似，手爪不相如。"

"新人从门入，故人从阁去。""新人工织缣，故人工织素。织缣日一匹，织素五丈余。将缣来比素，新人不如故。"

无名氏《上山采蘼芜》

男女关系的不对等，不仅体现在社会体制中，更体现在夫妻间心理上的差异。诗中刚刚离缘的年轻男女在青山下偶遇，一阵微风袭来，二人俱是尴尬不语。被休弃的贤妻心中郁郁不平，但出口的话那般礼数周全。不能嫉妒，不能吃醋，她只好怯怯地询问"新人何如"。真的是想问新妇有没有照顾好家里吗？她只是想让听了此语的丈夫记起自己的温柔懂事，念起旧日的恩爱罢了。遗憾的是，丈夫完全没有听懂她的言外之意。反而一本正经地回答"新人不若故人"。可见丈夫心中早已没了对前妻的情意，又或许从来便没有过情意。他像挑选货品一般，条理分明地评价了故人与新人的优缺点，得出"将縑来比素，新人不如故”的结论。

这首诗以前妻上山采蘼芜为引，离缘夫妻偶遇为契机，隐晦地斥责了封建社会男性对女性的轻视。从古人的角度来看，诗中的丈夫并没有什么过错，妻子更是贤惠得无懈可击，但一场婚姻悲剧分明在“无过”与“贤惠”的基础上上演了。是个人的错吗？当然不是，这篇乐府诗得以流传至今，表示它一定拥有广泛的传唱度、广泛的共鸣。当千千万万的贤德女子被丈夫无情抛弃却不能反对、抗争时，她们便只能用诗歌来排遣忧伤。

《毛诗大序》中说：“诗者，志之所之也。在心为志，发言为诗。”诗歌由心灵感发而成，所以它那样美，那样饱含热情。两汉封建社会初确立之时，类似《孔雀东南飞》《上山采蘼芜》的怨情诗首先出现在文坛上。这些诗作哀悼女子的不幸，斥责了禁锢爱情的儒家礼教，是文学史上一颗闪亮的明星。

社会对女子尊严的轻视，并非发端于民间。“亡国祸水”一词，是形容妹喜，更是形容历史上众多被困宫闱、被冤祸国的可怜女子。试想，民间的夫妻哀怨，哪里有禁宫中帝与后、妃与嫔之间的感情争端来得引人入胜。

世人皆知，东汉开国国君，那创造了“光武中兴”的皇帝刘秀，一生只娶了三位夫人。在整个世界的历史上，这般“清心寡欲”的君王都甚为少见。但即便偌大的后宫只储了三位娘娘，这刚好凑成一台戏的阵容，还是能将光武皇帝搅得不得安宁。发妻阴丽华，与刘秀相识于他身份卑微之时，是刘秀三拜九叩求来的爱人，娶她，是为了儿女情长。皇后郭圣通，是他决意起兵争霸时娶来的侧室。郭家手握军权，实力不容小觑。纳她，是为了英雄事业。结果从来顺服的郭圣通，却因嫉妒丈夫宠爱阴丽华，而设计杀害了两人最疼爱的小儿子。其后郭家败落，郭圣通被废，阴氏被立为皇后。千帆过尽，即使拥有了名副其实的帝、后之位，这对患难夫妻当年的情谊却再也找不回来了。这就是男尊女卑，男人可以为了事业辜负爱情与婚姻，这举动会被称为“大仁大义”，得不到爱的女人会因为嫉妒而毁掉丈夫珍视的一切，只为了求那份原本就不属于自己的爱情。

的确，最能体现"男尊女卑"这一词的，莫过于古代"一夫多妻"的社会体制。它使得男人的占有欲得以无止境地扩大，与此同时也使得女人积压的怨愤越来越深。而由此引发的夫妻问题一旦爆发，往往会酿成两败俱伤的惨剧。

吕雉是汉高祖刘邦微贱时的妻子，高祖登位后封她为皇后。但吕雉年老色衰，刘邦于是更宠爱一名叫"戚姬"的妃子。戚姬生下男婴取名"如意"，被封为赵隐王。吕后之子太子刘盈为人仁慈软弱，刘邦认为刘盈与自己性格不像，而戚姬之子如意则与自己相类，于是曾想过废刘盈立如意为太子。戚姬得知此事，便日夜啼泣，求刘邦改立如意为太子。而吕雉虽为皇后，却很少见到高祖，两人关系愈发疏远。汉高祖去世后，刘盈继承皇位，吕雉被尊为太后。吕后便命人"断戚夫人手足，去眼，烀耳，饮瘖药，使居厕中，命曰'人彘'"。

这是史书中汉高祖家的一桩丑事。高祖刘邦于四十八岁起义抗秦，五十四岁方登位称帝。从微到显，吕雉一直不离不弃地陪伴着他。而戚夫人则是于刘邦为汉王时才获宠幸。夫人者，天子之妃也，即世人所说的"妾"。

吕后年老，主要是在政治上辅佐刘邦。而整日陪伴君前的，却是这位年轻温婉的戚姬。后高祖驾崩，无论是为了新帝，还是为了自己，戚姬这女子，首当其冲的便是吕后要铲除的对象。

宫闱里的是非，总让人津津乐道。吕后之毒辣，戚姬之颜色，世间少有。刘邦显贵后专注美色，忘记了贫贱之妻，却是寻常。在这场称不上秘闻的事件中，戚姬妄图使自己的儿子继位是为导火索，刘邦只见新人笑、不闻旧人哭是为起因。整件事的根源，却是来自正妻吕雉心中的不平衡。

但设身处地，有谁会做别的选择吗？吕雉伴夫君熬过数十年贫苦生活，一路从沛县随至长安。终于苦尽甘来，但酣睡在夫君枕畔的却不是她。不仅如此，那比她年轻美丽的女子还要抢她儿子的皇位。该得多大度的女人才能接受这一切呢？古时男子可以妻妾成群，却称女子善妒, 只因为他们从未站在女性的角度, 去看清这社会的畸形。

我们哀悼《上山采蘼芜》中弃妇的懦弱, 是因为身为弃妇的女子没有胆量、没有意识向不公平的社会做出反驳与抗争。一纸休书临头之日, 她便只能悄无声息地离开; 就算在山下重逢, 也不可以埋怨, 只能低眉顺眼地问候。妇德、妇容、妇言、妇功, 这是封建时代女子必须具备的品德。也正是这些品德纵容了男人的占有欲, 积压了女子的幽怨, 造成了男女关系的失衡。

诗歌, 是亲身所历方能成佳作的文学。它浓缩了最真、最贴近心扉的情感。当我们在赞叹汉代弃妇诗、怨情诗感人肺腑时, 更应该深刻地反思这些诗歌动人的原因。那不是爱情, 那是最无力的抗争。

悠悠汉都, 万里芳菲

李白诗中曾有长安之赞: "长相思, 在长安, 络纬秋啼金井栏。" 定都在此的汉高祖, 甚有远见。长安四面环山, 沃野千里, 有"渭水收暮雨, 处处多新泽。宫苑傍山明, 云林带天碧"之景。司马迁更曾在《史记》中感叹: "汉兴, 海内为一, 开关梁, 弛山泽之禁, 是以富商大贾周流天下, 交易之物莫不通, 得其所欲, 而徒豪杰诸侯强族于京师。"

欧阳修有诗赞洛阳: "曾是洛阳花下客, 野芳虽晚不须嗟! "迁都洛阳的光武帝, 那么有眼光。古来咏洛阳之诗何止千首, 赞洛阳之词何止万阕。最能描摹洛阳精华的便是那首"玉京群帝集北斗, 或骑麒麟翳凤凰。芙蓉旌旗烟雾落, 影动倒景摇潇湘"。班固《东都赋》有载: "增周旧, 修洛邑, 扇巍巍, 显翼翼。光汉京于诸夏, 总八方而为之极。"

洛阳与长安, 分别曾为东西两汉的国都, 它们是两汉时期政治与经济繁荣昌盛的精华之所在, 它们实现了中华民族大一统时代的第一个盛世辉煌。

汉时民间曾有谚语："以贫求富，农不如工，工不如商，刺绣文不如倚门市。"所谓"书中自有黄金屋"，只是文人形容知识带来的精神满足。真正的黄金屋，从来出自商人之家。经商致富，是古来发家者最通常的途径。公元前115年，张骞再次从西域归来，向昭阳殿上的汉武帝绘声绘色地描述了西域各国的风土人情。那大漠中沧海遗珠般的楼兰；那盛产葡萄、苜蓿、汗血宝马的大宛；还有那以游牧为主，民族文化与中原迥异的大月氏……汉武帝从此下定决心，要打通一条贯穿中西的商道。

李白诗言"葡萄美酒夜光杯，欲饮琵琶马上催"。浩浩荡荡的马队从国都出发，悠扬的驼铃声弥漫在"丝绸之路"上。马队带去了汉朝的丝绸，驼铃送来了西域的植物、乐器与马匹。奇装异服的商人远道而来，驻足在都城郊外。他们带来琳琅满目的货物，盘踞在街头巷尾，使原本就车水马龙的都城愈发繁华喧嚣起来。

长安大道连狭斜，青牛白马七香车。长安城内居住的，以经商而发家者比比皆是。身在国都的官员贵族也随波逐流，迈入了这场浩浩荡荡的发财梦中。官员的加入，令商人队伍更加庞杂。到了最后，连两汉政府也偶尔会依靠市场的繁荣填补国库之虚。

九市齐开的景象热闹非凡，乃是国都中独有的韵味。令人目不暇接的货物就摆放路边，任君挑选。人声鼎沸的市集，车马寸步难行。从楼兰到大宛、从西域到国内各州县，闻风赶来打算分一杯羹的商人越积越多。不论富贵、不论国家民族，他们在闹市中集会，在喧嚣中享受着赚钱的喜悦。

巍巍两汉、盛世双都，是中华民族一座无法被逾越的高峰。多少史官琳琅下笔，传唱帝王的丰功伟绩；多少文人泼墨挥毫，歌颂大汉这不朽的辉煌。东汉文人班固，就曾在《西都赋》中记述了这些由他亲眼见证的长安繁华景象。

乡曲豪举，游侠之雄，节慕原、尝，名亚春、陵。连交合众，骋骛乎其中。若乃观其四郊，浮游近县，则南望杜、霸，北眺五陵。名都对郭，邑居相承。英俊之域，绂冕所兴。冠盖如云，七相五公。与乎州郡之豪杰，五都之货殖，三选七迁，充奉陵邑。盖以强干弱枝，隆上都而观万国也。

班固《西都赋》（节选）

四郊近县，南北相望，阡陌交通，鸡犬相闻。乡土豪绅、游侠豪杰，纷纷扬鞭催马，从四面八方鱼贯而至。公子王孙皆意气风发相携而来。还有那七相五公、州郡豪杰，也蜂拥至此。

人性本善，只因饥寒起盗心。滋润富足的生活令国都百姓路不拾遗、夜不闭户。人与人之间的交往只能用"和谐"来概括。国都洛阳，有国色天香，有膏腴贵游，更有那仗势欺人的纨绔子弟、艳丽动人的酒家少妇，以及这一出传唱千古，有关"调戏与反抗"的热闹好戏。

昔有霍家奴，姓冯名子都。依倚将军势，调笑酒家胡。胡姬年十五，春日独当垆。长裾连理带，广袖合欢襦。头上蓝田玉，耳后大秦珠。两鬟何窈窕，一世良所无。一鬟五百万，两鬟千万余。不意金吾子，娉婷过我庐。银鞍何煜爚，翠盖空踟蹰。就我求清酒，丝绳提玉壶。就我求珍肴，金盘脍鲤鱼。贻我青铜镜，结我红罗裾。不惜红罗裂，何论轻贱躯！男儿爱后妇，女子重前夫。人生有新故，贵贱不相逾。多谢金吾子，私爱徒区区。

辛延年《羽林郎》

年方及笄的窈窕佳人，长裙缀带，广袖丝襦。发镶玉，耳嵌珠。一颦一笑皆是风情万种。当垆卖酒，送往迎来，总会惹来有心人的不怀好意。纨绔世家子，总会对这样的女子多出几分轻薄之心。而一人欲轻薄，一人不给轻薄的好戏，就在这热闹的洛阳城中登台亮相，引来侧目无数。小小胡姬，便能开起酒肆且独当一面，还骂退了贵族子弟，这便是洛阳。什么都有可能。洛阳，欢迎自食其力如胡姬之人，有了他们的存在，都城才更显得繁荣、喧嚣。

盛世两都，繁华京韵和着异域风情翩然起舞，鸡犬相闻伴着狭路相逢纷至沓来。然君当知，从古至今的都城诗赋只有一个主旋律。那是都城最让人难以忘怀的魅力所在——故国之都。

对洛阳的情感，没有人会比曹植更复杂。曹植《赠白马王彪》云："谒帝承明庐，逝将归旧疆。清晨发皇邑，日夕过首阳。伊洛广且深，欲济川无梁。泛舟越洪涛，怨彼东路长。顾瞻恋城阙，引领情内伤。"

那是曹植的故乡，他曾在这片土地上策马奔腾，纵情地饮酒放歌，大梦了一场。曾经，他有机会成为这片土地的主人。那本是他的皇位，洛阳是他下半生安车蒲轮、运筹帷幄的地方。后来，他的父亲死在了洛阳。如今，他一名兄长身居高位，将另一名兄长杀死在洛阳禁宫后，又下令将他逐出了洛阳。

接到了圣上的圣旨，要我早早归去封地。天刚亮就匆匆坐上驶离洛阳的马车，不过太阳偏西，就已过了首阳城。面对故都，曹植是那样的眷恋不舍。前方道路艰险无比，也不知还有多长的寿命。回首东望，那日影阑珊处，竟还依稀出现魂牵梦绕的影子，那是洛阳的城郭，他的故乡。

公子之才，下笔琳琅。陈思王一首《赠白马王彪》，除却对洛阳之美的眷恋，只有无尽的愤慨悲伤。故都在他心中，便如父母一般温暖，会将他护在怀里，保他喜乐安康。故都，是古今诗人吟咏歌唱的一大主题："长相思，在长安"是欲回乡而不得；"洛阳亲友如相问，一片冰心在玉壶"是欲见家乡亲人而难见；"长安渭桥路，行客别时心"是欲离去而不忍远走；"洛阳城东西，长作经时别。昔去雪如花，今来花似雪"是欲重游而物是人非……

两都之美，在成群马队的带领下流传四海；两都之繁，在中西文化的交融里步步攀升；两都之趣，在巷陌酒肆之处举目皆是；两都之情，在恋乡诗人的心头生根发芽。

悠悠汉都，百花盛放之时，尽是芬芳。

卷四　求仙饮酒乐逍遥

人生亦长亦短，渐行渐远，有人想重回梦中，千方百计，踏访仙道，有人想遗世独立，酒中寻欢，倒也是世间百态，人世无常。

君王寻仙，少壮几时

于天下文人而言，汉武帝的一生，本身就是一首诗。气势恢宏，气韵沉雄，带着浓厚的儒家色彩，携着充盈的黄老之气，就那么忽然而至，令人双膝一软，不敢直视。

曹植曾赞汉武帝："世宗光光，文武是攘。威震百蛮，恢拓土疆。简定律历，辨修旧章。封天禅土，功越百王。"中国之政得于始皇而后行，中国之境得于汉武而后定。始皇之能事：振长策而御宇内，吞二周而亡诸侯，履至尊而制六合。立咸阳、修阿房，北击匈奴南取百越，能望其项背者少之又少。刘彻一介少年皇帝，究竟有何过人之处，能得以之比肩？

在两汉历史上，汉武帝刘彻，是一位不可逾越的人物。这位西汉初年的少年天子，从他登基之后的第七年开始，就从经济、政治、文化、民生各个方面对国家进行了大规模的规划、创新。直至他中年时期，大汉天下已焕然一新。

刘彻生母王氏，即后来的王太后，有孕之时忽梦朝阳入怀，数月后刘彻出世，被视为贵征。这位一出生就带着神秘色彩的皇帝，终其一生也没脱离"仙"的束缚。

刘彻出生时正逢"文景之治"。中原自秦亡以来战乱不止，民不聊生，所以文景两朝采取了轻徭薄赋、休养生息的政策。先有汉文帝在位二十三载，宫室苑囿、车骑服御无所增益；又有汉景帝崇尚黄老无为，抑制豪强，陈仓廪庚。史载，汉武帝继位之初，"都鄙廪庚皆满，而府库余货财，京师之钱累巨万，贯朽而不可校，太仓之粟，陈陈相因，充溢露积于外，至腐败不可食"。其后，汉武帝数次挥师北击匈奴、南征闽越，开拓西域商旅之路的物质支撑皆来源于此。

汉武帝初登大宝之时，天下已休养生息六十余年，呈"乂安"之象。据《史记》载，汉武帝曾于执政初年下旨召各地贤良之士入京侍驾。更有"赵绾、王臧等以文学为公卿，欲议古立明堂城南，以朝诸侯"的记载。但一系列举措尚未在全国实施便已夭折。因为刘彻忘了，长乐宫中还储着一位太皇太后。

当年，刘彻借馆陶公主之力以弱冠之龄登基为帝，自然需要有人从旁辅佐。年少气盛的刘彻在治国之道上颇有想法，欲尊儒术护正统，改历巡封。然而如同史上所有激进的改革一般，汉武帝之举处处碰壁，这初出茅庐的少年不久便败在临朝听政的太皇太后手下。窦氏乃汉文帝之妻，从宫女一路坐到太皇太后之位，一生可谓跌宕起伏，历尽沧桑。她深知一旦推行儒家之政，必将面临北伐匈奴之举。虽然经过文景两朝的积累，国库充盈，但国家根基毕竟尚浅，此时北伐，胜算并不大。于是手握兵权、政权的窦太后一直压制了汉武帝六年，六年中汉武帝一言一行皆需"请命东宫"。直到建元三年（前138）汉武帝不动干戈地拿下闽越，窦太后才放心地交出了权力。

大展宏图的欲望被压制的数年里，刘彻变得愈发沉稳坚定。建元六年（前135）窦太后薨于长乐宫，他便立刻开始将他的凌云壮志付诸实际：立中朝，设刺史；开察举，招贤才；行推恩之令，收铁、币之权；罢黜百家，独尊儒术。一时儒道大兴，国运昌隆；开疆土，溃匈奴，西征楼兰、大宛，东取朝鲜、卫氏；定丝绸之旅、兴太学之庐；和亲之事在汉武从未有之，卫、霍三次北伐，收河套、定西域、封狼居胥；藏书制策，与官言读。诗书礼易乐者，数十载内广充秘府。

王尧衢《古诗合解》曾言乐极生悲是人之常情。喜怒哀乐时常变换，但已经走过的盛年难再回来。汉武帝求长生之道，慕神仙之岁，乃因垂垂老矣，苦痛难以排遣，念及此处，而"歌啸中流，顿觉兴尽"，写出的自然是绝妙好辞。这首"绝妙好辞"，是大约元鼎四年

（前113），刘彻行幸河东，入宗祠，祭后土之时，回望长安热闹景象，心中生出的盎然诗意。于是在群臣列宴之时，作下这首《秋风辞》。

秋风起兮白云飞，草木黄落兮雁南归。兰有秀兮菊有芳，怀佳人兮不能忘。汎泛楼船兮济汾河，横中流兮扬素波。箫鼓鸣兮发棹歌，欢乐极兮哀情多。少壮几时兮奈老何！

刘彻《秋风辞》

秋风萧瑟天气凉，草木摇落露为霜。曹丕的心境，自然不及刘彻的壮阔。他拟着刘彻的诗意颤巍巍下笔，出来的竟也是一首好诗。清代学者沈德潜曾称此诗为《离骚》遗响，所言不虚。汉武帝之才，在挥清宇内，在继往开来，更在言辞间那潇洒不羁的帝王之气。他总是什么都想要的。"秋风起兮白云飞，草木黄落兮雁南归"，汉代文人，有谁会胆大到在一句诗中连用四个动词呢？即使用了，又有谁敢保证如此流畅易懂？刘彻，果然是个不一般的诗人。

兰菊之姿，佳人之色在他的笔下鲜活起来。楼船走，素波扬，与长安的繁华喧闹相得益彰。然而诗中景色之美，动静之妙，却最终轻轻飘飘归于一句"人生总易老"。

刘彻老了，开始学会感叹，学会反思。修得几世福，方能为天子？始皇为求长生不老遍访仙山，却终是徒劳无功。刘彻不愿意老去，可求仙真的有用吗？又该去哪里求呢？他派去蓬莱山求仙的使者无功而返，言蓬莱不远，但凡人不能及之。刘彻不肯相信，数次登上泰山远望。方士也曾言蓬莱山近在眼前，可每每刘彻欣然前往，却总是与之擦身而过。

汉武帝终是盛年不再了。据《史记》所载，汉武帝在位的五十四年中，曾多次去往蓬莱山寻仙问道。他深信黄老"神仙之说"，一再赴东海远眺，却最终也没找到不死之法。直到征和二年（前91）"巫蛊之祸"发生，他躁动的心，才稍有平静。

刘彻晚年，卫皇后恩宠渐衰，方士江充显贵圣前。江充与太子刘据和卫皇后时有嫌隙，常恐惧刘彻驾崩，刘据继位后会加害于他，正赶上巫蛊之患，江充便打算依次为奸，陷害太子。他奏请圣上，言宫中有"蛊气"，皇帝命他彻查。于是江充在掘了整座御花园后，又到太子宫中寻找所谓的"蛊气"。侍卫们在太子宫后院挖出事先埋好的桐木人，呈给未央宫。汉武帝大怒，将太子抓入天牢。含冤的太子刘据并其母卫子夫不堪受辱，相继自杀。太子去世后，膝下留有三男一女，相继都被巫蛊之事牵连枉死。壶关三老令孤茂曾就这场祸患上书汉武帝，乞求他查明真相，不要冤枉太子。奏书中言"少察所亲，毋患太子之非，亟罢甲兵，无令太子久亡"。刘彻读之，方才恍然大悟。可无罪之人皆已亡故，一切再也不能回头了。

　　"巫蛊之祸"后，包括卫皇后、太子在内，共有万余人因受牵连而招致死罪。汉武帝晚年，也因此过得十分孤单。

　　少年壮志，一手撑起的江山已慢慢看不分明。眼睛看不清了，心就忽然平静了。对死亡的畏惧也渐渐淡了。回首望，前半生的路一片茫茫大雾，弥漫于雾间的笑声，听起来那么踌躇满志。可如今，连笑的力气也没有了。秋风辞，君王病。他一生要强，容不得被人欺骗，更容不得被人欺辱。但他同时也是懦弱的，害怕老去，害怕死亡的降临。《秋风辞》以"少壮几时兮奈老何"的悲鸣戛然而止，就让我们在篇章的末尾为这君王保留一份尊严，别再去剖析他帝王之身上的那颗老者之心。

仙山乐土，镜花水月

　　在遥远的古代，人们坚信那辽阔神秘的大海中，矗立着一座凡人不得见的仙岛。岛上长满灵芝仙草，仙雾缭绕。居住其中的仙人，是可以吸风饮露、长生不老的。对疾病与对死亡的恐惧，往往使人们穷尽一生，想尽办法寻觅这座仙岛，想向仙人求得灵药，以保长寿，甚至永生。白居易的《长恨歌》就曾杜撰过唐玄宗与离世的杨贵妃相会在这海上仙山的故事。

　　家喻户晓的《长恨歌》中，唐玄宗"升天入地求之遍"的难舍心境令人唏嘘不已。为再见到自己的爱人，他用尽了一切办法，其中就包括询问方术之士。而最终，也是方士帮他圆了这个美梦，在蓬莱仙岛上，他见到了死去的杨贵妃。

同样的故事，其实也曾发生在西汉。

"箫鼓鸣兮发棹歌，欢乐极兮哀情多。少壮几时兮奈老何！"西汉武帝当朝之时，民间"好大喜功""穷兵黩武"之怨从未断过。作为盛世帝王，刘彻的确功不可没。但他当政五十余载，东征西讨，平匈奴，收闽越，使得"白骨新交战，云台旧拓边"，国库空虚，经济疲软，农民大量破产，国内矛盾与日俱增更是事实。然而，于这世间万家百姓，汉武帝其人，最令他们津津乐道的不是他的政绩。除却与陈皇后、李夫人的风月之事，民间流传最广的乃是他深信"黄老"之术，多番求仙问道的事迹。

听雨渔船下，长鬓已星星。汉武帝刘彻文治武功，成就了大汉无法被复制的辉煌。但自从鬓边生出第一缕白发，他便陷入了恐慌。万岁的帝王如何能老？黑暗的另一头，是怎样一个世界？在那个世界里，他还是不是帝王？杀伐决断只在一念之间的刘彻，终于有了无法掌控的事情。他可以大刀阔斧造出一个太平盛世，却无法像个智者一样坦然面对生命的终结。只愿求仙，只有求仙。亘古不变的悲剧，求仙梦，谁能圆？

莫说帝王，自古至今，谁会真的不想长命百岁，青春永葆？良时光景长虚掷，壮岁风情已暗销。当统治者身处国家巅峰之处，却已鬓须全白，岂不悲伤？看着指间日日流逝不歇的时间沙，长生不老药似乎成了他们唯一的支撑。

世有大人兮，在乎中州。宅弥万里兮，曾不足以少留。悲世俗之迫隘兮，揭轻举而远游。乘绛幡之素蜺兮，载云气而上浮。建格泽之修竿兮，总光耀之采旄。垂旬始以为幓兮，曳慧星而为髾。掉指桥以偃蹇兮，又猗抳以招摇。揽欃枪以为旌兮，靡屈虹而为绸。

司马相如《大人赋》（节选）

汉武帝虽坐拥中原万里江山，但这丝毫不能令他满足。世事艰险，不如飞身远游。旌旗翻动，乘坐云气漂浮于高空，格泽星云撑起长杆，五彩祥云织成旗帜点缀。以旬始星作为旗帜下的幡，拉过彗星作为舞动的羽毛，以偃、蹇二星作为旌，摇曳着旖旎的虹。

"相如作赋得黄金，丈夫好新多异心。"司马长卿的人品姑且不论，其才情还是甚值得称道的。扬雄所言"长卿赋不似从人间来，其神化所至邪！"也并非刻意夸张。口吃与花心，都无法遮掩这位公子的英气逼人和文采斐然。可还记得《凤求凰》中"凤兮凤兮非无凰，山重水阔不可量。梧桐结阴在朝阳，濯羽弱水鸣高翔"的千古绝唱？无论是音韵美还是节奏美，都属上乘之作。

不论时代的审美观如何变换，司马相如都一直以浪漫且多情的风流才子形象屹立于文学之林。其诗风唯美大气，纷纷为后世效仿。更有当垆卖酒的娇妻卓文君相伴，这诗人的一生，活得那般滋润。人们见识了他的风流、才华，欣羡不已。于是很少有人再去关注司马相如作为一个男人，心中的志向。

晚年的汉武帝对黄老之术深信不疑，而司马相如的诗赋也随之变得富有针对性。这篇《大人赋》，便是司马相如仿照《楚辞》之风创作的"虚无求仙"书。他试图用这篇曲意幽深的赋词提醒汉武帝，莫要相信成仙之事，那只是欺人与自欺。极乐之境、旖旎之山，只能是在海天的尽头。那是魂灵长归之所，超脱红尘才可能拥有。然生于尘世，又怎能不受皮囊羁绊？愿君上长醒勿复醉，愿君惜取眼前时。然落花有意逐流水，流水无心恋落花。司马相如的劝阻又那般隐晦，劝百而讽一。汉武帝读来，只觉有趣，一笑便罢了。

司马相如深知，汉武帝其人一生霸道，容不得逆耳之言。他不敢直言，却又在奉承阿谀声遍布朝堂的时候，选择时不时旁敲侧击，对汉武帝行为失当之处进行提醒。便如这篇《大人赋》，其中虽有许多关于神仙道士、虚无缥缈的描写，但其宗旨皆是规劝汉武帝不要沉迷于此。

钟鸣鼎食、挥金如土的生活日复一日。不听进谏的汉武帝一意孤行，使得朝纲日益腐败，大汉王朝眼看便要由盛转衰。司马相如一介文臣，地位又低微，如何能左右大局？可怜他那颗纤细敏感的心，日日看着江山败落，却无处安放。放不下花红柳绿，便要舍去卖酒之妻。曾记得当年的他何其心软，弃了美色选了糟糠妻。如今面对功名利禄和内心的煎熬，他又要做出两难的选择了。

归隐，像庄子一样逍遥山水，这便是司马相如的选择。对这个盛世不遇的文人，命运何其不公。生逢其时，却不能与谋其事。继而盛世转衰，他又无力回天。《大人赋》寥寥千字，讽的是求那镜花水月的汉武帝，又何尝不是在恨他自己？

可是真的归隐，又怎么甘心？绿柳白堤的长安，那是展现才华最好的舞台，那明明该是他命定的归宿。入眼之处，烟波浩渺间的水中月，镜中花。刘彻与司马相如何其相似？不过是舍不下的荣华富贵，放不开的仙山乐土。

刘彻对苍老与死亡的恐惧，就如同司马相如恐惧名利不再一般，都令人无端的心生恶寒。司马相如渴望借助"神仙之力"换得君王一顾，君王却只陶醉于他诗中"神仙之力"的奇妙。求仙访道，只为不老。时光无情，日日将人抛。

遥远的求仙梦，亦是秦始皇临终前未了的心愿。至刘邦得天下，楚文化传入中原，"魂兮归来"式的诗篇为仙山再添浪漫色彩，十位皇帝，九位想成仙。汉武帝的一意孤行，终于惊动了史官手中的笔。那一撇一捺，就是永生也翻不了身的死案。

司马迁何其睿智，一篇《孝武本纪》，将刘彻的荒唐道尽。

孝武纂极，四海承平。志尚奢丽，尤敬神明。坛开八道，接通五城。朝亲五利，夕拜文成。祭非祀典，巡乖卜征。登嵩勒岱，望景传声。迎年祀日，改历定正。疲耗中土，事彼边兵。日不暇给，人无聊生。俯观嬴政，几欲齐衡。

司马迁《史记·孝武本纪》（节选）

司马家三代为官，其父司马谈于汉武帝前期任太史令，竟只因未赶上祭天之礼便羞愤而死。其家学之渊源，区区司马长卿怎能相较？更何况，面对已然将他肉体摧毁殆尽的刘彻，他还有什么不敢？

李陵之祸导致司马迁被施腐刑，这并非都是汉武帝的错。但追根溯源，若汉武帝当初能再多与李陵几分信任，多与他几千兵马，也许便能成就另外一个李广，司马迁也不会因此受到牵连。往事如烟，因往事而受的伤只能和血吞下。司马迁发愤而著书，为的就是道尽人间不平，还历史一个公道。他笔下的每一字，都禁得起考证和推敲。

虚无求列仙，松子久吾欺。写历史的人，从不信神仙。"登嵩勒岱，望景传声。"刘彻的抱负，司马迁懂；刘彻的坚决，他也曾领教。做不到像司马相如一样常伴君侧，他只好用鞭子似的"太史公曰"，冒死荐轩辕。

大汉两"司马"的声音，慢慢地低了下去。未央宫前高大的背影，缓缓停伫。君王不敢回首，却最终回首。

知错能改，善莫大焉。

刘彻之所以为刘彻，在于九州之内无人能匹敌的骄傲果敢。刘彻的心坚毅如石，对天下他志在必得，对苍生他运筹帷幄。对自己，他则是日日三省。晚年，当他恍悟自己虚无求仙的荒唐，这已近古稀的天子竟以一纸诏书，责己之过："朕即位以来，所为狂悖，使天下愁苦，不可追悔。自今事有伤害百姓，糜费天下者，悉罢之。"

这穷兵黩武的皇帝固然令人气愤，但他竟能抛弃尊严下诏责己，忽然一股钦佩敬仰之情便袭上心头，久难平复。是否真如沈德潜所说："文中子谓乐极哀来，其悔心之萌乎？"当一个人坐在天下最高的位子上，是否连开口道歉的勇气，也要比常人多出百倍、千倍？

恨也罢，爱也罢，千秋功过，任人评说。

谋反王爷，求仙好道

司马迁于《史记》中记载了西汉历代淮南王的一生。其中有这样一段话，颇值得诸君赏玩："孝文十六年，徙淮南王喜复故城阳。上怜淮南厉王废法不轨，自使失国蚤死，乃立其三子：阜陵侯安为淮南王，安阳侯勃为衡山王，阳周侯赐为庐江王，皆复得厉王时地，参分之……"那还是在公元前174年，淮南王刘长预谋起兵造反。汉文

帝洞察先机，将之擒下送至长安。谋逆反叛原是死罪，汉文帝惜兄弟之情，怜刘长年幼，便将之废爵流放。刘长在途中绝食而死。

而就在同一篇《史记·淮南衡山列传》中，司马迁又为刘长之子刘安，记下了这样两句话："淮南王安为人好读书鼓琴，不喜弋猎狗马驰骋，亦欲以行阴德拊循百姓，流誉天下。时时怨望厉王死，时欲畔逆，未有因也。"公元前122年，淮南王刘安预谋起兵造反。汉武帝收到密报，先发制人夺其封地，派张汤入王府搜查。大势已去的刘安自杀身亡。

刘长谥号"厉"，意为凶猛残暴，杀戮无辜。其在淮南王之位时，骄纵枉法，曾无端杀害辟阳侯。刘安性格温厚，不好刀剑，曾聚四方文人著书《淮南子》，乃是道家的经典文集。父子两人性格天差地别，却走上了同样的不归路。究其原因，即如王云度《刘安评传》中所言：乃是"历史转折时期的悲剧人物"。

淮南王刘安袭亡父之位，管理淮南一郡。其在位时勤政爱民，礼贤下士，推行轻徭薄赋、鼓励生产的政策，使淮南国呈现一派繁荣景象。他还崇尚黄白之术，聚集了一帮道士在山中炼丹修道。求仙之路漫漫修远，路旁风景却精彩纷呈。不老丹尚未练成，却偶然成就了世上第一块豆腐。修炼长生之术未果，却凑巧将空蛋壳燃烧，使其如热气球一般飞升于空中。真是有心栽花花不开，无心插柳柳成荫。既然生活中有这样多层出不穷、应接不暇的怡情之事，安逸王爷刘安，却为何仍要不顾生命危险地造反？

天地鬼神，历来为古人所敬所惧。烧香拜佛，是为了保一世长安；求仙访道，是因为舍不下红尘牵绊。中原以农立国，生活中农民们盼望春华秋实，年年丰收。人们将火灾雨灾、干旱洪涝都揣度为上天的怨气，上天降罪于众生，当以礼祭之。对未知之事心怀敬意本是应当，但过度惧怕，往往导致人们寻求长生不老的行为。当是时，淮南国推行"无为而治"，人民安居乐业、努力生产的同时，也将更多的心思放在黄老之术上。炼丹制药在淮南蔚然成风，即便是博览群书的诸侯王刘安，也未能免俗。

　　沉迷于炼丹、方术，和刘安的性格有很大关系。他内向又好静，道家"无所为、不作为"的思想与他的性格不谋而合。文景时期推行的"休养生息"政策亦成为他的助力。刘安雅好诗章，又爱弄弦之事，终日在府中与各方贤才坐而论道，卧而鸣琴，真好似蓬莱山中的神仙一般。

　　行文至此，我们也未看到丝毫淮南王刘安起兵造反的苗头，可《史记》中却明明白白地载有"刘安时时怨望厉王死，时欲畔逆"的字眼。如此逍遥的王爷，何故去做那九死一生之事？抑或他造反的真正原因，是个不能被记在史书中的秘密？

　　从时间上来看，淮南王刘安造反前后，正值汉武帝当朝。刘彻为护江山安稳，纳董仲舒谏，罢黜百家，独尊儒学道统，采取积极用世的政治态度。追根溯源，是"文景之治"造成的不良后果，无为的政策使得各诸侯国藩镇割据的现象越来越严重，大汉江山，竟多出了数名称孤称王之人。及至汉武帝，为维护中央集权的统治，便大力推行儒家政策：大一统、推恩令、君臣有序，条条政策都触及了淮南国的利益。

　　改朝换代，就必将面临大浪淘沙式的改革，刘安身为诸侯王，所推行的治世之法又与朝廷背道而驰，很快便成为众矢之的。即便当时他并无反意，但有了圣上的授意，上书要求罢免其位的臣子也比比皆是。"未有因由"之人，原非刘安，乃是汉武帝。正是因为时刻准备着要拿下这位辅佐他登位的皇叔，所以当刘安造反的事情败露之时，长安的兵马，才会集结得那么迅速。

　　汉武帝元狩元年（前122），刘安门客之中，"八公"之一的剑客雷被，孤身来到长安城。未央宫前，雷被五体投地，状告淮南王刘安密谋反叛。汉武帝心头一松，轻飘飘下令酷吏张汤赴淮南核实此事。后又经数人密报，淮南王造反证据确实。汉武帝尚未下令如何处置，刘安便先一步自刎而死。

　　暮色哀伤，愁断故人肠。刘安翩然升仙而去，消失在布满云霞的空中。他的魂灵会不会去往蓬莱仙岛，我们不得而知。但我们知道，他聚众贤所著的《淮南鸿烈》，那充满道家韵味的精致文集，将永远留在我们心中。

刘安本该是个文人，刘彻推行与他思想南辕北辙的儒家之术，令他在治理诸侯国之时处处陷入被动。致使只差一步，他就成了"造反王爷"。古人用兵，讲"天时、地利、人和"，这场战争，天时在儒家复兴、道教衰落；地利在未央宫势力日盛，诸侯国逐渐退出历史；人和在刘彻有猛将谋士如云，刘安却用人不利，几遭背叛。也许刘安命中注定只能是个文人。

汉景帝后期的二十余年里，刘安寡居淮南，召集各方门客编著了一本专门讲述神仙方术、推崇无为而治思想的道家文集——《淮南子》。此书包罗万象，博大精深，非文学巨擘不敢妄言之。根据《汉书·淮南厉王刘长传》所载："（《淮南子》）作《内篇》二十一篇，《外书》甚众，又为《中篇》八卷，言神仙黄白之术，亦二十余万言。"可惜的是，由西汉传至今日，留存下来的《淮南子》，就只剩下内篇二十一卷。

"《淮南子》虽以道为归，但杂采众家仍表现出一定的融合倾向。"主持编纂、深信神仙道法的刘安，首先将道家思想作为贯穿全书的主线。但身为一方诸侯王的刘安看待事物自然要全面、有前瞻性，治国之道是在改进道家思想的基础上颁布施行的，所以编著《淮南子》时，他亦同样注重吸收各家之长，以补道家之短，其所涉及的哲学、政治、医学、文学等领域中都掺杂有道家思想。

除却政治目的，《淮南子》中还蕴藏了一笔极为丰富的文化遗产。刘安与门客凭着对文学的热爱，先后创作出《鲧禹治水》《共工怒触不周山》《塞翁失马》《精卫填海》等精彩纷呈的故事篇章。不仅如此，书中更有对汉代养生之道的记载："今天道者藏精于内，盈神于心，静漠恬淡，讼谬胸中，无邪气所留滞……则机枢调利，百脉九窍莫不顺比……神清志平，百节皆宁，养性之本也。……"即便是在今时今日，《淮南子》中"静漠恬淡，讼谬胸中"的养生之道，也十分值得人们学习借鉴。

因为有了《淮南子》，刘安的存在变得更加不可忽视。而当初与刘安一道合著此书的上千门客，却消失在了历史洪流之中。千余文人，仅存下八人的名字，他们是刘安最倚重的门客，被后世敬称为"八公"。

> 煌煌上天，照下土兮。知我好道，公来下兮。公将与余，生毛羽兮。超腾青云，蹈梁甫兮。观见瑶光，过北斗兮。驰乘风云，使玉女兮。含精吐气，嚼芝草兮。悠悠将将，天相保兮。
>
> 刘安《八公操》

天上煌煌之光，将这滚滚红尘照得分明。上苍知晓本王喜好仙道，所以特遣来方术之士助我羽化登仙、腾云驾雾。天宫之美，有金色瑶池，仙流潺潺；更有北斗星宿星云斗转，幻化成仙。九天玄女唇含仙灵之气，令人嗅之便觉眼前幽兰盛放。

《古今乐录》："淮南王好道，正月上辛，八公来降，王作此歌。"

诗歌韵律和谐，意境优美动人，读之颇有新奇之感。足见作者功底。刘安以诸侯之气描绘出的一幅羽化登仙、神游天宫的奇妙景象。他多希望能远离红尘，去过神仙般逍遥自在的日子。但身居高位，便要谋高位之俗事，他没有选择。

造反王爷，求仙道人？太多的不得已，使得两种背道而驰的身份归于一人。除却升仙，敢问淮南主，可有他途？

诗酒风流，醉赋华章

颗颗饱满的稻粒下锅蒸煮，香气缭绕。出锅摊晾，入酒曲窖之。十日余，即得杜康。秋节至，又是十里桂花香。文人墨客轻摇折扇往来在铺满桂花的街上，总要饮上一杯香浓的桂酒。桂酒，以陈酿的米酒杂之金桂制成的桂花露伏酿而出，色若琥珀，味同秋意。杯酒入喉，再看眼前之景，愈觉物华冉冉，风香云淡。

传说夏朝有杜康者，"有饭不尽，委之空桑，郁结成味，久蓄气芳，本出于代，不由奇方"。唐初诗人王绩，曾依此传说作《杜康新庙文》祭之："智哉先生，爱作甘醴。上配百牢，下主五齐。以宴以祷，为樽为洗。万神以降，三献成礼。……我瞻前说，功高受赏。嗟嗟先生，其义可想。肇基曲蘖，先开秕绘。大礼斯备，群贤就养。敢依河曲，建尔灵祠。"

对超脱之人，酒是唯一不可或缺之物。曹操爱酒，"对酒当歌，人生几何？"陶渊明爱酒，"平生不止酒，止酒情无喜。暮止不安寝，晨止不能起"。李白爱酒，"天子呼来不上船，自称臣是酒中仙"。对不超脱之人，酒或许是唯一的解脱。曹植之酒言："若耽于觞酌，流情纵逸，先王所禁，君子所斥。"杜甫之醉语，"十觞亦不醉，感子故意长"。还有李清照无处安放的情丝："东篱把酒黄昏后，有暗香盈袖。"中国古代文学里的美酒与佳作，就像形影不离的挚友，总是相依相偎，应运而生。

不言唐诗宋词，仅在两千年前的汉赋中就有许多描写酒文化的内容。例如，王粲《酒赋》说："暨我中叶，酒流犹多；群庶崇饮，日富月奢。"可见酒在汉朝的时候就已经深得人心。又如，当年的卓文君随司马相如私奔他乡，因为盘缠不够而当垆卖酒，可见她对酒的情有独钟，因而在穷困之时，只做酒的买卖。还有曹操把酒临江，一腔愁绪无处宣泄，却能言出"何以解忧，唯有杜康"的诗句，可见酒在他们心目中的地位之高。酒不仅能令这些文人恣意表达文采，还能够令他们胸中的忧愤喷发而出，抒发真性情，借酒性写诗作赋，最容易成就旷世名篇、千古绝唱。

扬雄是爱酒之人，同他一样的爱酒之人在汉朝还有许多，可以说汉代的酒风盛行正是汉赋中酒文化盛行的原因。酿酒的技术在汉代已然发展成熟，大家都对酒爱不释手，从汉高祖衣锦还乡时曾把酒而唱《大风歌》就可以看出，酒在汉代很风行。

汉朝许多人喝酒并不仅仅是为了饮酒，酒对于他们除了是饮品，还是抒情感怀的媒介。扬雄的一首赋词，就将酒与时政相融合，起到了劝诫的作用。

子犹瓶矣。观瓶之居，居井之眉。处高临深，动而近危。酒醪不入口，臧水满怀。不得左右，牵于纆徽。一旦叀碍，为瓮所辒。身提黄泉，骨肉为泥。自用如此，不如鸱夷。

鸱夷滑稽，腹大如壶。尽日盛酒，人复借酤。常为国器，托于属车。出入两宫，经营公家。由是言之，酒何过乎？

扬雄《酒箴》

扬雄借着酒来劝导汉成帝，男子犹如盛水的容器，所停留的地方处于险境，酒壶却终日浑然不觉，自得其乐；水壶被绳索所缚，没有自由。井绳被井壁挂住，碰撞打击，这里就是它的葬身之所。而盛酒的壶却是圆滑自如，被看成国宝，不论是皇帝出行，还是有权势的门庭，都对它爱护有加，但是和酒无关。扬雄以酒劝诫汉成帝不要亲近那些圆滑的小人而疏远了淡泊的贤人，借物言志，他将酒融入了政治文化之中。

《汉书·食货志》中曰："百礼之会，非酒不行。"可见酒在汉代是一度风靡而无法遏制的，这种风靡同样也在汉赋中得到了很好的体现。

虽然到现在汉赋大多遗失，但从现存的残篇断句中依然可以看到酒的相关事宜，大概有近百余处，而且涉猎的方面很广泛，不仅在饮酒方面，而且在祭祀、礼仪等方面都有提到。邹阳《酒赋》说："清者为酒，浊者为醴。清者圣明，浊者顽骏。"汉赋中有诗词，是专门来区分酒的品相的。可见汉朝人对酒的热爱。

东汉科学家张衡在《南都赋》中也提到过酒："若其厨膳，一酒则九酝甘醴，十旬兼清。醪敷径寸，浮蚁若薪。"这也是对酒的类别进行描述。在汉代，酒并不仅仅是一种饮品，而且还在各种礼仪的场合里，比如祭祀活动中，充当一种很重要的礼仪工具。从行酒的礼仪中可以区分尊卑贵贱、长幼等级等各种关系。

当日叔孙通为汉高祖制定礼仪，就对酒礼进行了严格的规定。史书上对此有专门的记载。

"汉五年，已并天下，诸侯共尊汉王为皇帝于定陶，叔孙通就其仪号。高帝悉去秦苛仪法，为简易。群臣饮酒争功，醉或妄呼，拔剑击柱，高帝患之。叔孙通知上益厌之也，说上曰：'夫儒者难与进取，可与守成。臣愿征鲁诸生，与臣弟子共起朝仪。'高帝曰：'得无难乎？'叔孙通曰：'五帝异乐，三王不同礼。礼者，因时世人情为之节文者也。故夏、殷、周之礼所因损益可知者，谓不相复也。臣愿颇采古礼与秦仪杂就之。'

"汉七年，长乐宫成，诸侯群臣皆朝十月。……至礼毕，复置法酒。诸侍坐殿上皆伏抑首，以尊卑次起上寿。觞九行，谒者言'罢酒'。御史执法举不如仪者辄引去。竟朝置酒，无敢喧哗失礼者。"

由此可见酒的礼仪不一般，但是汉赋中对于酒的描写更多还是从饮酒的乐趣和感官的主观感受来写的，例如，扬雄在《太玄赋》中所说："茹芝英以御饿兮，饮玉醴以解渴。"与扬雄不同的是，张衡写酒，更多的是从饮酒之后的享受写起。

以速远朋，喜宾是将。揖让而升，宴于兰堂。珍羞琅玕，充溢圆方。琢调狃猎，金银琳琅。侍者盅媚，巾帻鲜明。被服杂错，履蹑华英。儇才齐敏，受爵传觞。献酬既交，率礼无违。……客赋醉言归，主称露未晞。接欢宴于日夜，终恺乐之令仪。

张衡《南都赋》（节选）

在张衡的这段描述中，更多的是讲对饮酒的一种享受，高朋满座，满桌佳肴，身着华丽服饰的侍从服侍着主客将美酒佳肴尽悉吃下，觥筹交错间，不讲仪态。转眼就已经是第二天了，饮酒之乐已经令宾主仪态尽失。从中看来酒是饮品，更是一种情感的宣泄和表达，除了这些柔弱书生在借酒抒情，汉代的将士们也会以饮酒为乐。

割鲜野飨，犒勤赏功。五军六师，千列百重，酒车酌醴，方驾授饔。升觞举燧，既醺鸣钟。

张衡《醉赋》（节选）

这是张衡在他的汉赋作品中所描写的将士在凯旋之后饮酒庆祝的场景。食用野味，犒赏将士，所有的将士聚集在一起把酒言欢，车载斗量的酒被喝掉，味道甘醇，十分痛快。

　　既然凡人都认为酒是可以表达内心情感的好东西，那么在汉代人的眼中，酒更可以用于祭祀祖先和天神，因为祖先的祭祀在汉代人的思想中占有很重要的地位。孔臧在他的作品《杨柳赋》中就提到过祭祀中酒的重要性。

　　合陈厥志，考以先王。赏恭罚慢，事有纪纲。洗觯酌樽，兕觥并扬。饮不至醉，乐不及荒。威仪抑抑，动合典章。退坐分别，其乐难忘。

孔臧《杨柳赋》（节选）

　　在祭祀中，酒的作用已经不仅仅是饮品这么简单了。凡事都有纲常，不论是摆放酒盅还是清洗酒器，都要遵循一定的规则，配合着威仪的乐章，酒的饮用完全是一种身份的体现，诚如赋中所言："退坐分别，其乐难忘。"

　　可见酒在祭祀场合中已被纳入严格的法治中，而且对饮酒的量也有一个基本限定，便是"饮不至醉，乐不及荒"。当然这只是一种大概的表述，在现实生活中，对于酒，很多人是难以自制的，而汉代人一直希望可以有一种适度的饮酒快乐，可以达到人伦和谐和人神同欢的境界。这种思想在汉赋中得到了充分的体现。

　　枚乘在《七发》中曰："列坐纵酒，荡乐娱心。景春佐酒，杜连理音。"傅毅的《舞赋》曰："溢金罍而列玉觞。腾觚爵之斟酌兮，漫既醉其乐康。严颜和而怡怿兮，幽情形而外扬。"张衡《东京赋》曰："因休力于息勤，致欢忻于春酒。……我有嘉宾，其乐愉愉。声教布濩，盈溢天区。"

　　在汉武帝兴盛时期，也正是汉赋兴盛期，这期间的赋作中，关于饮酒为欢的例子举不胜举，酒伴随着汉朝人从兴盛到衰败，虽然一个朝代已经不复存在了，但是酒依然醇香醋浓地流传了下来。

　　酒醋浓香，历史风流，却沉醉在了酒香中。多少汉室往昔，那猎猎的风声中，又有几人能嗅到如醇的飘香？

人生苦短，须得尽欢

蒹葭苍苍，在水一方。

《诗经》中的句子，总有深意。《蒹葭》即是如此，肤浅地看，讲述的确是少年求佳人而不能及之，心中忧郁不已的故事。但若抛却诗中的情思意味，稍稍放开眼界，那所谓的伊人，何尝不是人们心中美丽理想的化身。每个人心中都有方寸之地，藏着他人不得而知的情怀。在水一方的小小丘陵上，可以将万端情绪一倾而下。生命，便如一株芦苇随风飘荡，忽然而来，忽然而去。将心中的小丘筑得宽些，这世间纷扰带来的烦闷便会少些。其实人们饮酒、炼丹，妄图企及的虚无仙境，就在自己的心中。

汉献帝刘协，只怕是史上最倒霉的皇帝。他五十三岁寿终，一生几经辗转，有过四个不同的封号。起初王美人初怀身孕之时，为了保住自己不受后宫毒害，曾饮下堕胎药。不曾想药效未灵，阴差阳错地生下了汉献帝。他出生之后，母亲不久便被毒死，留下幼小的他独自面对这个荒蛮混沌的世界。好在不久后太后董氏便抚养了他。其后兄长刘辩继位，他先是被封渤海王，后改封陈留王。深居后宫之中，步步为营。

公元189年，董卓得势，以自己为董太后同族自居。在朝中地位已经如日中天、一呼百应的他，决定废少帝刘辩，改立仅九岁的刘协为帝。挟天子以令诸侯的董卓于三年后被杀，其部下李傕杀入禁宫欲图劫持刘协。不得已，刘协带着数十名文官，开始了长达一年的流亡。其后众人为曹操所救，入住许县。再其后，便是尽人皆知的"天子假曹操节钺，奉天子以令不臣"。

汉献帝后期，刘协因对曹操专权不满，曾有过一次"衣带诏"的反抗，后被曹操镇压。公元220年，曹操去世，曹丕登位称帝，封刘协为山阳公。十四年后，刘协病死在山阳。这一生风云变幻，他一介帝王之尊，却不得半晌安寝。风云变幻，始终是五十余年一成不变的恐惧。

世事总是无常。

生年不满百，常怀千岁忧。昼短苦夜长，何不秉烛游！为乐当及时，何能待来兹？愚者爱惜费，但为后世嗤。仙人王子乔，难可与等期。

无名氏《生年不满百》

人生百余载，却注定承受累积了千年的悲苦。你看太阳升起，朝霞恁般灿烂，却瞬间就离尘世而去。紧接着就是漫无边际的黑暗寒冷。不妨点一盏小烛吧，将这漆黑的一隅照亮。即便脚下荆棘满布，也要扬着笑脸大步出游。明日不知能否醒来，悲伤又是那样的无趣，不妨学会及时行乐吧，因为到了灵魂脱离肉体的那日，没有人能代替你活下去。财富是不能带到来世的，这道理却只有后人嘲笑前人时才能意识到。无论拥有多少荣华也不可能飞升成仙，所以别再悲伤吧。吟啸徐行，听风雨之声，览人世离愁，倏忽然，一世而已。

刘协的一生不就是如此吗？永远也无法左右自己该去哪里，永远也无法制止人们不断为他更换称呼。昭阳殿前父亲的身影那样陌生，未央宫内号令百官的丞相每日高呼"万岁"，心中却从未希望他能活过百年。与其这般蹉跎人生，倒不如解脱，不如放手。不该是他的皇位，他却分明承载着千年之苦。

其实不仅仅是刘协，但凡站上高位的人，无论他是否自愿站在此地，都将面临一生的"监禁"。古来帝王皆是如此。即便是与刘协同时代的，权倾一时的曹操也不例外。无论是史书还是野记杂谈上，想必都记载着曹操对曹植的宠爱。这种宠爱不仅是父亲对儿子的疼惜、权臣对下属的器重，更是天才文人间的惺惺相惜。但曹操因了"立嗣当立长"的古礼，不敢立年龄小的曹植为副丞，最终立了长子曹丕。如此只手遮天、将汉献帝刘协牢牢掌握在手心的曹操，人生中竟也有这样的不得已，这就是所谓的"高处不胜寒"吧。

生年不满百，人们所能把握住的时间更是少之又少。许昌的城楼砖瓦间又冒出新芽，预示着新一年的到来。少年撩起繁重的龙袍，在内侍的搀扶下拾级而上，伫立在孤零零的楼顶迎风远眺。夕阳已与他脚下的土地渐行渐远，为中岳山山峦镀上一层微微泛红的金边。刘协忽然就想不起自己从前究竟在恐惧什么、厌倦什么了。是那一年的流亡生涯，让原本懦弱易感的他，逐渐变得坚韧不拔。流亡之路受尽苦难。因是逃跑，他们要日日提防追兵。因是仓促的逃跑，他们并未携带太多的干粮、补给。整整一年，养尊处优的他连肉汤都甚少能喝上。

从兴平二年（195）李傕杀入长安起，到建安元年（196）任兖州刺史的曹操将刘协迎入驻洛阳为止，杨奉等人保护他先后经过弘农、安邑，又辗转东行。一路之上看遍了生死离别，民间疾苦。是那段日子，让他开始痛恨自己身为帝王，却不能救他的子民于水深火热。是那段日子，让他忘却了恐惧与不安，敢于直面人生。

流亡间隙，凝视着靴下被战火烧得焦黄的土地，刘协终于明白，"普天之下莫非王土"这句话，印证在他身上，便只是个笑话。兴平元年（194）那场他自以为圆满成功的赈灾放粮之举，于天下数以百万、千万计的难民来说，只是杯水车薪。命运让他来坐这龙椅，究竟是恩赐还是捉弄？如果是恩赐，为何不让他生在承平盛世，眼前满目疮痍的江山，他该拿什么扛起？如果是捉弄，为何让他心中升起万千酸楚，只恨不能做千古一帝，只恨自己没有治世之资？人生百年，这世上万千死伤，他究竟该拿几世的报应来偿还？

驱车上东门，遥望郭北墓。白杨何萧萧，松柏夹广路。下有陈死人，杳杳即长暮。潜寐黄泉下，千载永不寤。浩浩阴阳移，年命如朝露。人生忽如寄，寿无金石固。万岁更相送，圣贤莫能度。服食求神仙，多为药所误。不如饮美酒，被服纨与素。

无名氏《驱车上东门》

东门之外，城北之郭，繁华不再，满目皆是荒冢。枝叶凋零的白杨树兀自在道旁矗立，像一根根燃烧宿命的白烛。松柏森森，是死寂的墨色，将大路夹在中央，那样窄小幽远。路边是饿死的，抑或是冻死的尸体，在西沉残阳的照射下冒着腐烂的湿气。不知他的魂灵能否轮回，即便得以轮回，大概也忘不了这一世死的凄惨吧。

斗转星移，悠悠苍生之数，便如融化在朝阳怀抱中的晨露一般，虚幻缥缈得令人抓不住。人的心，只是暂时寄托肉身之上，时间到了，自然是要取走的。彭祖活了八百岁，不还是要同众生一样堕入轮回？既然终将面临死亡，不妨多将人事看淡些。面对悲伤时，正视它，接受它，千万不要妄图通过虚幻求仙来排解，那只会令人更加痛苦。最实际的，是饮下眼前杯中的烈酒，将伤痛倾倒，抛诸脑后。勇敢坚强地活下去，这一生，便永远都是仙境。

这是东汉末年流传下来的一首古诗，以首句为名。世间就是有这样的巧合，这分明是刘协那一年的心灵写照。最开始，他是迷茫的。他不懂，为何眼前的一切以前在宫中从未听闻。他常常望着遍地荒冢默默出神，看着夕阳潸然泪下。后来，他渐渐地顿悟了。心态越来越平和，活下来的念头也越来越坚定。或许是某件事、某个人改变了他。虽然我们无从知晓，但这名只有十四岁的少年终究是咬牙支撑过了这场苦难。带着一身疲惫，他风尘仆仆地随曹操入驻洛阳，开始了他平淡、顺遂的下半生。

锦衣玉食终要身归黄土，清粥小菜也是从容一生。这命运变幻，人世间的苦与乐，只看个人的领会。陶渊明家贫无由得，还能把酒东篱，悠然见南山。李白也唱"天生我材必有用，千金散尽还复来"。刘协曾身为末世砧板上的鱼肉，竟能得天下豪杰以礼相待，这足以令他的心得到慰藉。

在水一方的小小丘陵之上，佳人掩唇而笑，眉目流转间，无限风情。闻君尚有何所求？此处便是天堂。

卷五　未央往事且随风

世事沧桑，英雄痞子，究竟谁主天下。

汉室昌盛，帝王们崇尚武力，也懂文治天下，留下的金缕玉衣，郁结了那年的未央往事。

风起云飞，双雄逐鹿

"秦失其鹿，天下共逐之，只有高材捷足者先得。"经过了秦之后的动荡岁月，多少诸侯豪杰雄起又败落，只剩下刘邦和项羽双雄逐鹿，共战天下。在一番叱咤风云的较量之后，刘邦击败西楚霸王项羽，夺得了天下，开辟了西汉的江山。这对刘邦来说是人生的重大飞跃，从一介布衣跃身为一国之君，论谁也会骄傲自得一番，所以刘邦在回故乡省亲时，借着酒性，击筑唱了一首《大风歌》。

大风起兮云飞扬，威加海内兮归故乡。安得猛士兮守四方？

刘邦《大风歌》

唐代李善说："风起云飞，以喻群雄竞逐，而天下乱也。"是说天下纷乱，群雄争霸，这看似是胜出的契机，是乱世英雄的舞台，但对刘邦这个成功的人来说，反而有着一种不能言说的悲哀在其中。

"大风起兮云飞扬"，刘邦深深地明白自己是凭什么而胜出的，在那个天时地利人和的时局中，刘邦固然有着自己的优势，但更多的还是凭借了时局所带给他的便利条件。而他的对手项羽，本应该是大家都看好的下一任封建统治者，却横尸乌江边。

在古人还没有完全搞清楚天地之间的自然奥秘之时，他们自然将成败归结为宿命。故刘邦虽然唱着楚吟款款、哀愁深深的《大风歌》，但比起项羽来说还是要幸运许多的。《垓下歌》传唱后世，项羽则难逃成王败寇的最终结局，一死以谢天下。

力拔山兮气盖世，时不利兮骓不逝。骓不逝兮可奈何，虞兮虞兮奈若何！

项羽《垓下歌》

这首《垓下歌》可以说是项羽的绝命词，在这首词作中，既充满了项羽壮志九州的英雄梦想，又充溢了他辗转缠绵的儿女之情。对于刘邦的围追堵截，项羽从不放在眼中。从踏上这条道路开始，他就意识到此行不是成功，便是成仁。

自古英雄气短，无非便是因为女人。项羽是霸王，却也为了虞姬辗转不得。更深夜长，在项羽与刘邦决战的前夜，楚歌声声刺耳，声音悠远而突兀。惊彻了虞姬，还有项羽千秋霸业的梦魇。

自古红颜为君生，为君死。虞姬虽是女子，却也有男子的英雄气概，为了不妨碍项羽顺利突围，她选择了自刎以绝后路。而她临死前则是为项羽留下了一首悲凉的诗歌："汉兵已略地，四方楚歌声。大王意气尽，贱妾何聊生！"

虞姬是善意的，她知道项羽的担心，所以她要项羽毫无负担地前去作战，于是她在年华正好时举剑自刎，一缕香魂就此消亡。

虞姬自尽，本是为了夫君能心无旁骛地冲出重围，东山再起。却不料情深义重的项羽也自刎于乌江河畔，以谢天下。对于他这样意气用事的做法，宋朝女词人李清照表示了惋惜，写下诗词哀悼："至今思项羽，不肯过江东。"

项羽和刘邦的差别便在于一个是帝王之才，一个是英雄之料。关于这一点，易中天在他的著作中对于中国王朝的更替做出过这样的论断："我们总是习惯于把王朝的兴衰、事业的成败、历史的更替和事情的对错都归结为个人的原因，归结为某个领袖人物和主导人物个人品质的优劣好坏。与此同时，历史人物也都按照一种简单的善恶二元化论而无一例外地脸谱化了，中国历史则变成了一个大戏台。但我们从来就不知道舞台上为什么会有那么多白脸和白鼻子，也不知道红脸和黑脸什么时候才能出现，因为我们不知道编剧和导演是谁。我们只能寄希望于运气和等待，却不肯承认每一次'善报'，往往也差不多意味着下一次'厄运'的来临。"

在易中天看来，项羽和刘邦之间的较量是一场贵族和流氓之间的对抗，流氓是不讲究游戏规则的，所以刘邦能出奇制胜，而英雄就得遵守英雄的原则，比如讲义气、重情义。虽然这是一个将领必须要具备的，但也是一个人走向覆灭的导火索。

项羽虽然身为贵族，但其实他的家族早已没落。但若与白手起家的刘邦相比，还是要强大许多。但为何跑着跑着，项羽却被刘邦赶超，还为此送掉性命？用易中天的话来说，二人皆是少年时期不听话不守规矩的孩子。只是说起来，大概刘邦算是地痞流氓，而项羽是纨绔子弟罢了。

但正是这点区别令这二人在之后的道路上有了越来越大的分歧，刘邦在他的《大风歌》中感叹道，"安得猛士兮守四方"。刘邦清楚，他之所以能得天下，全是仰仗着这个乱世的好时机还有自己并不算太差的运气。而项羽比起刘邦来，就少了许多谦逊和卑微。骄傲自满的他认为天下都是自己的囊中之物，故而，他从未把刘邦放在眼里，故而，他预见不到日后的败局。

项羽行军打仗期间，原本聚拢在他身边的一帮能人志士渐渐走的走、死的死，以至于到最后，项羽几乎是在孤军作战了。无法聚拢人心也是项羽失败的原因之一，而刘邦深谙招揽贤士之道，他不但会拉拢能人为其效力，还会四处挖墙脚，很多怀才不遇的项羽的部下到刘邦帐下后得到重用，为他们的旧主子项羽挖下了后来的墓坑。

关于楚汉之争的得失，自古以来一直是人们争论不休的焦点之一。众说纷纭之中，项羽和刘邦的拥护者都不占少数。其中范文澜先生就对此发表过意见："推究刘邦和项羽胜利失败的原因，主要在于刘邦的拥护者是广大农民特别是旧秦国农民，项羽的拥护者只是些野心的领主残余分子，两个人所依靠的力量是如此的不同，所以得到的后果也自然是不会相同的。"

这当然是"楚亡汉兴"的原因之一。项羽之败，并非败在他个人身上，而是他不会运用智慧调动整个团队的力量。作为政治舞台上最后的胜利者，作为大汉帝国的开国皇帝，刘邦显然比项羽要高出一筹，在权力的掌控和运筹帷幄上，刘邦明白群众的力量是强大的。所以，虽然刘邦有时候无情无义，有时候卑鄙无耻，更有时候不讲信誉，但关键时刻，刘邦懂得运用他手中的筹码为自己谋划。这也就是刘邦能在群雄竞逐的纷争中取得天下的原因。

项羽有着"匹夫之勇"和"妇人之仁"，该断不断，反受其乱；而刘邦则是"无毒不丈夫"，这两个人都可以称为英雄，也都可以算得上是人杰，只是项羽更适合为一名猛将，而刘邦才有帝王之才。

其实想来，世间之事大抵也便是如此，看似公平，却又不尽公平。如果刘邦能将项羽收入旗下，或许这两位英雄又将演绎出世间不同寻常的一幕大戏，但历史不能讲求如果，在残酷的现实面前，项羽和刘邦只能在他们所赋的歌词声中，渐行渐远。

一统天下，重建朝纲

汉高祖刘邦大概算得上是古今中外的帝王天子们中最为烦恼的一个了。

环境变了，秉性却是难易。刘邦高坐殿上，君临天下。而龙椅之下，那帮当年出生入死追随他打下江山的兄弟，如今也衣冠楚楚地站在前面对他行礼。这个场面应当是隆重而激奋人心的，然而汉史中记载，刘邦不甚满意。

跟随刘邦打天下的大部分是武将，这些草莽出身的将士一跃成为国家肱骨，但他们对于礼仪的修养知之甚少。所以，刘邦的殿堂之上，大多数时候是吵吵嚷嚷，不讲规矩的，甚至有些人会为了芝麻小事在上朝的时候动起手来。这让刘邦如何接受？

虽然刘邦自己也没有读过多少书，但既然坐上了龙椅，国家就需要一个井然有序的朝纲。在秦始皇统一中国、建立秦朝的时候，曾经设立过一套宫廷规范制度，但刘邦早在推翻秦朝的时候就将之废除。如今，面对一帮毫无规矩的武将，刘邦迫切地需要一个人来为他排忧解难。这个人就是叔孙通。

宰相萧何深知礼仪的重要性，他为刘邦推荐了叔孙通。叔孙通先后几次易主，在追随刘邦之前，还多次跟随其他人打天下，但最终因为才能得不到施展，而辗转投到了刘邦麾下。叔孙通跟随刘邦，可谓经过了一番挑选，刘邦身上的痞子气息令书生气十足的叔孙通逐渐明白了这个世界需要什么样的主人。

虽然叔孙通眼光独到，但是痞子毕竟是痞子，一个世界的主宰者不但需要智慧的头脑，还需要一套能威震八荒的朝仪。直到穿上龙袍、接受百官朝拜，刘邦的身份才彻底焕然一新。

当初他带领兄弟们打天下，一起拼杀，一起在夹缝中求生，自然不分彼此。但而今他已坐拥天下，成为帝王，兄弟们就再也不能与他称兄道弟。一朝为君，一朝为臣，有些原本以为永不会变的关系，便会悄然转变。

从兄弟到君臣只有一步，而这种改变需要一个人提点，这个人就是叔孙通。之前的叔孙通毫无作为，只是刘邦身边一个小得不能再小的角色。有张良等人的光芒遮掩，他即便使出浑身解数，也无法引得刘邦的注意。但国家对礼仪制度的要求，使得这个儒家弟子从幕后走到了台前。

和当初在马背上过的日子相比，皇宫里的生活实在是太复杂、太让人眼花缭乱，这些转变都使得那些从沙场上退下来的将士们一时之间无可适从。于是叔孙通希望用先秦简易的儒家礼仪来规范皇家章法，提高皇家尊严，从而使得那些目无法纪的臣子们尽快学会如何以礼行事。

中国自古以来就有"礼仪之邦"的美誉，但这礼仪并不是一蹴而就的，早在周公时期朝廷就有了专门"制礼作乐"的部门，但一直发展到战国，国家朝仪才日益规范完整。在叔孙通的一番努力之下，汉初国家所需的礼仪变得愈加完整和成熟。

叔孙通将孔子之道融会贯通进生活之中，他将礼仪制定好后，刘邦却担心应付不来。毕竟自己是个粗人，万一礼仪太繁复，自己出错，岂不是要贻笑大方。

　　叔孙通告诉刘邦一切无须担心,他已经成竹在胸了。叔孙通将礼仪给刘邦演练了一遍,刘邦觉得还可以接受,于是叔孙通便去训练群臣,两个月之后,刘邦在朝堂之上得到了一种前所未有的满足,因为那一刻,他才觉得自己真正成了帝王。

　　看着群臣排列成队,井然有序地上朝进谏,刘邦知道这才是他想要的效果,叔孙通借着孔子的名号为自己的仕途打开了一条金光大道。而汉武帝时期的董仲舒罢黜百家、独尊儒术,比起叔孙通的礼仪之法而言,远没有那么深入人心。凡事礼为先。在讲究礼仪的中国古代,叔孙通可谓功不可没,而之后的刘胜更是用礼仪之法逃过一劫。

　　汉武帝时,诸侯王所要遵循的国礼十分繁复,说话吃饭坐卧就寝都有一套讲究。中山靖王刘胜是汉景帝朝的王爷,他喜好饮酒,偏爱歌赋。刘胜封王的那一年,正逢七国之乱,他亦不幸被牵连其中,很久都未被重用。为了保全性命,也为了更好地生活下去,刘胜一直等待着面见帝王的良机。终于,汉武帝继位后大宴群臣,他便利用此次宫宴面圣的机会,对刘彻动之以情,晓之以理,利用说话时的礼仪逃过一劫。

　　宫宴上,群臣赏舞正欢,刘胜却忽然闻乐而泣。汉武帝奇怪地询问缘故,刘胜便将内心感言发表了一番。

　　今臣心结日久,每闻幼眇之声,不知涕泣之横集也。夫众煦漂山,聚蚊成雷,朋党执虎,十夫桡椎。是以文王拘于牖里,孔子厄于陈蔡。此乃众庶之成风,增积之生害也。

刘胜《闻乐对》(节选)

　　行走在刀尖上的刘胜开口便将自己放在一个卑微无比的位置上,令汉武帝不禁对他的境遇心生怜悯。接着,他又反复地诉说自己终日惶恐的心情,不断强调自己无意蹚入"七国之乱"的浑水中,但造化弄人,他无法置身事外。每日想到这个心结,再看看幼小的儿子,他便没来由地悲伤哭泣。

　　当汉武帝被他的凄苦处境感动的时候,刘胜便口风一转,开始为自己接下去的求情铺路。

臣身远与寡，莫为之先。众口铄金，积毁销骨，丛轻折轴，羽翮飞肉。纷惊逢罗，潸然出涕。臣闻白日晒光，幽隐皆照；明月曜夜，蚊虻宵见。然云蒸列布，杳冥昼昏，尘埃拚覆，昧不见泰山。何则？物有蔽之也。

刘胜《闻乐对》（节选）

刘胜表明虽然自己远离是非，但是众口一词，足可以令他死上千万回，所以他面对这种无力扭转的局面，除了苍天可鉴，毫无其他澄清的办法。

刘胜的一番说辞有理有据，占情占理，不但将自己的归隐之意讲得入木三分，还将别人意欲加害于他的心思描述得惟妙惟肖。放之今日，刘胜定然是一个辞令出色的社交家。

刘胜的一番话令汉武帝打消了杀他的念头。高祖时，叔孙通通过制定礼仪改变了朝纲混乱的局面；此次，刘胜利用礼仪逃过了生死一劫。

刘胜并未直接跪求汉武帝，而是借机会哭泣，引起汉武帝的同情，让他有足够的耐心听自己的解释，然后在文辞中将原因讲清楚，同时也将求情的话顺带说出。君臣社交之礼被刘胜运用自如，只要寻到合适的时机，达成目的简直如探囊取物一样简单。

刘胜之后被放回封地，安度余生，如果他没有得体的谈吐，只怕早已经身首异处了。有时，命运给予你的，想躲也躲不开；有时，一个拐弯之处，便又是一番天地。

铺陈华丽，大赋先声

汉时，曾有位深居简出，嗜好竹简香气的大家闺秀。她最爱轻轻地以指腹划过堆积成小山的书简，微笑的倩影，将午后的阳光遮挡。同龄的姑娘都喜欢在这早春之时游湖踏青、赏花扑蝶，她却偏偏爱将自己锁在深院之中，靠读诗赋来陶冶心性。赭红的蔻指轻敲薄而韧的竹简，她想挑选一捆最适合春日喧嚣的辞赋，该是读司马相如的，指尖一滑，却寻到了《七发》。

其少进也，浩浩凯凯，如素车白马帷盖之张。其波涌而云乱，扰扰焉如三军之腾装。其旁作而奔起也，飘飘焉如轻车之勒兵。六驾蛟龙，附从太白，纯驰浩蜺，前后络绎。颙颙卬卬，椐椐强强，莘莘将将。壁垒重坚，沓杂似军行。訇隐匈磕，轧盘涌裔，原不可当。

枚乘《七发》（节选）

爱读诗赋的姑娘并不知道，未央宫中也曾有位名叫刘彻的少年这般锁眉而问："何方神圣？明明只是通篇渲染铺张，却怎的令人欲罢不能？"千言读毕，她和他都迫不及待地搁下手中之卷。她遍翻史书，寻找"枚乘"其人；他则一纸诏书，宣了枚乘入宫觐见。

在那段"未央往事"中，枚乘并不是主角。但他就像历史上的周文王，一手将周武王推上帝位，自己却已须发俱白，日薄西山。汉景帝时期，枚乘以其赋《七发》开启了汉代大赋的先河。其文直接、间接影响了司马相如、扬雄乃至东汉班固、张衡等人的创作风格，使汉大赋的内容被定型为"讽谏君王""劝百而讽一"。

枚乘是西汉文帝时期的一名文学侍从。汉高祖刘邦登位称帝后，名义上虽是皇帝，可当时共同起义的将领们也正各据一方拥兵自重，其中大多数都是三心二意之徒。刘邦心中担忧自己皇位不稳，却别无他法只能分封异姓王侯。分封之后，半壁江山皆在诸侯之手，那绵延万里的地盘俨然与中央形成旗鼓相当之势。

从公元前201年刘邦抓韩信问罪起，直到武帝朝"推恩令"下，七十四年间五朝帝王心中最大的郁结便是诸侯拥兵造反。而枚乘，刚好便成长于"七国之乱"前后的汉文帝时期。

那些年，枚乘还是吴王刘濞手下的文士。他来自楚地，最喜欢看《楚辞》。常抱着屈原的《招魂》赋读了又读，每有会意，便欣然忘食。刘勰曾说"及枚乘摛艳，首制《七发》，腴辞云构，夸丽风骇"，而这种夸张却洋溢着华丽的效果，便是枚乘在创作时承袭了《楚辞》浪漫典雅、恣意抒情风格的结果。枚乘是那样向往着帝都长安的风光，他希望自己能像屈原一样身居高位，即便被诬陷、被放逐，他也在所不惜。至少，那证明他曾存在过、燃烧过。他的未央梦，一直没有止息。

《汉书》记载，吴王刘濞最初决定起兵时，枚乘曾上书相劝，劝谏之言有："臣闻得全者全昌，失全者全亡……故父子之道，天性也；忠臣不避重诛以直谏，则事无遗策，功流万世。臣乘愿披心腹而效愚忠，唯大王少加意念恻怛之心于臣乘言……臣愿大王孰计而身行之，此百世不易之道也。"

可惜枚乘的劝阻没有奏效，吴王刘濞还是起兵反叛了。刘濞的大军在三个月后被周亚夫剿灭，周亚夫一战成名，枚乘也因这篇谏书名扬中原。当是时，大汉的政权正在潜移默化地转变。历经"七国之乱"的汉文帝表面上更加注重休养生息，暗地却早已开始谋划将诸侯国手中的权力慢慢收回中央。未央宫的烛火夜夜通明，一场帝与王的战争蓄势待发。

没有人意识到，汉代的文学也在这一阶段发生了变化。枚乘自吴王被诛后转投梁孝王处，亦是做文学侍从。汉景帝曾召他入京，但他"因不乐郡职"，称病而辞。这自然是推脱。长安，他梦寐以求的立身之地。未央宫，他魂牵梦绕的扬名归宿。推脱，是因为太多的不得已。"文景之治"，中央的决策首重政治经济，对文化却并未多有关注。枚乘喜欢读书，喜欢徜徉诗赋之海，入朝为官却不能施展才赋，那只是抹杀了他的天性，扯碎了他的美梦。最后枚乘决定，将下半生托付在"梁园"中，托付在他的《七发》上。

今时天下安宁，四宇和平，太子方富于年。意者久耽安乐，日夜无极，邪气袭逆，中若结轖。纷屯澹淡，嘘唏烦酲，惕惕怵怵，卧不得暝。虚中重听，恶闻人声，精神越渫，百病咸生。聪明眩曜，悦怒不平。久执不废，大命乃倾。太子岂有是乎？

枚乘《七发》（节选）

枚乘的《七发》两千九百余言，以逐步盘升之法描绘音乐、饮食、乘车、游宴、田猎、观涛之景，又一一否定，最后言"'将为太子奏方术之士有资略者……太子岂欲闻之乎？'于是太子据几而起，曰：'涣乎若一听圣人辩士之言。'涩然汗出，霍然病已。"至此，文章要歌颂的主题才浮出水面。

　　原来，这是一篇以古讽今的辞赋。以战国楚太子有疾，吴国门客前往探望并以言语将其治愈的故事为托，劝讽当今朝廷与诸侯国应杜绝奢靡之风，纳用文人贤士。引申为自己不得汉文帝重用，心寒不已的抱怨。这一段是《七发》的第一段，也是整篇文章的主旨。赋文以琳琅之笔生动地描绘了楚太子因沉溺于享乐淫靡而缠绵病榻的虚弱容貌，且言要以"要言妙道说而去之"。

　　《七发》一文流芳百世，它不仅包含着枚乘建功立业的思想情怀，更有着前人无法匹敌的华美词句。文中移步换形与铺夸洋溢之法为后世山水游记所钟情，生动的比喻与大胆的夸张深受唐代诗家的喜爱，又奇之承袭先秦古风，句句藏有深意，句句皆有来处。

　　其中有一段描写龙山上生长的一棵巨大桐树，与屈原《招魂》中的语句颇有相似之处："其根半死半生。冬则烈风漂霰、飞雪之所激也，夏则雷霆、霹雳之所感也。朝则鹂黄、鸸鸠鸣焉，暮则羁雌、迷鸟宿焉。独鹄晨号乎其上，鹍鸡哀鸣翔乎其下。"

　　龙山上生长的桐树，其根已然半死。寒冬之中，巨树被狂风飞雪蹂躏摧残；盛夏时，又被惊雷闪电无情击打。每日晨起，黄鹂鸟在它枝头鸣叫；夕阳西下，孤单的麻雀在树丫间筑巢。

　　而屈原曾写道："菉蘋齐叶兮，白芷生。路贯庐江兮，左长薄。倚沼畦瀛兮，遥望博。青骊结驷兮，齐千乘。悬火延起兮，玄颜烝。"翠绿的苹草萌出新芽，姣好的白芷再吐芬芳。一条大路通庐江，左有丛林无尽数，右有鸣鸟在身旁。水田之路漫且难，求之不得望家乡。青骊四驾当歌去，千乘战马并驾行。火光彤彤照残夜，墨色翻滚云从风。

　　细品之下不难看出，《七发》之笔与《招魂》之情同出一家。只是前者文风更加整饬华美，令人读之便觉心有灵犀。文人为文，要继承，更要发扬。屈原创造了《楚辞》，而《七发》就出现在传承楚辞而来的骚体赋与汉大赋两个文学体裁的交汇点上。枚乘的《七发》依从《楚辞》不得重用的幽怨之情，润以儒家教化之意，得汉大赋先声，汉赋乃兴。刘勰有言："自《七发》以下，作者继踵。观枚氏首唱，信独拔而伟丽矣。"

梁孝王去世后，枚乘心生隐退之意，与家人幽居在淮阴。他老了，梦想也不再年轻，少年时对自己许下的"立身、明天下"的誓言也渐渐看不清楚。当汉武帝礼贤下士，以安车蒲轮迎他入京时，他已感觉到时日无多。坐在那仿佛永远不会停下的进京马车中，枚乘慢慢地合上了双眼。他终于凭借《七发》实现了他的"未央之梦"。

后人称赞《子虚》《上林》，盲从者众多，乃是因相如那脍炙人口的风流韵事，更因了一曲唱入闺怨女子心扉的《长门赋》。却不知相如之前，必有枚乘；《七发》之外，再无汉赋。

巨丽上林，天子气焰

《诗经》至今，文人诗赋辞章，成为中华民族文学浩瀚烟海中一颗璀璨明珠。每位文人下笔之前，都想要自己的文章为后人认可、欣赏。后人在品评前人之作时，也极尽能事去赞美歌颂或是批评谩骂。

凡事总有出其右者。华夏文学之林，曾有那么几首诗赋，那么几个人，就静静地伫立在那儿，不用溢美之词，不用有谁去为其正名、宣扬。他们以君临天下之姿，气韵沉雄、气宇轩昂地静立。他们的诗作往往见证了一个朝代的辉煌盛况，也招来了后世万千"东施"的效颦之举。这些伟人中，汉有赋圣司马长卿，唐见诗仙太白、诗圣子美，词帝李重光生于南唐，更有词圣东坡名扬两宋。

后世文学爱好者，在鉴赏一个时代的文学时心中一定会有自己的计较。敏感多情，是文人的心病，更是文人之所以为文人的首要因素。就好像身为一名帝王，一定要将自己的心磨炼得冷硬、决绝、霸道，甚至凶猛。只有如此，他才能以一人之躯撑起天下千万家庭的平安常乐。汉武帝残忍暴虐、骄奢淫逸，可若无他孤注一掷地提升国家军事水平，长城边不计其数的无辜百姓就将被匈奴人鞭挞奴役致死。若无他冷酷绝情地大行削藩、颁"推恩令"，中原很快便将重回那暗无天日的战国时期。是他带领贤臣猛将撑起了大汉一方天地，在那昂扬奋进，令后世无法企及的恢宏时代中，我们怎能只看到简单的"杀伐"二字。

司马相如就出生在这个朝代，从懵懂少年到御前文人，他的经历似乎比大多文人都顺遂。

司马相如原名司马犬子，蜀郡人。史记载因其"慕蔺相如之为人，更名相如"。汉景帝朝时，他也曾在朝为官，后来随梁孝王去了梁园。从中央投奔地方诸侯，个中因由与枚乘十分相似，都是不愿被为官之琐事束缚住那颗年轻的、渴望创作的心。汉景帝一心政治，不爱辞章，相如惊天之才无处施展，只得落寞转投他方。梁孝王是懂辞爱赋之人，在"梁园"的日子里，司马相如与一众文士把酒言欢，同舍而眠，感情日笃。数年之中，他著成《子虚赋》一篇。此赋在当时骚体赋当道的文坛上并不显著，直到汉武帝读之，拍案叹曰："朕独不得与此人同时哉"，司马相如才运气蓬转，得以侍驾御前。

《子虚赋》作成后不久，梁孝王病卒，梁园文人四散，司马相如孤身前往蜀地投奔好友。在那儿，他邂逅了一位曾有来世之约的前生故人——卓文君。相如抚琴，文君沽酒，二人伉俪情深，在蜀地度过了一段快乐而闲散的日子。而后新皇武帝登基，雅好辞赋的他一眼就相中了相如之赋，激赏的同时，立刻宣此人入朝侍奉。

在长安的日子，司马相如除却伴驾，其余时间都过得既风光又惬意。这不仅是因为那篇专美于圣前，名噪一时的《子虚赋》，更因为另外一篇神来之笔——《上林赋》。初入宫闱之际，刘彻曾问《子虚赋》是否他所作，司马相如拱手作礼，毫不谦逊地回答"有是。然此乃诸侯之事，未足观也。请为天子游猎赋，赋成奏之"。提笔挥就了这篇千古名作。

君未睹夫巨丽也，独不闻天子之上林乎？左苍梧，右西极，丹水更其南，紫渊径其北。终始灞、浐，出入泾渭，酆、镐、潦、潏，纡余委蛇，经营乎其内。荡荡乎八川分流，相背而异态。东西南北，驰骛往来，出乎椒丘之阙，行乎州淤之浦，径乎桂林之中，过乎泱莽之野。汩乎混流，顺阿而下，赴隘陿之口。触穹石，激堆埼，沸乎暴怒，汹涌澎湃。

司马相如《上林赋》（节选）

此篇辞赋乃是紧承《子虚赋》而作，后世将《子虚赋》《上林赋》并称为《天子游猎赋》。较之枚乘的《七发》，《上林赋》有继承亦有发展，其中"对君主劝百而讽一""极尽铺张之能事"两点，更成了后世汉大赋的行文规范。

《上林赋》用无数浓墨重彩的美词渲染天子上林苑的浩大声势。司马相如下笔万端，一个挑眉，一个翻腕，便是一场淋漓尽致的游猎景象；一个吐纳，一口清茶，又成就一幅巨丽上林的靡曼美色。赏月观舞之时，千人歌唱万人应和，挥斥而平六合，策马而收八荒的天子气焰在他笔下一一呈现。

先后陆离，离散别追，淫淫裔裔，缘陵流泽，云布雨施。生貔豹，搏豺狼，手熊黑，足野羊，蒙鹖苏，绔白虎，被斑文，跨野马。陵三嵏之危，下碛历之坻，径峻赴险，越壑厉水。推蜚廉，弄獬豸，格虾蛤，铤猛氏；羂要袅，射封豕。箭不苟害，解腔陷脑，弓不虚发，应声而倒。

司马相如《上林赋》（节选）

《典论·论文》曾有教诲："诗赋欲丽。"至少是在汉代，为赋者，不丽不美。而这篇巨丽之文，究竟欣羡凋零了多少才子的年华，这是个问题。下笔无端，一蹴而就，结构却罕见的整饬华美，句式更是灵活多变，长短交错，令人读之热血沸腾，沉闷顿消。

《上林赋》的主题十分明显，诸侯国的所谓"游猎盛况"与天子上林田猎之景相比，可谓黯然失色。大汉国力正处于蒸蒸日上的攀升时期，民心所向，乃在未央。勤政为民、英姿勃发的大汉天子与精神贫乏只知荒淫享乐的诸侯，谁胜谁负，自见分晓。乱世之内，敢于冒险的英雄夺得天下；治世之中，勇于承担的智者赢得人心。《上林赋》中所体现的民族自豪感、张扬奔放的气质、积极向上的活力，都成为后世难以企及的巅峰。

司马相如的《上林赋》并非刻意承《七发》而为之，但两者之间，有太多继承与被继承的痕迹。《七发》中有"游涉乎云林，周驰乎兰泽，弭节乎江浔。掩青苹，游清风。陶阳气，荡春心。逐狡兽，集轻禽"，《上林赋》中便有"于是乎背秋涉冬，天子校猎。乘镂象，六玉虬，拖蜺旌，靡云旗，前皮轩，后道游；孙叔奉辔，卫公参乘，扈从横行，出乎四校之中。鼓严薄，纵猎者，江河为阹，泰山为橹。车骑雷起，殷天动地"。都是移步换形的写法，都是骈散结合，整饬有序。若说枚乘在言语之间还带着骚体赋"乎兮之于"等发语词的痕迹，司马相如便是彻底开启了汉大赋短促有力、奔腾跳跃的句式格局。

天子校猎，雕镂华美的龙辇缓缓而出，六匹以美玉装饰的神骏马匹在前，霓虹般流光溢彩的旌旗紧跟在后，孙叔亲驾马车，卫青携弓伴驾，侍卫整齐有序却又不失灵活地分布在射猎部队之中，肃穆庄严的仪仗队伍以皮鼓相庆，紧随大队前行。百兽被围于宽阔长河里，皇帝龙御泰山，登顶俯瞰猎场。士兵的脚步声与马车声，声声如雷震。排兵布阵之后，再分开来各自射杀百兽。

汉武帝善骑射，爱诗书，笃黄老，喜女色。后人于是误以为此帝荒诞昏庸，只知游戏享乐，人品十分下流。其实，刘彻只是一个有雄心壮志的男人。他渴望征服，但万金之躯怎能御驾亲征？于是上林骑射，成了他最喜欢的郊游活动；他渴望精神世界的满足，但每每感意志即兴为诗，总是不及周围文士之万一。于是他酷爱读诗赏赋，企图在别人的文章中找自己的人生；他渴望将这太平盛世永远延绵下去，但人生非金石，他岂会不知道神怪欺人。会赴东海求药，只因他真的不想老；陈阿娇并非他真心所爱，他爱的又早早离他而去，能与他长相厮守的女子本就寥寥。说是淫靡，不如说能与刘郎偕老之人，少之又少。

这些话，刘彻不能说、不能诉。他坐拥天下，讳莫如深本就是他应付出的小小代价。所以不要指责他穷兵黩武，不要说他为了满足自己的欲望才无止境地扩疆拓土。"文景之治"是为了什么？不就是为了这一天吗？不就是为了把本该属于华夏子孙的领土一寸寸征讨回来吗？生活在那个时代的人，应该为此而感到自豪，而不是去声讨君主的作为是不是暴虐，是不是灭绝人性。

盛世帝王，又有哪个不是经历了灭绝人性的际遇才千古流芳的？天子游猎的盛况，是刘彻应得的奖赏，司马相如的《上林赋》只有描摹不出的地方，绝对不会违心去编造。江山一统的豪气干云，便从这《上林赋》开始，久久涤荡未央。

卷六　千古风流浪淘尽

周亚夫，耳提面命，却依然躲不开命运纠缠的手纹。

霍去病，只有一个指望，便是成功。岂料成功之后，便是成仁。

李广，停马且住，立于山头，遥望眼前绵延的大漠，是他辗转不得返的舞台。

……

男人苍老的不会是容颜，只会是内心那永不安生的指望。

执拗将军，临危受命

汉文帝朝曾有一名功业得与卫青比肩的将军，史记中记载着他的一段传奇。司马迁《史记·绛侯周勃世家》载："嗟乎，此真将军矣！曩者霸上、棘门军，若儿戏耳，其将固可袭而虏也。至于亚夫，可得而犯邪！"

这名被汉文帝称作"真将军"的男子，便是绛侯周亚夫。司马迁本人十分敬重这位助文帝定江山的大将，为他作传时也分外用心。在《绛侯周勃世家》的最后，他做出了这样的评论。

太史公曰：亚夫之用兵，持威重，执坚刃，穰苴曷有加焉！足己而不学，守节不逊，终以穷困。悲夫！

司马迁《史记·绛侯周勃世家》（节选）

作为临危受命的将军次子，却能成为一国之相，匡国家之难，复社稷之正。周亚夫一生所面临的抉择与取舍，所经历的艰辛与苦楚，值得后人去研读与膜拜。红尘喧嚣，人们不妨寻一处有阳光的软榻，沉下心来，慢慢随史书一起，读懂这个男人。

周亚夫其貌不扬、资质平平，是开朝将军周勃的第二个儿子。周勃是当初和刘邦一起走出沛县打天下的人中，少有的几个幸存者。汉惠帝驾崩后，他一手将代王刘恒拥上帝位，成就了汉文帝"治世明君"的美名。其后，就算是不得已要削他的官职，文帝也在殿上感叹"丞相吾所重矣"。周勃在回到封地后不久便病逝了，长子周胜袭其封位，实至名归。

周亚夫与周胜是从小一起长大的兄弟。哥哥周胜是汉文帝绛邑公主的驸马，骁勇善战，疾恶如仇，有大将之才。又生得仪表堂堂，聪明且知进退，深得三军之心。弟弟周亚夫没有一处可与之相比。若真的要比，便只有"执拗"这一点能胜过周胜。周亚夫不仅相貌丑陋，还是家中次子，无论如何赶超，他也比不上兄长。但他并未因此而懈怠。每日晨起，他随兄长入军营检阅士兵，白天便在屋中读孔言孟、浏览兵书，到了晚上便带上长枪自己到练武场练上大半夜的武艺，天快亮了才肯回去睡觉。下人和身边的军士都劝他不要这样拼命，有他的兄长周胜在，周家已经可保几世富贵。他却从来不为所动，研书习武是为了保卫家园，更是为了有一日能与兄长并肩杀敌。他心中想的从不是爵位，而是为什么都是父亲的儿子，却从未有人肯将他与哥哥等同视之。

数年后，周家忽逢变故。周胜以杀人罪被判入狱，营中众兵士惊慌失措，军心动荡。周亚夫深知就算汉文帝仁慈免了兄长的死罪，兄长也再不能承袭父亲的爵位，而在下一位君侯上任之前，军心决计会大乱，若此时诸侯造反或是匈奴入侵，那父亲深爱的大汉江山将内忧外患，岌岌可危。军心不能乱，此时，他必须站出来。

周亚夫将三军集结至校场，搬了把凳子往台前一坐，摊开《孙子兵法》，状似无人地研读起来。军士们不知所以地交头接耳，他也不去理会，这样一坐就是整日。太阳下山时，校场上依然是士兵与副将军一坐一站，将军手中也依然是那本兵书。但经过一整日站立军姿的军士们身心俱疲，他们震慑于这位其貌不扬的副将军赫赫君威，再也不敢窃窃私语了。

从此后，直到汉文帝下旨重立绛侯那日，周家封地的将士们再未有过违反军纪、惑乱军心之举。周亚夫也经一众将士拥立，风光地继承了父亲和兄长的爵位，成了一国君侯。

若说周亚夫得的这个爵位多少是受了他父亲的庇荫，捡了他兄长的便宜，那汉文帝二十二年（前158）时发生的那件大事，便足以证明周亚夫的能力。

周亚夫并不聪明，但他执拗。他执着在那条自己认为正确的道路上，至死不渝。其时匈奴北犯，汉文帝当机立断发兵抗边，同时派遣三路大军驻守长安城外护驾。为鼓舞军队士气，汉文帝圣驾亲临城外的军队检阅。周亚夫军营的守卫明知圣上驾到，却以手中兵器将御驾马车拦了下来。汉文帝深以之为奇，命人前去探问，才知是主帅下令"军中闻将军令，不闻天子之诏"。并不是将在外君命有所不受，而是军令如山，任何人不得有违。见到周亚夫后，汉文帝称赞道："嗟乎，此真将军矣！"

周亚夫虽非气宇轩昂、足智多谋，但胜在治下甚严，将士们听从号令，对其一片赤胆忠心。既能打仗又不会造反，这样的贤臣，皇帝怎能不喜欢。即便病重弥留之际，他亦嘱咐太子刘启："即有缓急，周亚夫真可任将兵。"

《史记·绛侯周勃世家》载，周亚夫未入朝为官时曾有人为其占卜命相。言其不久将会被封绛侯，再过几年便成将相。

条侯亚夫自未侯为河内守时，许负相之，曰："君后三岁而侯。侯八岁为将相，持国秉，贵重矣，于人臣无两。其后九岁而君饿死。"亚夫笑曰："臣之兄已代父侯矣，有如卒，子当代，亚夫何说侯乎？然既已贵如负言，又何说饿死？指示我。"许负指其口曰："有从理入口，此饿死法也。"居三岁，其兄绛侯胜之有罪，孝文帝择绛侯子贤者，皆推亚夫，乃封亚夫为条侯，续绛侯后。

司马迁《史记·绛侯周勃世家》（节选）

这番言论在当时听起来像戏言，故周亚夫并没有将这位算命人的话当真，只是笑笑说道："我的兄长已经成为侯爵，我怎么能取而代之呢？"可命运就是这样神奇，周亚夫把握住机遇成就了一番大事业，连帝王都对他赏识有加。但周亚夫也始终不相信自己会位极人臣，直到"那一年"，那件震惊天下的"大难"来临。

汉景帝三年（前154），发生了史上著名的"七国之乱"。门客枚乘的劝说终未奏效，吴王刘濞以"清君侧"之名，联合六方诸侯王起兵造反。周亚夫领命出征，一路绕过叛军主力，打算由后方断其粮草。被叛军攻打最凶的梁国，却因周亚夫的绕道而行几欲坚守不住，连皇帝也下诏命周军增援，周亚夫却将营门大关，任门外军中一片喧嚣。多么熟悉的充耳不闻，一旦认定了"断绝粮草"的目的就不再有转圜之地。说他从大局出发也好，说他冷酷无情也罢，周亚夫就以这样一个"执拗将军"的姿态，在短短三个月内肃清了诸侯国叛党。司马迁赞他英勇，说："亚夫之用兵，持威重，执坚刃，穰苴曷有加焉！"

两年后，汉景帝感其平乱之功，任其为当朝丞相。原就只是想守候父亲为之付出一生的大好河山，原就只是不愿兄长苦心经营的侯国生变。他知道自己从不是上天选中的良才，更不是任何爵位、军位、相位的第一人选。但就这么日复一日地坚持着、执着着，谁曾想，便做了父亲、兄长都望尘莫及的一国之相。

打天下需要勇气、果敢，治江山却要按捺性情、圆滑做人。这是周亚夫，这名习武打仗家庭出身的孩子从未进入过的世界。就像当年穿朝服坐在龙椅上的刘邦，新的社交、新的为官之道，有太多的不适应，却没有人肯给他时间去适应。

周亚夫为人直率，处事黑白分明，绝对没有缓冲地带。但这正好是入朝为官最忌讳的处事方式。《史记》有载："匈奴王徐卢等五人降，景帝欲侯之以劝后。丞相亚夫曰：'彼背其主降陛下，陛下侯之，则何以责人臣不守节者乎？'景帝曰：'丞相议不可用。'乃悉封徐卢等为列侯。亚夫因谢病。景帝中三年，以病免相。"徐卢等人降汉，汉景帝欲封其为侯，以显示圣君仁德，也可由此招揽更多贤能的敌军将士。周亚夫却以其不守节气而深深不屑，在他看来，无论是汉军还是敌国，叛徒是最不能原谅的，怎么还能封侯拜相呢？但汉景帝最终没有采纳他的意见，这使他愤怒不已，称病辞去了宰相一职。

其后朝廷用人之际，汉景帝也曾想过将他召回，但周亚夫的倔强性子是从小铸成的，无人可逆——"顷之，景帝居禁中，召条侯，赐食。独置大胾，无切肉，又不置箸。条侯心不平，顾谓尚席取箸。景帝视而笑曰：'此不足君所乎？'条侯免冠谢。上起，条侯因趋出。景帝以目送之，曰：'此怏怏者非少主臣也！'"

由此，汉景帝生怕他继续留在宫中早晚招致祸事，便再不强留。数年后，周亚夫因其子私自购买甲盾准备为其发丧，被牵连入狱，在狱中病逝。

直到魂归九幽，他也不曾服过一次软，听过一次劝说。大丈夫要光明磊落，更要百折不挠，若非命运弄人让他做了丞相，卫、霍等人之功，又何足道哉。

弱冠封侯，天命难违

长驱蹈匈奴，左顾陵鲜卑。弃身锋刃端，性命安可怀？

这首《白马篇》的主人公是曹植一生最崇拜的大将。汉武帝时，这名大将官拜大司马、冠军侯，歼灭单于军队无数，令大漠匈奴人闻风丧胆。辛弃疾曾为他写下"元嘉草草，封狼居胥，赢得仓皇北顾"的诗句。二十四岁，他还未走到巅峰的人生却早早结束。少年纵马千秋业，不许名将见白头。他叫霍去病，是史上第一名年仅弱冠就被封为冠军侯的大将。

霍去病出生在汉武帝同胞姐姐平阳公主的府中，母亲卫少儿是公主侍婢。当时与卫少儿共同服侍公主的，还有她的姐姐卫子夫，也就是汉武帝刘彻之妻，历史上有名的孝武卫皇后。霍去病由姨母卫子夫看着长大，卫子夫虽然出身寒微，但常年服侍公主，一举一动都颇有教养。平阳公主喜读诗书，卫子夫耳濡目染习得不少知识。知道霍去病喜欢兵书战史，她常偷偷地领他去府中藏书阁一看就是整日。公主府中的人都夸这男孩既聪明又好学，长得还天庭饱满，一副贵人相。卫子夫只是笑着说："什么贵人相，我只盼他平平安安过一生，再没有别的奢求了。"

汉武帝登基后十分重视国家军事力量的发展，霍去病的舅舅卫青参军入伍，于元光六年（前129）首次领兵出战时奇袭匈奴重兵守卫的龙城。这一仗打出了大汉的气势，令匈奴再不敢恣意欺辱汉朝百姓，也令卫青从车骑将军一下跃升为关内侯，从此功名显赫，威震四海。而就在次年，原本是公主府中一名小小侍婢的卫子夫为汉武帝产下一子，被册封中宫之主，统率后宫。

原来，卫子夫在汉武帝登基后不久便被平阳公主送去宫中侍候皇帝，几年间从侍婢到妃子，从妃子到皇后，梦似的走了过来。而霍去病也参军入伍，两人再难见上一面。听闻姨母生下小皇子，霍去病高兴极了，他暗暗发誓要用一身武艺保大汉长安，更保他这位小表弟未来的皇位。

五年后，十七岁的霍去病以轻骑八百横扫漠南，歼敌数千，虏获匈奴数名重要官员，举国震惊。少年在落日狼烟下扬刀立威，三军立马高喊"将军威武"，声震九霄。卫家男儿从不借女人的庇荫显贵高升，无论封王还是拜相靠的都是战场上浴血拼杀的勇猛无畏，所以汉武帝特设大司马之职封赏卫青、霍去病甥舅二人，长安城内没有谁敢不服气。

那是一个属于英雄的时代，长安的喧闹浮华留不住霍去病的目光，他必须在征战讨伐中证明自己的存在。那些匈奴铁骑的凶猛残暴，那带着尸体腐烂气味的荒漠战场，还有交替折磨着肉体的炎热与冰冷，都令他躁动的心得到安慰。立的军功越多，他的欲望就越大。他渴望将从小一读即通的用兵之法全部用到战场上，他渴望胜利，更渴望胜利来得更快、更多。

这就是男人的征服欲。男人的欲望，一旦大到可以左右家国天下的命运，那就再没什么可以令他恐惧了。

元狩二年（前121），霍去病又领兵讨伐漠北浑邪王。他抛弃笨重的战车，只带领铁骑数千以迅雷不及掩耳之势迂回深入匈奴王庭，将浑邪王与其家眷，王庭中相国、将军一并虏至帐下。心知大势已去的浑邪王全军归降汉朝。这一仗打得干净又利落，霍去病甚至觉得不太过瘾。

上天于是满足了他的愿望。迎浑邪王启程回长安之前，匈奴降军中数名将领发动叛乱。刀枪碰撞中，黄沙飞扬里，霍去病身穿骠骑将军银甲，一马当先举着长矛直直地杀进匈奴叛军中。《史记》中记载了这样一段汉武帝的话："天子曰：'骠骑将军率戎士逾乌盭，讨遬濮，涉狐奴，历五王国，辎重人众慑慴者弗取，冀获单于子。转战六日，过焉支山千有余里，合短兵，杀折兰王，斩卢胡王，诛全甲，执浑邪王子及相国、都尉，首虏八千余级，收休屠祭天金人。益封去病二千户。'"

从刘彻这短短数句的褒奖之语中，人们可以想象到那日塞外激战的场景。战火肆虐在长满青草的漠北王庭四周，刀光剑影中，一名银袍小将控弦左射，挥枪右发。探臂接飞箭，扬刀取敌首。矫捷之姿若游龙舞天，勇鸷之状若虎豹啸谷。至此，漠北一战大局已定，浑邪王率四万匈奴兵归降大汉。这一仗，丝毫不比卫青拿下龙城之战逊色，汉武帝大悦，赐予他黄金白银无数，更有长安城内冠军侯府一座。谁知这名小将过惯了风餐露宿的日子，竟不受恩典，反而在朝堂上大言不惭道："匈奴未灭，何以家为！"

汉武帝刘彻何等脾气，有谁胆敢拂逆，司马迁就是下场。霍去病这话，真是大言不惭。庆幸当时还没有李陵之祸，庆幸当时司马迁还未被处以腐刑。这位没有前车之鉴、又刚立奇功的年轻人在汉武帝看来哪里都顺眼，少年意气的玩笑话，他便只当清风过耳，不去追究。

一场胜仗接着一场胜仗。冠军侯霍去病七年从军生涯，竟从未打过败仗。而这些胜仗又一个比一个大，一个比一个让汉武帝愁于如何封赏。

想必人人都知道霍去病"封狼居胥"的故事。"狼居胥"乃是汉朝匈奴国内的一座高山，二十二岁的霍去病曾在此山举行祭天仪式。当时卫青、霍去病率军十万攻打漠北匈奴主力，以一场压倒性的胜仗将匈奴人逐出漠北。汉武帝大喜过望，下令霍去病点兵，封礼狼居胥山。祭天之礼，是上古流传下来的祭祀礼仪。天子祭天地，诸侯祭社稷。霍去病在狼居胥山举行此礼，是要彰显大汉威名，宣告战争的胜利。

百丈山巅，冠军侯腰背笔直，单手持剑，尚且未脱少年稚气的脸上神采飞扬。那种意气风发，挥斥方遒的气概，总令人生出忍不住弯膝叩拜的冲动。

"北走出雁门，西行渡临洮。问君何所往，饮马长城濠。旧隶羽林籍，新佐霍骠姚。长揖请论事，军门夜横刀。一麾入虏穴，义激天为高。飞鸟不敢下，边秋气萧条。安边主将略，汗血诸军劳。男儿重知己，慨然生死交。生死且不顾，论功徒尔曹。"

这首清朝文人吴文溥的《短歌》将霍去病前无古人，后无来者的一生淋漓道尽。从雁门到临洮，银袍小将始终未逢敌手。把将士们当作亲兄弟，把军营当作自己的家，这样的男人，天生就该是战场上的英雄，萧条边关由他守护，虎穴龙潭也任他纵横。千秋励马将，唯有冠军侯。

漠北一战，使匈奴远遁，漠南再无王庭。可霍去病，会不会是另一个周亚夫呢？

两军之出塞，塞阅官及私马凡十四万匹，而复入塞者不满三万匹。乃益置大司马位，大将军、骠骑将军皆为大司马。定令，令骠骑将军秩禄与大将军等。

自是之后，大将军青日退，而骠骑日益贵。举大将军故人门下多去事骠骑，辄得官爵，唯任安不肯。

骠骑将军为人少言不泄，有气敢任。天子尝欲教之孙吴兵法，对曰："顾方略何如耳，不至学古兵法。"天子为治第，令骠骑视之，对曰："匈奴未灭，无以家为也。"

司马迁《史记·卫将军骠骑列传》（节选）

卫青与人为善，军中将士对他皆心服口服。他常劝导霍去病年轻人不要锋芒太过，否则定会招来祸患。姨母的话也时常在霍去病耳边回响，他知道如今一家人平安的生活是多么来之不易，所以当军中将士劝他像朝中重臣一样收揽门下时，他淡淡拒绝了。

靠结党而做大的臣子，都是些什么样的下场？吕雉是怎么死的？窦氏又是怎么灭的？难不成还要史书再记上一笔"卫氏之祸"吗？结党叛国这千古骂名，霍去病实在不想担；功高震主、权倾朝野后会被汉武帝以什么样的方式杀掉，他也不想知道。卫家人求的不多，战场上多杀一个敌人，为大汉多扩一寸疆土，足矣。

他的想法，正是汉武帝的心思。对卫家甥舅封侯拜相，离铲除卫氏只一步之遥。淮南王之乱便可见得，他随时都做好了平剿乱党的准备。霍去病的年幼、卫青的奉法守矩令他安心，但他也绝对不会因此打消戒心。

唐朝名将李靖说："凡战者，以正合，以奇胜，正奇兼善者如孙武，卫青，诸葛亮寥寥数人耳。"卫青会打仗，也深谙官场之道。霍去病年少冲动，但胜在听舅舅的话。所以直到相继去世，甥舅两人都保有清白的名声，得以汉武帝下旨厚葬。

霍去病的死因，一直是个谜团。史书中其弟霍光曾上书言其因疾致死；也有野史传是因打仗时染上了瘟疫，不治而亡。更有后世杜撰，说是胜利还朝时被冷箭当胸穿过，流血太多导致丧命。少年之死，总是令人猜想良多。霍去病，终是没能平平安安地度过一生。他将自己的能量早早用尽，只留下狼居胥山巅一道嚣张的剑痕。

汉武帝下令，冠军侯霍去病陪葬茂陵。披素的羽林军从未央宫一路排列至将军墓，墓前那块被雕成祁连山形状的墓碑，是汉武帝给他最后的恩赏。霍去病的一生无比辉煌，也给汉朝打下了足以彪炳千秋的江山。

一代名将，饮恨自刎

司马迁《史记·李将军列传》："'将军自念，岂尝有所恨乎？''吾尝为陇西守，羌尝反，吾诱而降，降者八百余人，吾诈而同日杀之。至今大恨独此耳。''祸莫大于杀已降，此乃将军所以不得侯者也。'"

这是直到死，李广也无法释怀的灭绝人性之举，也是他一生的耻辱。

刘邦以重情重义得豪杰响应，亡秦灭楚，建立大汉江山。汉代君王皆从祖先之圣德，以德治天下，令国力蒸蒸日上，百姓安居乐业。征战沙场，斩杀敌军，是为了扬大汉威名，保证汉朝百姓不受欺凌。而斩杀降军，却是有违仁德，甚至有违人性的举措。李广抗匈多年，花甲之岁却不得受封王侯，原因便在于此。

李广，汉武帝前期的三朝老臣。显于汉文帝时匈奴入侵，萧关一战他斩杀敌军数以百计，从此威名显赫。死于汉武帝元狩四年（前119）的漠北之战，因延误军机羞愤自刎。

及死之日，天下知与不知，皆为尽哀。彼其忠实心诚信于士大夫也！谚曰"桃李不言，下自成蹊"。此言虽小，可以谕大也。

　　　　　　　　　　　　司马迁《史记·李将军列传》（节选）

李广去世，长安百姓无论是否识得飞将军，皆失声痛哭，认为这是天降李家以难。但其实，汉武帝朝长安李家的存在，本身就是一个悲剧。而李广的死，只是个开始。李广自刎后，紧接着便是被霍去病所杀的李敢，以及被匈奴俘虏的李陵。

天汉二年秋，贰师将军李广利将三万骑击匈奴右贤王于祁连天山，而使陵将其射士步兵五千人出居延北可千余里，欲以分匈奴兵，毋令专走贰师也。陵既至期还，而单于以兵八万围击陵军。陵军五千人，兵矢既尽，士死者过半，而所杀伤匈奴亦万余人。且引且战，连斗八日，还未到居延百余里，匈奴遮狭绝道，陵食乏而救兵不到，虏急击招降陵。陵曰："无面目报陛下。"遂降匈奴。其兵尽没，余亡散得归汉者四百余人。

　　　　　　　　　　　　司马迁《史记·李将军列传》（节选）

这是司马迁写进《史记》的一段话，所提到的李陵便是李广的孙子，而李陵所投降的匈奴也正是李广对抗了一辈子的敌人。或许这就是李家人的宿命，一生都在大漠与匈奴周旋，胜利过无数次，但最后始终无法摆脱失败的阴影。李广自杀谢罪、以死明志，是因为在他看来，这样悲壮的结局才是自己最好的归宿。

李广其人，司马迁用"正"来形容他。说他为官廉洁，与人和善，不善言辞。但凡事皆能身先士卒，是部下最爱戴的将军。

汉文帝十四年（前166），匈奴人趁汉朝休养生息，军事力量薄弱，举兵入侵西南边区泾水之畔的萧关。泾水清清，数万匈奴铁骑挎着弯刀长途奔袭而来，站在长城上远远俯瞰，便像一只将所过之地扬起无边黄沙的巨大蟒蛇。守将将从各地征召来的良家子聚集到萧关城外，下令誓死守城。

这原是一场必输之仗，匈奴人有备而来，粮草兵器皆有供给。且时值隆冬，边关气候苦寒，汉军将士一时难以抵御寒冷，气势大衰。真是"山川萧条极边土，胡骑凭陵杂风雨"。然而就算是抵挡不住匈奴入侵，这仗也要打。

人群中一马当先杀出去的，是一名身材魁梧却十分年轻的士兵。烟尘将天地混为一色，萧关外传来凄厉的喊声。汉军的锣鼓声忽然大振，只见那名士兵手拎匈奴大将滴淌着鲜血的头颅，从战局中纵马归来，在萧关城上单手高举着头颅鸣箭立威。铁衣腥寒的战场上，传来汉家男儿声震九霄的胜利呐喊。高适诗言："惟昔李将军，按节出皇都。总戎扫大漠，一战擒单于。"当晚，汉军在萧关城内庆功。谁倚着城墙吹响玉笛，祭奠这场劫后余生的战役。

这名士兵便是李广。这场萧关之战，他以斩匈奴军首级数众多而被封为汉中郎，从此陪王伴驾，保护汉文帝的安全。

御前之人，立功受奖的机会自然多起来。其年天子刘恒与将士们到深山狩猎，晚间搭营丛林深处，却遇猛虎当道，情况十分危险。军中能人辈出，合力斩杀一只大虫不成问题。但天子龙体何其尊贵，万一他们保护不力，哪怕只是让皇帝受到惊吓，皇后娘娘也是要责问他们的。

正是表现的机会，却无人敢上前打虎。忽然一声响箭破空而去，正中猛虎额心，猛虎应声倒地，顷刻间失了生气。一切发生得太快，谁也没有看到那箭是从何处射出，又是谁人射出的。就像当年萧关城外那名匈奴将军的首级是怎样被斩下的？没人知道。

又是李广。营帐中乱作一团时，早早埋伏在一旁丛林中等待时机的小将李广。白羽箭出弦飞快，顷刻间将一只大虫颅骨穿透。此等箭法，只有"百步穿杨"可以形容。天子从主帐中缓步走出，帐外李广深挽漆弓，静跪候旨。天子扬手，侍从立刻呈上一副工艺极佳的柘木牛角漆弓，由天子亲手赐予李广。

刘恒拍着李广的肩，赞叹道："你没有生在高祖时候，实在是遗憾啊！若是能令你再早生几十年，赶上楚汉之争，不必说汉中郎，封你个万户侯也是绰绰有余的！"李广却道："臣只愿陛下平安，大汉平安，不求荣华显贵。"

七国之乱后，李广被调任边郡太守，常驻边关，防范匈奴。"嗖"一声箭响，尺外的敌人应声而倒。射箭之法，唯快唯猛，一弓在手，丧胆匈奴。数次调任职位，李广皆能杀敌立功，保卫边关不受侵扰，汉景帝对他亦十分满意——直到有一日，朝廷命他担任陇西太守，抗击羌人。

陇西是地处六盘山以西，甘肃境内的郡县。其地与羌国边界相接，绵延百里，皆是国界。羌国趁汉军与匈奴交战，妄图获渔翁之利，出其不意地攻打了陇西。李广多年战场经验，早磨炼出一手未卜先知的"通灵"本事，三军齐整，从两翼侧路包抄，羌国军队在片刻中沦为瓮中之鳖。李广迎风立在阵前与羌军喊话："投降免死。"

怪只怪李广那些年戾气太盛，羌军进犯，他不费分毫力气就将之拿下。心中的征服欲蠢蠢欲动却得不到舒展，一念之间，他成了魔鬼——"羌军降者八百余人，吾诈而同日杀之"。

一生的悔恨，再无挽回的机会。即便其后数次遭遇生死之战，萦绕在耳边的却始终是羌人撕心裂肺的呼喊声。那夹杂着千支冷箭呼啸而去的哭号，在陇西战场上空，久久未散。

日轮驻霜戈，月魄悬雕弓。塞外的风景万年如一日。李广一生以保护家园、匡扶社稷为己任，就意味着他会将自己所有的年华倾注在这片战乱频发的土地上。日薄西山，没了刺目的戾气，多了数分温柔与伤感。跟随李广出入漠北的军士十分幸福，不用严格地编制、队列，不用草木皆兵地防范敌军。李将军与匈奴人，便像猫与老鼠一般。猫从不费心去防备老鼠，而老鼠何时出现，何时动作，猫却能时时洞若观火。这是一生征战攒下的经验，读多少兵书也换不来的"通灵"之术。难怪唐朝诗人王昌龄会写诗赞叹，可见李广影响之深远。

秦时明月汉时关，万里长征人未还。

但使龙城飞将在，不教胡马度阴山。

王昌龄《出塞》

汉元狩四年（前119），李广随将军卫青征战漠北。卫青将大军一分为三，考虑包抄匈奴。李广军队由东路出发，却不慎迷失了道路，延误了与卫青汇合的最佳时机。为赎己罪，李将军举剑自刎。《史记》中更有"及死之日，天下知与不知，皆为尽哀"的记载。李广为人刚正不阿，遇事挺身而出，为大汉立下无数功劳。唐著名史学家司马贞有言："惜哉名将，天下无双！"

惜哉文帝，位尊减才

巍峨的洛阳皇城坐落在汉末乱世之中，静默得令人望而生畏。禁宫青玉道上，少年一骑驰来，路旁巡逻的守卫无人敢上前拦阻。少年翻身下马，自有宫中侍从上前接过缰绳，恭敬地唤他一声"公子"。公子狩猎归来，天子特飨以鼎食。殿前，公子更被封五官中郎将，位同副相。公子交袖长揖，腰间玉佩泠然作响："臣曹丕，谢主隆恩！"

每个人都说曹丞相家的二公子诗词歌赋无一不精，政事军事天下事无一不晓，实在是难得的人才。曹丕也不明白，为什么他已经这样努力了，却还是比不上曹植。

从小曹植就跟在他身边，他去哪儿，这胞弟就跟到哪儿。长大后父亲招揽了一批举世闻名的文人聚集到邺城，包括他十分欣赏的王粲、刘桢、阮瑀，前后不下百人。那时曹丕还年少，刚刚成亲，每日与众文士相伴饮宴狩猎，斗鸡走狗。衬着天下大乱的背景，颇有种"朱门酒肉臭，路有冻死骨"的奢靡。

曹植从来听话，不让他独自出门，就安安分分待在家中；不让他在父亲面前太过显眼，就鲜少再在大型的酒宴上吟诗作赋。可曹丕还是不放心，曹植的才气随着年龄的增长愈发盖过他，就算明明他才该是最强的那个。

父亲对曹植的喜爱与日俱增，长时间的压抑与不满令曹丕内心充满了阴暗，他有着曹家人所没有的毅力和野心，在乱世中这是他胜利的决定性力量，他可以温润如玉，也可以冷酷似冰，这些都是他作为一个当权者所必须有的本领。然而作为一个文人，他内心柔软，没有表面上那样无情，他的内心反而更加容易受伤，而这些，他都写进了他的赋词和诗作里，那里，才是他敢于表达的空间。

　　漫漫秋夜长，烈烈北风凉。展转不能寐，披衣起彷徨。彷徨忽已久，白露沾我裳。俯视清水波，仰看明月光。天汉回西流，三五正纵横。草虫鸣何悲，孤雁独南翔。郁郁多悲思，绵绵思故乡。愿飞安得翼，欲济河无梁。向风长叹息，断绝我中肠。

曹丕《杂诗》

　　秋夜漫漫，风凉如水，在夜不得寐的时候，起床独自彷徨，待到露水沾湿衣裳，才意识到时间过去大半，头顶的月光流转四溢，虫鸣声悲切难当，还有那孤独南飞的大雁，让人忧郁哀伤，想要渡河却苦于没有桥梁，对于故乡的思念只能向风倾诉，以表我的愁肠。

　　但曹丕的这种愁肠始终没有得到父亲曹操的重视，直到建安十三年（208）的赤壁之战。

　　建安十三年（208），曹操亲率八十万水军下江南攻打孙刘联军。大军临行前，曹丕最敬重的文臣，太中大夫孔融被杀。曹丕悲痛万分，但作为长子，他必须在父亲征战时担负起守护邺城的重任。时值寒冬，邺城又闹灾荒，曹丕下令开仓赈粮，朝中大臣认为灾荒根本没有想象的严重，又欺他年幼，许多事都不肯配合。他心中焦虑，既怕百姓受苦，又怕辜负父亲的期望，数十日里，几乎夜夜无眠。妻子甄氏时常抱着两岁的小曹叡陪伴在他身边，一伴就是整夜。那时的曹丕，才只有二十二岁。

　　夜不能寐，他披衣下榻，信步走到城外河边。河水东流，岸上草木萧瑟，不见人影。风吹来，吹透了轻薄的衣衫，吹进他烦乱的心中。身后传来极轻的脚步声。曹丕自幼善于骑射，对声音十分敏感，他立刻戒备地握紧双拳，回过头。却是妻子甄氏捧了暖裘站在身后。被他发现了，她也不行礼、不说话，走上来，默默为他披上衣服，温柔一笑。曹丕望着妻子绝美的笑颜，忽然想起自己当初也是这样为她披上披风，不禁亦跟着笑了。心事纷繁，他握着妻子的手慢慢地往家中走去。回到书房，提笔写下一篇忧伤动人的七言诗。

秋风萧瑟天气凉，草木摇落露为霜。群燕辞归雁南翔，念君客游思断肠。慊慊思归恋故乡，君何淹留寄他方？贱妾茕茕守空房，忧来思君不敢忘，不觉泪下沾衣裳。援琴鸣弦发清商，短歌微吟不能长。明月皎皎照我床，星汉西流夜未央。牵牛织女遥踟望，尔独何辜限河梁？

曹丕《燕歌行》

香草美人的寓意，总是备受乱世文人的青睐。《燕歌行》的写法颇类似张衡的《同声歌》，以女子思君之苦喻自己在政治中遭受挫折。文章写得忧伤又优美，不似建安文学的"悲壮雄浑，梗概多气"。曹丕身为丞相嫡子，鲜少上马征战，他见到的多是乱世百姓所受的痛苦，还有不被父亲信任、不被朝臣尊重、不被曹植当作文坛敌手的哀伤。所以他的诗中，便少了那么几分将军扬刀立威的霸气，也少了那么几分曹植的才气。对曹植这个弟弟，他已经不知该怎么对待才好了。

当灾荒终于过去，曹丕以为可以松口气的时候，一生征战未尝败绩的曹操却一身狼狈地逃回到邺城。原来带去的八十万大军也大半折于敌手。当与曹丕素来交好的大司徒赵温，为曹丕的抗灾之功请赏时，便被病榻上头痛难忍的丞相怒斥了回来："抗灾护民，是监国之人应做的，说什么奖赏，不怕天下人耻笑吗？"

史载，建安十五年（210），大司徒赵温举荐曹丕入朝为官，被曹操斥责并罢免官职。曹丕内疚不已，同时对父亲不肯重用自己一事表现得十分消沉。就在同一年，铜雀台建成，曹植临楼作《登台赋》，那冲天的才气震惊朝堂。父亲看曹植的神情曹丕认得，那与父亲望着大哥曹昂时的眼神如出一辙。大哥为救父亲战死沙场，如今，父亲要将曹植当作大哥了吗？

曹丕忽然觉得，无论自己怎么做，都是错的。于是这一时期曹丕的辞赋中，"秋风"出现的次数频繁起来。或许只有当秋风吹起落叶，他内心的彷徨才能找到抒发的对象。他总爱寄情于秋风，希望秋风能到达那个他永远无法企及的远方。

建安十六年，上西征，余居守，老母诸弟皆从，不胜思慕，乃作赋曰：

秋风动兮天气凉，居常不快兮中心伤。出北园兮彷徨，望众墓兮成行。柯条憯兮无色，绿草变兮萎黄。感微霜兮零落，随风雨兮飞扬。日薄暮兮无悰，思不衰兮愈多。招延伫兮良从，忽踟蹰兮忘家。

曹丕《感离赋》

建安十六年（211），西征途中，秋风四起而令天气清凉，心境随之忧伤，曹丕在园子中彷徨远望，前方的众多墓碑令枝叶都没了颜色。绿草变得凄黄，霜寒随着风雨飘摇落下，薄暮的落日令快乐消隐，升起的全是哀思，停驻良久，这哀伤竟让人连对家的思念都踟蹰了起来。

曹丕就怀着这样彷徨的心境度过了一个秋天，又一个秋天。

建安十八年（213），曹操挥师东吴，却再次铩羽而归。这年清明，他领着曹丕、曹植和一众家眷，在阔别七年后首次回到亳州老家祭祖。沙场征战苦，但乡愁也时时压在这位汉朝丞相的心头。他命众子各为一赋，不得有违。

曹丕苦思良久，案上的竹简却还是滴墨未染。这世上最令人挫败的，就是无论你怎样绞尽脑汁、想破头颅，写出的东西还是比不上才高八斗之人的一挥而就。

他想唤甄氏来为他煮茶提神，出门却看见树上两只百灵鸟正在追逐嬉戏，求偶而鸣。长子曹叡躲在树后，软嗓喊着"母亲我在这儿，你快来抓我"。不远处的石子路上，甄氏以绢蒙眼，些微跟跄地往前慢挪。暖风轻拂，万物回春。那女子已过二八年华，嘴角的笑容却半分不减当年的绝色。曹丕盯着那抹笑容许久，方转身回到屋中。乘笔濡墨，作《临涡赋》："荫高树兮临曲涡，微风起兮水增波，鱼颔颔兮鸟逶迤，雌雄鸣兮声相和，萍藻生兮散茎柯，春水繁兮发丹华。"

曹丕的《临涡赋》流传至今，可曹植的那篇同名之作却似乎被遗落在了历史的某个废墟中。后人不知道的是，其实那日甄氏与曹叡玩捉迷藏的时候，曹植也远远望着，发呆了很久。随后，他便将手中写好的辞赋撕毁，随手丢弃。

求什么呢？父亲的赏识？还是那高处不胜寒的皇位？曹植一生所

求，不过洛神一笑罢了。只要兄长能令她幸福，他还有什么可争的。

建安二十二年（217），曹丕被立为魏王世子。被封太子的三年中，他曾作《典论》一书，其中《论文》篇被作为中国历史上第一个文学自觉的标志备受后世推崇。文中对古来"文人相轻"的现象做了分析和评判："文人相轻，自古而然。傅毅之于班固，伯仲之间耳，而固小之，与弟超书曰：'武仲以能属文为兰台令史，下笔不能自休。'夫人善于自见，而文非一体，鲜能备善，是以各以所长，相轻所短。里语曰：'家有敝帚，享之千金。'斯不自见之患也。"

曹丕在这篇论文中提出，文人之间互相比较才学、文笔，互相嫉妒、不屑的现象乃是自古有之。其后又以邺下文人集团中几名出色的有才之士为例，论证少有能兼备多种文体的文人。他提出每种文体所需的风格不同，"奏议宜雅，书论宜理，铭诔尚实，诗赋欲丽"，而每名文人的天生气质也不尽相同，比如"王粲长于辞赋，徐干时有齐气。应玚和而不壮；刘桢壮而不密"等。因"引气不齐，巧拙有素"，故其文各有长短不同之处。最后提出文人应著书立说，流传后世以显名万代的思想。"建安七子"一词，便来源于此文中曹丕的列举。应该说这篇文章在中国古代文论史上的地位十分显眼，相当于文学史中曹植的《赠白马王彪》《洛神赋》。当可见得，曹丕并非无才，只是被父亲和胞弟遮住了锋芒。

延康元年（220），曹丕袭丞相位，受皇命匡扶社稷。同年十一月，皇帝禅位丞相，丞相三次推脱不肯接受，直到月末才被迫受禅登位，改元黄初，大赦天下。登位后，曹丕追尊父亲为武皇帝，庙号太祖。曹操不敢做的事，他的儿子最终帮他做到了。

次年六月，甄氏殁。曹丕立后郭女王，立太子曹叡。封弟曹植安乡侯，徙河北。建安那些年的往事，终归岑寂。曹丕的心从此封存，再也作不出好诗。

黄初七年（226）五月，魏王曹丕驾崩于洛阳皇宫。

惜哉魏文，空有天资文藻，一朝称帝，位尊而才减；空有横槊之能，不得建沙场之功。作为史上除却李后主外最会写诗的皇帝，曹丕的一生令人津津乐道，却也实在令人羡慕不起来。

卷七　悲欢功过谁人道

　　生命有许多种选择，这些人将赌注压在了人世之道上，他们有着内心的清明和崇高的自我追求，也有着隐晦难言的苦衷。就好像世人对他们的看法，赞许还是误解都不重要，待到水清如许，自是一切清明。

持节苦守，终返故土

　　径万里兮度沙漠，为君将兮奋匈奴。路穷绝兮矢刃摧，士众灭兮名已隤，老母已死，虽欲报恩将安归！

李陵《别歌》

　　孤军深入茫茫大漠，本欲杀敌报皇恩，不料却落得一败涂地、身陷敌营的下场。皇帝再不肯给他半分信任，连家中的母亲也被他牵连至死，这份"浩荡皇恩"，他究竟该怎样报偿？

　　李陵在那次本该扬名四海，却最终身败名裂的大战中被匈奴擒获。当身受重伤的他缓缓苏醒，眼前已是黄沙铺遍、烽烟连天的单于王庭了。他不知自己是否该拔剑自刎。多么希望有人来救他，却也明白这希望多么渺茫。如果他能猜到汉武帝因为他的偷生而杀光了李家全族，他还会不会抱着希望孤独守候？

　　历史不能重演，后人却可依历史而浮想联翩。如果李陵自刎，就不会有那次月下起舞，不会有这首荡气回肠的《别歌》，更不会有《苏李诗》中，苏武的出现。是李陵的投降，烘托了苏武的坚守。与李陵不同，苏武的气节，丝毫不会因时间而有所折损。这倔强的男人，十九年如一日地守望着奇迹的降临。

　　《别歌》一首，李陵既是与苏武道别，也是与过去的自己道别。从今而后，他不再是汉人，只是匈奴单于的女婿。他将自己放逐荒漠，牧马放羊，开始新的人生。对李陵来说，这是多么残酷的道别，生生将自己的命割成两段，听着血肉模糊的剥离声，他疼得想哭，却哭不出来。李陵别无选择，从李氏一族灭亡起，就注定了他今后要换一种身份生活。

面对苏武，李陵欣羡不已又惭愧难当，他将自己灌醉，放歌舞剑，不愿再想离乡之苦。苏武也醉了，静静跪坐在案后，傻傻地笑着，他又回忆起自己持节牧羊的时候了。大漠天蓝似海，如云的绵羊奔跑在蓝天下，那景象真是美极了。节旄由汉武帝亲手赐予，是他在苦寒之地忍受身心折磨却始终不改的精神支柱。如今，他将带着这根节旄回家，将蓝天、白羊永远封存在记忆深处。

这个男人有着钢铁一般的意志，他深信自己有生之年能够回到家乡，他更深信就算终生蹉跎于此，下葬时，他也会是个汉人。谁的劝说也改变不了他对祖国的忠诚，谁的歌声也入不了他牢固不破的心。

苏武回家，李陵是为他高兴的。那场阴差阳错，让李陵一生的命运被改写。这次因缘际会，又让苏武结束了十九年可怕的梦魇。终于到来了，这场几乎耗尽他生命的因缘际会。

苏武曾目睹大漠烽烟是如何鲸吞蚕食地摧毁了李陵的意志。李陵三族被诛，他的家人，同样死在汉武帝手中。可即便如此，他还是想回去，要回去。男人的意志，可以那样脆弱，也可以那样坚强。

北海湖畔，苏武手中竹节被握得光滑而温热。身边除却猎猎的风声，便是雪白温顺的绵羊。最初被俘虏时，因为他不肯投降，惹得单于大怒，将他放逐荒地，且"使牧羝，羝乳乃得归"。羝是公羊的意思，单于命苏武到北海边去放养整群的公羊，哪日公羊产下羊崽，他才可以回去。初闻此事之时，苏武哭笑不得道："罢了，算是谋来个清净之所。"

汉匈自古征战不息，匈奴人羡慕长城内丰沛的水草，肥沃的土地，经常到玉门关内掠夺边城百姓的粮食衣物。更有甚者，攻下中原的城郭，大肆烧杀掳掠。汉武帝当政后以卫青、霍去病为将，三次出征讨伐匈奴，才终于为这场汉匈之争画上休止符。战后和谈，自然需要使节。皇帝赐使以节，使节便代表天子去谈判，而长长的竹节在手，更有令使者守节的意味。凡事无绝对，有守节自然便有失节。同样是汉武帝时期出使匈奴的卫律，就因好友李延年被捕，害怕受牵连而投降了匈奴。

在苏武以为自己只是为匈奴送去和谈之礼时，却不知道他已被卷入了一场阴谋之中。投降匈奴卫律的手下，一个名叫虞常的人对卫律不满，策划要劫持单于的母亲，逃回中原。虞常与同苏武一起出使的张胜曾有私交，他将意欲谋反之事告诉了张胜。但可惜后来计划泄露，虞常被抓时又供出了张胜。一番牵连之下，无辜的苏武也被牵扯其中。

单于令苏武投降，苏武大喝"屈节辱命，虽生，何面目以归汉！"便拔刀自刎，卫律连忙将他拦下。可苏武决意求死，刀子还是插进了肉中。匈奴人想尽办法保住了他的性命，又命卫律多次出言相劝，苏武表现出宁死不屈之势。单于愤怒极了，将苏武丢到冰天雪地中，且不给他饮食，想逼他屈服。忽然天降大雪，苏武颤巍巍地将雪和着毡毛吞下，就这么挺过了数日。单于终于心灰意冷，将他赶去了北海之畔放羊。

这是一个没有尽头的刑罚，苏武却将它看成一种修行，处之泰然。史载苏武牧羊之时"廪食不至，掘野鼠去草实而食之。杖汉节牧羊，卧起操持，节旄尽落"。在冰天雪地中求生，他过得十分辛苦。但却从未觉得孤独。因为，他有他的节旄。只要可以活下去，就有机会带着这根节旄回到汉朝。抱着这个微乎其微的希望，苏武在那片大雪纷飞的湖畔开始了他长达十九年的牧羊生活。

节旄落尽，双鬓斑白之时，他迎来的不是汉朝使者，而是李陵。

北海湖畔，李陵为苏武带来了长安城苏家兄弟皆亡，妻子改嫁的消息。这是一个任谁听了都会失去所有希望的消息。苏武站在北海边，望着湖中自己遍布沟壑的脸，思绪万千。沉默良久，他终于做出了决定，他决定守候下去。他日夜守候的那方天地，他终是舍不得远离。

苏武为他改嫁的妻子做了一首诗，那是他心爱的女子，那是他日日思念千百次的故乡。烛光下，曾真心许下诺言："结发为夫妻，恩爱两不疑。"离开长安时，是汉武帝亲手将节旄交到他手里，让他平安地回来。他怎么忍心责怪，如何能够遗忘。

结发为夫妻，恩爱两不疑。欢娱在今夕，嬿婉及良时。征夫怀远路，起视夜何其？参辰皆已没，去去从此辞。行役在战场，相见未有期。握手一长叹，泪为生别滋。努力爱春华，莫忘欢乐时。生当复来归，死当长相思。

苏武《留别妻》

丈夫踏上远途之时，已没有归期。但就算今生再无缘相见，也请不要忘记烛光下的誓言。如果我有幸活着回去，那是造化；如果命中注定长眠在此，那便是相思无绝期。

十九年过去了，汉昭帝继位，要求匈奴释放苏武，匈奴人慑于大汉天威，终于同意放他回家。出发前夜，来为他送行的，又是李陵。

那一晚，歌舞既罢，李陵问："子卿，子卿，你以一己之力与这寸草不生的无边荒漠抗争一十九载，如今好容易盼得归家之期，子卿，你知我多么羡慕？"

那一晚，酣醉之时，苏子卿亦笑着答："少卿只当吾这一去，新帝必赐予显贵荣华，从此官运亨通，名传千古？少卿可知，富贵于吾，只如尘埃。心之所向，无非一抔故国之土。吾乃天朝民，若是不能死在大汉的土地上，便是愧对列祖列宗。少卿，汝与吾，终要分道扬镳了。少卿，汝当知，这大漠再美，究竟不是吾乡。"

苏武离开长安时正值壮年，归来时却已是须发皆白。重新回到阔别了十九年的长安，一切早已物是人非。唯一不变的是他始终握在手里的节旄，那根虽然历经大漠烽烟，依然笔直如新的节旄。

剑舞沙漠，难断乡愁

冷月当空，繁星满天。午夜的荒漠呵气成冰，极其寒冷。万籁俱寂，只有成堆的野草被狂风卷起在半空，又重重抛下。

沙漠深处的毡帐中亮起星点灯芒，与朗朗月空遥相辉映，那景象出奇美妙。帐中灯火并不明亮，忽隐忽现，就如浩瀚星空里那颗最默默无闻的星，却总算给这死气沉沉的大漠带来一缕生机。此时若是能再来上一场剑舞，那便不负这皎洁月色了。

李陵就在这无边的荒漠里、浅浅的月光中举剑起舞，祭奠在那场败仗中牺牲的士卒，祭奠自己早已死去的心。他分明身着胡衣，却是汉人模样，何其讽刺；他一举一动皆是世家子的风范，却做了只有叛徒才做的"投敌"之举，何其悲哀。

想当年战场杀敌，手起刀落，无比威风。如今廉颇老矣，少时的志向也随风而去，不见半点踪迹。剩下的，只有日复一日的噩梦与煎熬。梦中，有孤魂喋血，铁马冰河；有战场上布满戾气的杀伐之音；有殷红月色反照出数量如浩瀚星海的刀光；还有出征前，母亲与妻子温柔的细细叮咛。

回首当初，李陵战败被俘，牵连李家全族被诛，司马迁更因为其申辩而遭受腐刑。班固在《汉书》中将司马迁为李陵申辩的言论记录了下来。

陵事亲孝，与士信，常奋不顾身以殉国家之急。其素所畜积也，有国士之风。今举事一不幸，全躯保妻子之臣随而媒蘗其短，诚可痛也！且陵提步卒不满五千，深轺戎马之地，抑数万之师，虏救死扶伤不暇，悉举引弓之民共攻围之。转斗千里，矢尽道穷，士张空拳，冒白刃，北首争死敌，得人之死力，虽古名将不过也。身虽陷败，然其所摧败亦足暴于天下。彼之不死，宜欲得当以报汉也。

班固《汉书·李广苏建传》（节选）

《史记》塑造了许多悲剧英雄的角色，如西楚霸王项羽，如战国政治家商鞅。这些英雄有些力拔山河、气吞日月，有些大公无私、兼济天下。但他们也通常有着致命的弱点，项羽有勇无谋、妇人之仁，才落得自刎的下场；商鞅天资刻薄、滥用酷刑，以致车裂示众。但在刻画李陵这个人物时，司马迁却少有批判之言。许是腐刑之辱令太史公坚定了"李陵无罪"这一想法，但更重要的是李陵本身便拥有善良且聪慧的本性、孝顺而勇敢的德行，故而能得到史官的称赞。

剑舞沙漠，却并非为了斩杀匈奴，只是为了斩断自己对遥远故乡的思念。故乡，那个他想触碰，却又生怕亵渎的名字。长安，他多少次从梦中惊坐而起，然后整夜远眺，为之吞声流泪的情之所系。

陵字少卿，少为侍中建章监。善骑射，爱人，谦让下士，甚得名誉。武帝以为有广之风，使将八百骑，深入匈奴二千余里，过居延视地形，不见虏，还。拜为骑都尉，将勇敢五千人，教射酒泉、张掖以备胡。数年，汉遣贰师将军伐大宛，使陵将五校兵随后。行至塞，会贰师还。上赐陵书，陵留吏士，与轻骑五百出敦煌，至盐水，迎贰师还，复留屯张掖。

班固《汉书·李广苏建传》（节选）

史书中，李陵的生年并未详载，只说他翩翩公子出身世家，年少时得他祖父的庇荫，受封过侍中、建章监。李陵很幸运，且他一直都知道自己是幸运的。身为将军长孙，年纪轻轻就扬名长安。多少名媛淑女暗自倾心，多少富家子弟敢妒不敢言。可如果，上天能再给他次机会，他宁愿从未做过李家人。

李陵的祖父姓李名广，是汉文帝时便受过封赏的臣子。汉文帝曾说过："惜乎，子不遇时！如令子当高帝时，万户侯岂足道哉！"于这长安城中万千百姓，李氏一族是他们永远顶礼膜拜的骄傲；于漠北塞外茹毛饮血的匈奴人，飞将军赫赫军旗一亮，就等于奏响了他们退兵的号角；于身为李家长孙的李陵，祖父，便是他最伟大的梦想。李家为大汉鞠躬尽瘁，几战匈奴，备受朝廷重用。李家的子孙，自然少不了一身骑马射箭的本事。飞将军善骑射，再骁勇善战的匈奴也会胆寒。相传李广最钟爱一柄柘木牛角漆弓，他只拿最好的雕翎桦木铜镞配那柄弓，然后带着它上阵杀敌。有传，那弓，是汉文帝御赐的殊荣。

李陵的前半生在李氏家族的庇护下，顺风顺水少有挫折，这造就了他敏感细腻禁不住打击的性格。当时的李陵温文尔雅，待人接物皆是大家风范。同时代的司马迁更赞之"事亲孝，与士信，常奋不顾身以殉国家之急。其素所畜积也，有国士之风"（《汉书·李广苏建传第二十四》）。命运的天平从来不偏不倚，给了他顺遂的童年、青年，就要以此后的曲折为代价。

可曾记得彼年初春的漠北之战？前将军李广"引兵与右将军食其合军出东道。军亡导，或失道，后大将军。大将军与单于接战，单于遁走，弗能得而还"（《汉书·李将军列传》）。前将军李广，因愧迷失道路，未能参战，自刎漠北。

李广延误军机自刎谢罪，可谓英雄。后世或哀或赞，可谁又能有李陵那种切身体会的痛。他不怨祖父抛弃李氏一族，他知道，祖父是在用生命告诉他，保卫汉室江山不仅是飞将军李广的使命，更是他李陵的使命。那或许是李陵受皇家恩惠风光至今，第一次领会到的，将门之后的光荣。

李陵以为，祖父的死，就是李家所有的悲剧了。然而，后续祸事竟如长江之水纷至沓来，像戏文里唱的一样光怪陆离。元狩四年（前119），漠北大捷。李广的幺儿李敢，闻得老父自刎，半句话也没有地翻身上马，马鞭高举，直奔将军府。不分青红挥剑砍伤了领兵的大将军，即国后卫子夫的亲兄长，赫赫有名的大将卫青。元狩五年（前118），依旧是李敢，在刚刚受封关内侯不满一年的某次宫猎中，再次冲撞了卫青。旋即被卫青亲侄，冠军侯霍去病引弓射杀。

长安李家，顿时风雨飘摇。

剑走轻盈，其剑若扶风之柳，其姿若九天游龙。但再锋利的宝剑也斩不断狂风，更斩不断思念，一人一剑在滚滚黄沙中燃烧，仿佛就要这般一直燃烧下去。站在风沙最劲之处迎风起舞，承受着自然的洗礼。李陵问自己内心最深的地方：若早知今日不得回乡之结局，你可愿领兵打那场仗？

然而，这世上并没有"早知今日"。在天汉二年（前99）那场惨烈的败仗之前，李陵是那样的踌躇满志。"径万里兮度沙幕，为君将兮奋匈奴"，他是想告诉后人，他打这场仗是为了大汉江山的长治久

安，更是为了天子的尊严。

天汉二年（前99）长安的春天风光明媚，千里之外的漠北却是战火纷飞。四十出头的李陵率领五千兵马在今蒙古境内一个名叫浚稽山的地方与匈奴主力激战。李陵以寡敌众，最终在距汉匈边境百里的地方被俘。沙漠无边无际，孤军深入需要多少勇气，那场五千人对八万人的必输之战，竟让李陵拖了十余日，直到"壮士从者十余人"才力竭被捕。苍天可鉴，李陵他只差一步，就是传奇。

战局纷繁难断，但李陵的心思一直很简单，做他祖父要做的事，成为和他祖父一样的汉朝英雄。可李陵的肩膀扛不起李家的百年基业，李陵的心更没有坚定到能在挂念族人的同时举剑自刎，抑或是像司马迁说的那样："彼（陵）之不死，宜欲得当以报汉也。"然而世事弄人，李陵活了下来，他的族人却尽数因他而死。

这原本就是个绝望的故事，亦该有个绝望的结局。

辛弃疾曾以词祭奠这场战争："将军百战声名裂。向河梁、回头万里，故人长绝。"（辛弃疾《贺新郎》）李陵战败被俘，人却未死。第二年，入匈奴接应李陵的公孙敖无功而返，在给汉武帝的折子中说，李陵降了。汉武帝大怒，挥笔下令抄李家三族，夷李氏满门。理由，只是轻飘飘，甚至未经查实的一句"李陵教单于为兵以备汉军"。再也无法回头的李陵终于明白，在穷兵黩武的汉武帝眼中，被俘而未自决者，等同叛国。

死是多么容易的事，难的是活下来。活下来，回家去。

可如今的李陵，已无家可归。

故国山水此生难忘；大漠景色，来世可会记得？李陵月下舞剑，寄托的是一段往事，和往事带给他的阵阵蚀骨之痛。李陵老了，憔悴了容颜，沧桑了心。或许更早，他的心已随着他的梦，回到了长安，那个有花有草的地方。多好，至少终此一生，他是问心无愧的。心静了，再也没有谁能逼迫他做什么。

大漠东方的天空泛起灰白，朝阳即将升起，月光很快会被掩盖，而月下那茕茕孑立的影子也会消散无踪。是谁在吟那首歌？是谁唱着，壮士一去，不复还。

东观续史，赋颂并娴

两汉历史，恰似一座生机盎然的树林。林中不光有身经百战的铮铮"古松"、风流倜傥的春日之"柳"、温文尔雅又坚韧不拔的离离"青草"，更有争相盛放，芬芳吹遍的美丽山花。那温润如玉的百合开在山坳溪水潺潺处；那雍容华贵的牡丹最爱朝阳出山时；那温柔宁静的幽兰只在一旁守候幸福；那纯真热情的杜鹃带给人无尽的憧憬与希望。在山花烂漫处，更有一株舍弃了胭脂香味，从容淡定、自尊坚强的海棠。她安静地开放着，不笑不语，却胜过他人千言。她就是东汉女子——班昭。

才女班昭，曾有《东征赋》《女诫》等诗文传世。她一生与丈夫相敬如宾，与家人相处融洽，事业上更是达到了所有女子都望尘莫及的巅峰。她以古稀之寿亡殁时，连太后娘娘也着素服祭奠她。但这些都并不是她流芳百世、受人景仰的原因。才女班昭，是诗人班婕妤的侄女，更是《汉书》著者班固的亲妹妹。这样说或许不尽准确，应该说，《汉书》这部著作，由班固与班昭共同完成。汉和帝永元四年（92），班固冤死狱中，《汉书》却尚未脱稿。班昭压抑下丧兄之痛，续笔编纂了"八表"与《天文志》，才使得这部惊世之作得以流传至今。

班家书香门第、枝繁叶茂，是东汉有名的诗礼之家，富裕显贵，人才辈出。班昭兄长班超更奉皇命镇守边疆，护国土安宁，可谓光宗耀祖。然而，一离开家园就是三十年之久，年逾古稀的班超希望在有生之年落叶归根，故冒死上奏，请求卸甲归乡。但奏疏一走三载，朝廷中却半点音讯也无。班昭亦深深思念着兄长，担心他年纪老迈，体力不支，于是不顾礼教以女子之身上呈了一封奏疏，求汉和帝准兄长班超回家。汉和帝读后为之动容，下令派遣其他武将驻守边疆，以接替班超。

> 妾窃闻古者十五受兵，六十还之，亦有休息不任职也。缘陛下以至孝理天下，得万国之欢心，不遗小国之臣，况超得备候伯之位，故敢触死为超求哀，乞超余年，一得生还；复见阙庭，使国家永无劳远之虑，西域无仓猝之忧，超得长蒙文王葬骨之恩，子方哀老之急。

班昭《为兄超求代疏》

这是班昭《为兄超求代疏》的最后一段，言辞恳切，丝丝入扣，足见作者把握文字的能力、驾驭语言的才情。这就是一流文人的修养，即使历经岁月变迁，那种与生俱来的气质也会如沉香之香一般千年不散。

班氏家族数代为官，忠心报国。汉成帝时有女班氏被选入宫中为婕妤，得皇帝宠爱却不骄纵，令太后赞不绝口。班昭的两位兄长，一位被任将军驻守边疆，一位修成汉史声名远播，作为家中小女，班昭从小便立下了"研读经史、属文传世"的志向。

很快，班昭便有了这样的机会。相传《汉书》著成后，一时洛阳纸贵。但因书中使用的言辞佶屈且古奥，少有人通，皇帝特准班昭入宫授讲书意。圣上钦点的帝师，这岂非天大的殊荣？即便是班昭的姑姑，中国历史上第一位女诗人班婕妤，也从未受过此等礼遇。传说班昭入宫讲学时，连大儒士马融也跪下聆听。其后，把持朝政的邓太后更曾与班昭坐而论《汉书》，对她的才华十分欣赏。

东汉朝廷最大的祸患便是外戚专权。一般说来，外戚之所以能够专权，一是因为中宫势力庞大，比如汉高祖时的吕雉，刘邦驾崩后的十数年间，她几乎一手遮天。再就是因为皇帝年幼，需要外戚辅政。班昭所处的汉殇帝、汉安帝时期，都是这种状况。汉殇帝年仅百日便被抱上龙椅，又不过半载便龙驭宾天。继位的汉安帝也是不及弱冠的黄口小儿，朝政都把握在后宫邓太后与邓氏一族的手上。大将军邓骘战功赫赫，常年监国，代皇帝处理政事。邓骘乃邓太后长兄，后因老母去世，请回乡丁忧。太后拿不定主意，怕兄长离去后邓氏在朝中的地位会有所下降，便去请教班昭。

后宫御花园的石子路上，太后与班昭一前一后，缓缓行来，两人一位雍容华贵、满面愁容，一位衣着朴素，满身的书卷气，气质自华。太后将自己忧心之事娓娓道来，班昭听罢，不慌不忙地弯下身，环臂行了个不卑不亢的礼，又正了正衣襟，方道："太后可曾读过《论语·里仁篇》中孔圣人对礼的教诲？孔子说：'能以礼让为国，于从政乎何有？'就是说如果能用礼让之道治理国家，那么国家纷繁复杂的政事便不会那样难以抉择了。将军如今百战百胜备受世人敬仰，此时归乡隐退，正是最佳时机。若还留恋朝廷中的富贵权势，只怕哪一日行差踏错，一世英名便付诸东流了。还望太后三思，恩准将军之请。"

太后心中蓦地就清明了。清明之后，便是争相涌上的后怕。若她真的强留兄长在此，无论她邓氏一族有没有这个心思，外戚祸国的罪名，她是背定了。一瞬间，她看班昭的目光温柔且钦佩起来。

班昭曾于不惑之年作过一篇名为《女诫》的文章。以今人的观点，这当然是一部践踏女性尊严，理当罪责的荒谬之文。文中卑弱、夫妇、敬慎、妇行、专心、曲从、叔妹七篇，每一篇都企图去限制女性的肉体、精神自由，更欲剥夺女性表达个性的权利。班昭在《女诫》的第一段中写出了作此文的原因——"但伤诸女方当适人，而不渐训诲，不闻妇礼，惧失容它门，取耻宗族"。意思是说自己家中的女子已到了出嫁之龄，却无半分能为人妇、人母的自觉。不肯聆听师长的教诲，更不懂得做妇女的礼仪，她生怕这名女子会因此而辱没了宗族颜面，于是才做文章以教之。

但有趣的是，班昭的女儿在当时早已出嫁，家中小姑也已子女成群，那么班昭所言的这个"女子"，究竟是谁呢？我们不妨联系历史，当是时，太后辅政，外戚专权，后宫中多少世家妃嫔蠢蠢欲动。而班昭正是在这些年里数次出入宫闱。如此玲珑剔透的女子，怎会看不出其中的蹊跷？这篇文章，她原是为后宫那些企图兴风作浪的世家女子而作。碍于自保，只得曲意幽深地以"自家女子"称之，实在是用心良苦。

此女懂礼数知进退。先是助帝王重臣晓《汉书》，又直谏太后免邓氏专权之难，最后以《女诫》警醒后宫不得干政。太后常常想，班昭她若是个男子，必可成就一番事业。转念又想，女子又如何呢？吕氏不也曾与高祖共治天下吗？能成大事的，不光有男子，更该有像班昭一样的巾帼红颜。于是从那时起，班昭开始奉命参与国事，甚至决策杀伐。

一个男子能求得的，也便只有如此了。班昭的一生，并未同她两位哥哥一样，受过塞外风沙、狱中逼供的苦楚，只是晚年随其子离京远行，赴职上任时，被沿途的民事乱离，惊了心扉。

惟永初之有七兮，余随子乎东征。时孟春之吉日兮，撰良辰而将行。乃举趾而升舆兮，夕予宿乎偃师。遂去故而就新兮，志怆恨而怀悲！

明发曙而不寐兮，心迟迟而有违。酌鳟酒以弛念兮，喟抑情而自非。谅不登橷而椓蠡兮，得不陈力而相追。且从众而就列兮，听天命之所归。遵通衢之大道兮，求捷径欲从谁？乃遂往而徂逝兮，聊游目而遨魂！

班昭《东征赋》

惆怅太阳将逝，树林又要归于岑寂。信步来到田野边，却看到农民还在地里忙碌。远处小城坐落在丘墟之上，城墙爬满了茂盛的荆棘。一切都是她在京都从未见过的景象，她竟不知民间生活是这样的劳累。

其实汉安帝一朝天下尚处承平之岁，诗中班昭虽感叹农民求生之难，但大量的语句还是用来追思逝去的先人圣贤，并从中悟得"身既没而名存"的道理。曹丕说："盖文章经国之大业，不朽之盛事。年寿有时而尽，荣乐止乎其身，二者必至之常期，未若文章之无穷。"文人发愤著书，其书流芳百世，著书之人便成为圣贤。班昭能悟得此道理，作成此赋，是她才学过人，也是即将转衰的汉朝带给这名女文人最直接的感伤。不是班固那种浓烈的痛，也不是司马迁那种浓烈的怨愤。在我看来，女子的情愫从来唯美清浅，那是因为千百年来的压抑，女人们早已学会了怎样封存自己的忧伤。

班昭古稀而逝，太后素服以哀之。这女子的一生，没有惊艳的容貌，不喜姑娘家最爱的胭脂容妆。就像山野间美丽却不与众花争芳的素色海棠，没有百合的浓香，没有牡丹的浓妆，没有幽兰的浓浓孤傲，没有杜鹃的浓浓喧嚣。从容淡定得令人咋舌，却又让人忍不住一看再看，一赏再赏。

士不遇时，登临洒泪

世上能写出传世美文的文人，通常都是历史的看客。他们或被统治者当成歌功颂德的工具，或被当成政事闲暇时博君一笑的俳优。真正能得到重用，为国家的发展出谋划策者，写出的文章必定缺乏文学性，既艰涩难懂又枯燥无味。这一规律，在中国文学史上屡试不爽。若真说有谁是例外，汉武帝时期的董仲舒，应算一个。

早在西汉之初刘邦当政时，便曾打算举国推崇儒家礼教。但战乱初平，新兴的国家急需聚拢民心，一味强调中央集权只会侵犯到各诸侯国与天下百姓的利益，刘邦与吕后、众大臣商议后决定暂缓此计。这一缓，就缓了八十年。

汉武帝继位，广招天下贤能之士。所谓贤能，既有司马相如这样善于写诗作赋的墨客，更有主父偃、东方朔这般聪慧滑稽的谏臣。汉景帝时的一名博士董仲舒，也在被举荐的名册中。就是他给了汉武帝"罢黜百家，独尊儒术"的想法，将汉高祖传下的遗愿最终完成。

早年，在家乡招收学生授课时，董仲舒最喜欢在堂前垂一帷幔，他坐在幔后，学生们长跪幔前，以显示出学生对师长的尊重。这使得十几年中，学生竟从未见过他的长相。垂幔授学是董仲舒对儒家

"礼"道的遵守，古时的贤者，是要隐于深山不问世事的。他毕竟做不到断绝自己与尘世的交流，于是便退而求其次，在自己与尘世间挂上一道薄薄的屏障，聊以慰藉先人之教诲。

董仲舒的"天人三策"，是他前后数次被汉武帝召问时提出的三种观点，包括如何巩固国之根本、如何治理泱泱大国、如何以天道感知人心。

董仲舒对汉武帝说："道源出于天，天不变，道亦不变。君为臣纲，父为子纲，夫为妻纲。"这是在今日的大学校园中依然被教授拿来解释古代君王思想的名句。一个国家想要长久兴盛，首先需要稳定社会。尤其是在军事力量空前强大的汉武帝时期，作为统治者，除却专注于同各国的交流、交战，更该时刻谨记巩固国本。民为国之本，伦理纲常的遵守会使得国家更易于管理、运作。如果能做到君臣有序、父子有礼、夫妇有别，那么就能呈现一个和谐的社会。人们没有后顾之忧，农民耕地、商人经商、文武之士各司其职，国力便会蒸蒸日上，生机永葆。这个观点是从孔子的"礼运大同"观发展而来，带有鲜明的儒家色彩。"君臣有序"更保证了帝王至高无上的权力。这种想法与汉武帝的想法不谋而合，未央宫前，汉武帝拾级而下，命匍匐跪地的董仲舒起身回话。董仲舒只看见那玄色袍裾下沉稳的步伐慢慢朝他行来，他激动得长呼万岁，全身都在颤抖。

汉武帝惜才，将他委派到易王手下任国相。董仲舒深信天命鬼神、占卜之术，在江都易王管辖之内，时不时做些求神祭天的祭祀活动，生活得十分惬意。同时，他也一刻不停地在江都宣扬自己的治国理想。

建元六年（前135），长陵突降天火。董仲舒一边日夜不眠地观测星象，拿龟壳占卜皇朝命数，一边加紧撰写奏章。奏章言天火乃天降汉武帝之惩罚，并劝诫汉武帝减少骄奢、兵伐之事，其实真正目的是想引起未央宫的重视，将自己的"天人三策"说发扬光大。

董仲舒将奏折上呈天听，谁知汉武帝读后大为恼怒，下令将其收押，要治他大不敬之罪。后又因汉武帝实在欣赏他的才华，最终免去死刑，只罢免了官位。这次牢狱之灾，让董仲舒再不敢有言灵说灾的想法。他一心要宣扬的"天人三策"之想也就此付诸东流。昔日风光已成云烟，董仲舒深知花无百日红的道理，且经此一役，汉武帝未必肯再对他委以重任。在官场的黑暗沼泽中，半步行差踏错不仅一世英名尽毁，还会殃及家人朋友。前思后想，他决定急流勇退。

能在告别仕途生涯后，平安回到家中的文人十分不易。一家团圆，天伦共享的日子令董仲舒的心平静下来。不再想那些浮光掠影间的英雄梦，不再执着于未央宫上那暗绣龙纹的玄色衣角停驻。垂钓，去看波光粼粼的湖面上，青色大鱼跃出水面的样子；踏青，感受万物重生，听小草破土而出的脆响；还有著书，案前的墨香不如江都易王府的好闻，但总有种让人安心的奇妙作用。他的《春秋决狱》，他的《天人三策》，还有执仗登山，一览众山小时忽有所感的《士不遇赋》。

呜呼哀哉，士之不遇，混沌不开，花草蒙羞，虫鱼见弃，乡党见欺，妻子相离。

呜呼哀哉，士也迷罔，下积尘土，上负清霜，目陷泪横，潦瘰体羸。

呜呼哀哉，士之不遇，屈子怀沙，贾生殇愁，陈王见弃，安石东谪。

董仲舒《士不遇赋》序

这篇《士不遇赋》是董仲舒晚年赋闲在家时所写，从赋词中可以感受到他洞悉官场，看透人世的感慨和豁达。叹一声苍天，何其邈远。生命忽然地到来，又乘着夕阳毫不眷恋地离我而去。时光如梭，儿时一起玩耍的同乡友人已经故去，为我担忧一生的妻子也与我永别。悠悠苍天，如何能让我不心生迷惘，我已届古稀，只能悲伤于自己的生命即将走到尽头，这具残破的身体经过风霜洗礼，已再禁不起半分波澜。就像屈原与贾谊，得不到重用，只好一个投江明志，一

个远走他方。我一生追逐，不过云烟浩渺间那一丝璀璨金芒。我以为世上最独一无二的东西，抓到手中，却只是一缕阳光。就这样吧，留在家中的老翁是不会惹出祸患的，就让我足不出户地度过我仅剩的时光吧。

凭滚滚之长江兮，以吊先生。望东海之汤汤兮，登竭石而泪枯。空斜风之悲戚兮，乱图萋之草木。临飒飒之萧风兮，立奇石以穷目。玄黄乎其天地兮，何颠倒之于世？沮三岁之食贫兮，悲七岁之离愁。斯非行之不逮兮，终日月其德流。

董仲舒《士不遇赋》（节选）

立于长江边上吊唁屈原，董仲舒认为自己和屈原一样难遇贤主，故而登碣石洒泪，望向滔滔江水，独自悲嗟哀叹，恨不得将天地间所有可以形容哀苦的词语都拿来用。草木凄惶，秋风萧瑟，独自一人站立在石头上，犹如天地间的一个孤独个体，这个世界在他的眼中完全颠覆。悲伤逆流而下，将他湮没其中，唯一永恒沉静的，便是头顶的日月更替，岁月流转。董仲舒此文充满了阴郁和不可抗拒的悲剧色彩，那是老者对这个世界的不舍，对另一个未知之境的恐惧，那情感浓烈摄人，令人为之动容。

怎么能舍下滚滚红尘？当年在家乡破旧的明堂中讲学，虽然挂了那张帷幔，却无论如何也割不断他与红尘的纠葛。他放不下名利，放不下生命。他是孔子门中的学生，当以入世匡政为己任，即便举世弃他如敝屣，他也义无反顾。但岁月催人，他再没了年轻时的雄心壮志，只愿远离纷扰喧嚣，重新找到生命的本真。创作，令他扭曲的心得以解脱，令他奔波数十载疲惫不堪的身体得到休憩。睡梦中，他是化作蝴蝶的周公，醒来，却又忘了自己曾梦见的场景。

天马行空，肆意畅望，董仲舒从写辞作赋中获得极大的满足感。他将时代赐给他的苦难全部用写作的方式还给了时代，他感慨盛世不遇，他感叹造物弄人，他更为同自己一样不得志的文人悲伤、唏嘘。

彼桀纣之湣湣兮，弃三贤以幽昧。以彼八百之强盛兮，尚慕群芳以扶周。何诸侯之昌被兮，除椒兰以险隘。既安之于四海兮，去众芳以霸世。鸾凤轩翔之踟躇兮，乌雀啾啾于庙堂。鸾兮叹，凤兮沮，草木零落兮枝相獠。虬兮吟，螭兮去。四海汤汤兮不复还。

董仲舒《士不遇赋》（节选）

董仲舒在赋中感慨道：虽然四海之内皆为王土，但是因为真理难以存在，而让他感到安身之难，庙堂之高，无法祈盼。但愿放之四海，自由地离去，才是最好的结局。就好像草木的零落一样自然，董仲舒希望自己可以天涯海角，一去不复还。

那年深秋，董仲舒去世了。儿子将他送到长安城外的陵园安葬。一次，汉武帝策马路过，闻得董仲舒埋葬于此，他微微皱眉，勒马停伫。玄色袍裾拾级而上，陵园内松柏森森，鸟语花香。他在墓前站了好一会儿，然后开口，说了句话。只是声音太小，连近身侍从也没有听清。

皇帝离去了，陵园又恢复了寂静。一只喜鹊飞到墓前，啄食上供的糕饼。忽闻墓中传来痛哭之声，喜鹊受惊，扑棱着翅膀飞走了。那的确是人的声音，仔细去听，除了哭声，那人好像在说话。反反复复，只那一句。

才高八斗，不得自由

“煮豆持作羹，漉菽以为汁。萁在釜下燃，豆在釜中泣。本是同根生，相煎何太急？”

曹植的一生，就融成这一首诗和一副棺椁。

曹植，字子建，乱世奸雄曹操之子。汉末建安文学集团里，最出色的诗人。也是史上唯一能与李白、苏轼相比较的天才文人。

史书中并未记载曹植是曹操的第几个儿子，只知道他与曹丕都是曹操第二名正妻卞夫人生的。这便是说，曹丕与曹植是同父同母的亲兄弟。年少时，二人一处骑马射箭，饮酒作乐，度过了一段王孙公子的惬意生活。曹植的名篇《白马篇》就作于这一阶段："白马饰金羁，连翩西北驰。借问谁家子，幽并游侠儿。"在诗中，曹植将自己比作策马扬鞭，征战西北大漠的游侠。他渴望到那片广袤的土地上，看大漠连天、长河落日，游览异域风光。他更渴望能挥戈匈奴，闯出一番堪比霍去病、卫青的大事业。但现实是，他连走出城门都要父亲的允许或是兄长的带领。不仅因他年少，还因为太多人想暗算于他，太多人想借他来要挟父亲。

曹植是曹操最疼爱的儿子。曹操的幼子曹冲本来也天赋极高，但不过十三岁就夭折了。曹操心痛之余，便将给幼子的爱都放在了曹植身上。这名少年从出生起就有一种让人想要保护的忧郁气质，同为诗人的曹操对此十分羡慕。成年后，曹植一篇《登台赋》，更令曹操惊艳不已，甚至不禁生出立他为太子的念头。

立嗣当立长，这条不成文的规定从春秋战国传承至今，虽时有意外，但大方向从未改变。曹操长子曹昂早年死于战乱，家中第二年长的，便是曹丕。而曹植虽然才华过人，但到底年幼，曹操的心思便没有说出口。他决定观望几年，等自己真的老到不得不立嗣时，再做打算。

这一等，就等来了"夺嫡之乱"。

兄弟生隙的起因，是一名女子。江南大小乔，河北甄宓俏。曹植第一次见到甄氏，还是建安九年（204），是在父亲攻打袁绍，胜利还乡的队伍里。那年，曹植只有十三岁，出征大军归来，他与一众朝臣以及曹家年幼的兄弟都静候在城外恭迎。战车辚辚，整齐的队伍中，出现了一辆妇人乘坐的马车，分外突兀。曹植知道，车里坐的是袁绍之子袁熙的发妻，是个雅好诗章、贤德善良的姑娘。即使邺城与关中远隔千里，他也曾耳闻此女于灾年开仓周济难民的事迹，心中早已仰慕。于是，他偷偷歪了头去看缓步从车上走下来的倩影，即便他原是不该看的。"其形也，翩若惊鸿，婉若游龙。荣曜秋菊，华茂春松。仿佛兮若轻云之蔽月，飘飘兮若流风之回雪。"那女子美的，就如同他经年累日常挂在心头的英雄梦想。

爱美之心，人皆有之。曹植心仪的，曹丕亦然。二八佳人却早早经历人事离殇，堂前望月的孤单背影，愈发楚楚可怜。曹植站在回廊的另一头，很想走上去同她说点儿什么，迈出的步子还未落地，一件披风已然披在甄氏身上。曹植认得那披风，那是年初兄长曹丕生辰时，他亲手赠予的珍贵雪狐裘。当时他淡笑一声转身步入回廊阴影，却不知慢了这几步，便要蹉跎他一生。

甄氏成了曹丕的妻，曹植的长嫂。其后曹操病逝，曹丕建立魏国前，杀掉了她。甄氏的死，成了曹植心中永远的痛。

魏国黄初三年（222），曹植受召前往京师，述职后归还封地鄄城，经过洛水之滨，忍不住停下来欣赏这里的自然风光。心情是郁闷的，风景却太美，太像他梦中的仙境。信步走在将夕阳裁成缕缕金线的林中，他又想起了父亲病卒前拉着他的手，说的那些话……抬起头，他忽然看到水边站了一个样貌姣好的女子。他忙拉着车夫问："你看那是谁？"车夫望去，继而疑惑道："那里并没有人啊。"

那里当然没人，那只是曹植的梦。只有他自己能看见。

其形也，翩若惊鸿，婉若游龙。荣曜秋菊，华茂春松。仿佛兮若轻云之蔽月，飘飘兮若流风之回雪。远而望之，皎若太阳升朝霞；迫而察之，灼若芙蕖出渌波。秾纤得衷，修短合度。肩若削成，腰如约素。延颈秀项，皓质呈露。芳泽无加，铅华弗御。云髻峨峨，修眉联娟。丹唇外朗，皓齿内鲜。明眸善睐，靥辅承权。

曹植《洛神赋》（节选）

车夫说，这洛水之畔住着一名洛神，从没有凡人见过他，也许公子见到的就是洛神娘娘吧。当时，曹植神思恍惚，见那女子款摆着秾纤合度的身体朝他遥遥一拜，带笑的唇角娇媚动人。明眸皓齿，蛾眉弯月，云髻高耸，唇红齿白，顾盼多姿，美得不可方物，也美得太像一个人。曹植焦急地迈出一步，那声呼喊几乎就要破喉而出。那是他迟了半生的呼喊，他不敢再迟疑。然而眼前之景却在此时生了变化。

如梦般的女子轻轻转动洁白修长的颈项，黛眉轻蹙，明眸顾盼，樱唇轻启，缓缓与他道："人神终有别，你我虽然都在最好的年龄，但却无法相守相伴。"说罢，泪眼迷蒙，又不忍失礼人前，只好举起长袖遮住双眼，但香泪还是湿了衣衫："曾经我们离得那样近，如今却要永远分别，我只能以这细微的温柔来表达我的不舍，我只能以夜明珠来表达我对公子的爱慕。公子的梦虽然碎了，但我却会永远记挂着公子。"说完诀别之词，女子缓缓沉入湖中，再无处可觅。

曹植踉踉跄跄跌地坐在地上，仿佛被抽光了所有快乐的灵魂一般，对这世间的一切再不眷恋。终于明白，他爱的不是西北大漠，不是长嫂甄氏，更不是洛水之神。他爱的，是已然破碎在眼前的自由之梦。

自小就被困在关中，长大些又被困在邺城。如今，又将永远被困在封地。不是没有反抗过，《白马篇》中写"少小去乡邑，扬声沙漠陲"，他自小就是渴望挣脱家族礼法束缚的；欣赏甄氏，是羡慕她小小年纪就能开仓赈粮，那救济无辜百姓之举，无异于横扫匈奴的游侠；"七步成诗"为他换来了生命，却换不来他想要的自由人生。自由，那是他向往了一世的美梦，如今，却只能是向往了。

陈思王以公子之豪，下笔琳琅。无论是历史上早殁的甄氏还是神话中的洛神，都是曹植渴望在乱世中建功立业、扬名天下的欲望缩影。当兄长继位，不肯放他自由，他知道自己的美梦终于破碎了。于是写下这篇《洛神赋》，祭奠与自己擦身而过的自由。身为胞弟，他在夺嫡之战中败给了兄长；身为儿子，他曾在父亲病榻前许诺，凡事以国为重；身为皇子，他还有自己封地的子民要治理。只有身为诗人之时，才能获得片刻的宁静。

听兄长的话。那是曹操留给他的嘱咐，寄托了一个乱世奸雄对长子的保护和对他的歉疚。既然终要有人寂寞，那便让他来做这个人吧。反正，他也没什么可以失去的了。

卷八　宦海浮沉终归去

宿缘有着强大的命运暗示，很多男人一直无法看透，在官场中摸爬滚打，却始终无法识破各种奥妙，也有人归隐山林，成就最后的一点晚节。一切都只是开始，却也是结束。这些男人最终的命运便是为官、离去。这是无法绕开的命运陷阱。

木秀于林，风必摧之

作为汉文帝时的御用文人，贾谊的列传比其他文人都要简短。弱冠之龄便成博士，而立之年魂归九幽。从少年得志到屡遭谗言，从被贬长沙到重回长安再到罪己而亡，贾谊用短短十年，经历了世间大多数人一生都没有的精彩与哀伤。其论文《过秦论》与骚体赋《吊屈原赋》，将他仕途路上的两个极端依次展现。

不知哪一朝的文人曾做过这样一首小诗，却正好应了贾谊的一生："少年不识愁滋味，爱上层楼。不知高处苦寒难耐，玉宇寒幽。鸱枭常旋天阶路，滑足深渊不可言，以身殉流年。"

一切，还要从头说起。汉文帝朝已掠过战火硝烟之世，呈百废待兴之象。汉文帝刘恒不喜诗作，这一时期的著名文人大多聚集在各诸侯王手下做门客。最著名的梁孝王"梁园"中，据说招揽文士以千数计，枚乘、司马相如都曾在其门下为客。而这一时期长安城内的文学则大多以政治意味浓厚的奏疏、论文为主。

翻看汉初文学，有一篇用词讲究、逐句雕琢的散文，突兀地出现于一众通篇论述、说理的奏疏中，那就是贾谊的《过秦论》。以亡秦之过，叹兴衰之感。汉文帝之时，无论是朝廷还是地方的文士都尚处战国末期文学与两汉文学的变革之中，尤其是在中央，常有奏疏、论文以陈亡秦之暴而隐喻当时社会流弊的例子出现。

贾谊在撰写《过秦论》时正蒙盛宠，我们能从他的这篇气势跌宕起伏、言辞声情并茂的论文中感受到他对当时政治的忧患意识以及积极的入世精神。

隳名城，杀豪杰，收天下之兵，聚之咸阳，销锋镝，铸以为金人十二，以弱天下之民。然后践华为城，因河为池，据亿丈之城，临不测之渊，以为固。良将劲弩守要害之处，信臣精卒陈利兵而谁何……然陈涉瓮牖绳枢之子，甿隶之人，而迁徙之徒也；才能不及中人，非有仲尼、墨翟之贤，陶朱、猗顿之富；蹑足行伍之间，而倔起阡陌之中，率疲弊之卒，将数百之众，转而攻秦，斩木为兵，揭竿为旗，天下云集响应，赢粮而景从。山东豪俊遂并起而亡秦族矣。

贾谊《过秦论》（节选）

贾谊在这篇以政治目的为先的散文中使用了大量的史实，用排比夸张的手法让读者的心随之跌宕摇摆。先言秦朝集天下贤能之士，揽九州可用之兵，自以为能保子孙万世之业。接着却笔锋一转写陈胜以一介草莽之躯揭竿而起，天下受秦之苦难者云集响应，秦国瞬间灭亡。始皇之心与二世而亡的强烈反差、六国之强与陈胜、吴广之弱的鲜明对比，从极奢到极简都力求穷形尽相地描绘，虽未辅以华丽言辞的渲染，亦可见贾谊之惊世才华。

然而，因为从统治者的角度出发，此文忽视了文学的审美性。与唐代杜牧所作的《阿房宫赋》相比，《过秦论》更重说理明道，文学爱好者读之不免乏味。由此也可以看出，即便是在汉代初年，文学与政治依然是那么密不可分。这也是汉初"政治"文学与汉朝鼎盛时期纯文学的区别所在。

值得注意的，还有贾谊另外一篇名作《论积贮疏》。在这篇上呈天听的奏疏中，他分析了国家连遭大难却难以抵御灾祸的原因，对帝王、诸侯放任百姓自己休养生息却不储备国家钱粮，反而一径奢靡浪费的行为给予否定。辩论条理分明、例证充分，且具有较强的文学性。文中精彩片段如："今背本而趋末，食者甚众，是天下之大残也；淫侈之俗，日日以长，是天下之大贼也。残贼公行，莫之或止；大命将泛，莫之振救。生之者甚少，而靡之者甚多，天下财产何得不蹶！"

· 120 ·

贾谊用他忧国忧民的心看待文帝时期荒年"人相食"的状况，认为原因来自"汉之为汉，几四十年矣，公私之积，犹可哀痛"。他支持，因为国家并未储备足够的粮食，才造成了一系列灾难发生时的措手不及，以至于酿成更大的灾祸。贾谊并不笃信鬼神，他辩证地看待各种天灾人祸，提出"世之有饥穰，天之行也，禹、汤被之矣"。接着顺势提出问题，连用排比句式为自己的观点例证："即不幸有方二三千里之旱，国胡以相恤？卒然边境有急，数千百万之众，国胡以馈之？兵旱相乘，天下大屈，有勇力者，聚徒而衡击；罢夫羸老，易子而咬其骨。"其句式整齐，虽不见汉大赋之润色华美，但纵横捭阖，以气势服人，颇有战国纵横家之遗风。最后贾谊提出"夫积贮者，天下之大命也"的观点，也就是这篇奏疏的主旨。此文虽短小，在句式与排比方面却已颇具汉赋格局，对汉大赋的形成产生了一定的推动作用。

这两篇文章正是贾谊在人生最得意的那几年，真实的心理写照。

木秀于林，风必摧之。弱冠之龄便专美于御前的贾谊，在得蒙圣宠的同时，也失去了同僚之心。当汉文帝有意提拔他坐上国家中枢的公卿之位时，便遭到了一众老臣新贵的反对。贾谊被贬长沙，是这些守旧势力一手造成，更是他"少年使才遭人妒"的必然结果。他不懂得像司马相如那样隐藏自己的文人个性，就得承受和司马迁一样的屈辱下场。

如果说《过秦论》还是承战国遗风而作，那么贾谊在被贬途中创作的《吊屈原赋》，就是开启了汉代辞赋先声的作品。长沙之地千里遥，鸱枭鸣衡轭，豺狼当路衢。贾谊的心情，从大起到大落，贾谊的文章，也由此进入了"骚体赋"的时期。

骚体赋承《楚辞》而来，它为抒情而生，仿屈宋之笔调，抒异代同悲之感。《吊屈原赋》乃是一众骚体赋的先河之作，更是后继之人无法逾越的高峰。

屈原投汨罗江而死，湘水之畔，乃有英杰之魂魄日夜徘徊。贾谊途经此地，望着波涛汹涌、奔流而去的江水，望着两岸山间萧萧而下的落叶，忽然泪下。

　　恭承嘉惠兮，俟罪长沙。侧闻屈原兮，自沉汨罗。造托湘流兮，敬吊先生。遭世罔极兮，乃陨厥身。呜呼哀哉！逢时不祥！鸾凤伏窜兮，鸱枭翱翔。阘茸尊显兮，谗谀得志；贤圣逆曳兮，方正倒植。世谓随、夷为溷兮，谓跖、蹻为廉；莫邪为钝兮，铅刀为铦。吁嗟默默，生之无故兮；斡弃周鼎，宝康瓠兮。腾驾罢牛，骖蹇驴兮；骥垂两耳，服盐车兮。章甫荐履，渐不可久兮；嗟苦先生，独离此咎兮。

贾谊《吊屈原赋》（节选）

　　鸾凤不得双鸣，只能隐于深林，鸱枭却放肆地盘旋在高空。宦官专美圣前，谄媚小人起舞；而真正能辅佐君主的贤臣能士却无法立足。糊涂民众皆言卞随与伯夷乃滔天恶徒，却反以盗跖、庄蹻为廉洁楷模。又说镆铘宝剑要比铅刀粗钝许多。惊天之才无处施展，圣人屈原死得那般幽怨。

　　这哪里是在感怀先人之难，分明是要痛骂汉文帝身前那些谗谀之徒，抒发自己无辜被驱逐的苦闷。贾谊用自己的心去映照屈原的情，两情相遇，无限忧伤。而同时，骚体赋与《楚辞》的不同之处，也在此赋中有所体现。

　　《楚辞》凡十六卷三十余篇，皆言末世之衰，抒生离之苦，是凝聚了时代哀伤的浪漫。而骚体赋作于西汉国力蓬勃上升时期。即便中原仍有被战火侵袭过的创伤，但承平盛世已近在眼前，汉初人民的人生观、民族自豪感又与屈原时期迥异。故贾谊虽遭谗言被贬，却仍心怀抱负，这一情怀体现在赋中便有了"凤凰翔于千仞兮，览德辉而下之。见细德之险征兮，遥曾击而去之。彼寻常之污渎兮，岂能容夫吞舟之巨鱼？横江湖之鳣鲸兮，固将制于蝼蚁"之言。

　　贾谊年轻，有少年才子之傲气；西汉年轻，有静候"来日方长"的勇气。可正是因为两者都太过年轻，心中充斥着"舍我其谁"的叛逆戾气，最终只有相对无言，相视无语。三十三岁，贾谊身死在他魂牵梦萦的长安。因为年轻，他早早地抛弃了时代；因为年轻，时代早早地将他抛弃。

依隐玩世，诡时不逢

孰知其不合兮？若竹柏之异心。往者不可及兮，来者不可待。悠悠苍天兮，莫我振理。窃怨君之不寤兮，吾独死而后已。

东方朔《七谏·初放》（节选）

仿照《楚辞》撰写而成的长诗《七谏》充满了士不遇时的忧伤。此时的作者不喜儒礼，行为荒诞不经。他为诗为赋不为千家百姓，只为世间不得志的文人。贤臣太多，值得重用的人数不胜数，生在这样一个时代，是好还是坏？如果不是足够的优秀，根本无法崭露头角。如果没有足够的智慧，即便出人头地，也很快会被大风吞噬。况且，即便在这风中屹立不倒的，又有多少人能流芳百世？这就是汉初文人们的心灵写照。

写这首诗的人名叫东方朔，是西汉时期的名士。汉武帝初登大宝时招揽贤才，他上书自荐。当时没有宣纸，写字都用竹简，他总共用了三千卷竹简才将书上完。汉武帝锲而不舍地读了两个月才读完了这些竹简。君王扶额感叹一声："真是个有抱负有个性的贤才啊！"当即召入朝中为官。

自荐书中，东方朔说自己生得英俊高挑，唇红齿白，又有勇有谋，忠义果敢。诗书与兵法各读了二十二万，足够陪王伴驾使用。那年汉武帝十六岁，东方朔也只有二十三岁。都是年少轻狂的云中之龙，只是一个长在金銮殿，一个生在百姓家。汉武帝愿意日日有他陪在身边，却又从不肯给他爵位。真应了那句话，仙草本是同根生，前生缘分今世冤。

东方朔出身平民，司马迁却对他十分欣赏，将他编入《史记·滑稽世家》。"滑"音古，"滑稽"也并非今日之意，而是作"言辞流利，正言若反，思维敏捷，没有阻难"之解。被司马迁收入此传的人，都具有"不流世俗，不争势利，上下无所凝滞，人莫之害，以道之用"的特点。即虽出身微贱、不受重用，但出口成章、下笔成篇，且聪慧过人、胸怀大志，是盛世之中被人才洪流淹没的明星。司马迁后又称东方朔"滑稽之雄"，极言此人才华横溢，善于巧辩、反讽。

《史记》中记载了一句十分值得推敲的话："数召（东方朔）至前谈语，人主未尝不说也。"说的是东方朔被召入朝为官后，汉武帝对他的才华十分欣赏。每次召他入宫伴驾，君臣问答数次，汉武帝从未生过气。

史书中，汉武帝乃是霸气十足、目中无人之主，随侍在侧的上到诸侯、下到内监乐师，无一不战战兢兢。东方朔区区一介不熟悉朝廷礼数的文人，如何能拿捏住这极微妙的分寸令龙颜大悦呢？

巧就巧在东方朔的性格上。平民入宫陪王伴驾在汉代十分常见，汉赋四大家中，汉武帝时的司马相如、汉成帝时的扬雄、东汉时的张衡都曾侍君殿前，他们之中却无一人能做到令"人主未尝不说"。但东方朔不同，他以自荐书而显名，汉武帝因赏其书中夺人的气势而将他纳入宫中。东方朔出言幽默，常逗得汉武帝捧腹大笑。然而，捧腹笑毕，汉武帝仔细一想，便觉其言充满了深深的讽刺，每每欲怒而喝之，又思其能言巧辩之才、滑稽可笑之态，往往哭笑不得，挥袖作罢。

世上就是有这种人，常拐着弯地说些你不爱听的话来讥讽你，你想杀他，却又舍不得他死，怕他一死，世上就再没有这样聪明、这样懂你的人了。

由此可见，汉武帝并非不能容人，只是能令他真心赏识的聪明人并不多见。司马迁为人耿直，不愿做鸿毛之人，可汉武帝眼中就是容不得他这样逆流而上的勇士。东方朔既非司马迁那样的直谏忠臣，也非司马相如那般多为溢美辞赋的文士，他是于这两者之间的独立的存在，令汉武帝杀之不忍、用之不愿、恨之难长、赏之难久。东方朔可谓将"滑稽"二字发挥到极致。

史载，汉武帝之时，天下能人异士来朝为官者不可胜数，人才便被淹没在其中，不得显贵。于是，东方朔便以《答客难》为自己和那些空有才华却不蒙圣宠的文人抱不平。

夫天地之大，士民之众，竭精驰说，并进辐凑者，不可胜数；悉力慕之，困于衣食，或失门户。使苏秦、张仪与仆并生于今之世，曾不得掌故，安敢望侍郎乎！传曰："天下无害，虽有圣人，无所施才；上下和同，虽有贤者，无所立功。"故曰：时异事异。

东方朔《答客难》（节选）

他先提出自己不能加官晋爵乃是因为皇帝身边能人众多，而并非因为自己没有苏秦之才，又说倘若让苏秦处在现在这个时代，只怕连更低微的官职也做不上，何况名扬天下了，继而引出"统治者不应随意抑扬人才"的观点："今世之处士，时虽不用，块然无徒，廓然独居……若夫燕之用乐毅，秦之任李斯，郦食其之下齐，说行如流，曲从如环；所欲必得，功若丘山；海内定，国家安；是遇其时者也，子又何怪之邪？语曰：'以管窥天，以蠡测海，以筳撞钟。'岂能通其条贯，考其文理，发其音声哉？"

旁征博引信手拈来，言辞铿锵，掷地有声。难怪汉武帝愿意他陪伴左右。案前作赋的东方朔严谨专注，但生活中的东方朔，十分不修边幅，还曾因此招来众多朝臣的非议。《史记》上除却记载他反言正用的"滑稽"才能，更将他的"狂人"之态描绘得栩栩如生："时诏赐之食于前。饭已，尽怀其余肉持去，衣尽污。数赐缣帛，担揭而去。徒用所赐钱帛，取少妇于长安中妇女。率取妇一岁所者即弃去，更取妇。所赐钱财尽索之于女子。人主左右诸郎半呼之'狂人'。"

吃一顿饭，他能将吃不下的肉食揣在怀中带走，致使衣衫尽污，仪态尽失。皇上赐给他钱财，他就用这些钱做聘礼，迎娶长安城中年轻貌美的少女，娶过门没几日便休了再娶，最后将钱财都花在这上面。莫说闻道守礼的大臣了，在一般人来看，这不都是个"狂人"吗？

其实，这与东方朔受到的道家影响密不可分。道尚无为，尚出世。汉末道学风靡时，曾有竹林七贤"越名教而任自然"，袒胸露乳、放浪形骸，日日酩酊大醉。与之相较，东方朔的行为已经收敛不少。这是一种不拘小节的生活态度，道家自然超脱的思想，与儒家克己守礼的思想体现在日常生活中，的确是有很大差异的。汉武帝时道教尚未遍及中土，人们以之为怪，情有可原。

故而，所有人都认为他是狂士，便对其疏之远之，汉武帝却站出来淡淡地说："令朔在事无为是行者，若等安能及之哉！"刘彻肯定了东方朔的才能，这是一个君王对臣子最好的奖赏。此时当知汉武帝始终不肯提拔东方朔，并非以之为俳优，乃是因此人身为道教门徒，入不了儒礼为尊的大汉朝堂。

东方朔本是戏外之人，却妄图去体会戏中的喜怒哀乐，嬉笑怒骂。模糊了界限，分明了感官。沾染了尘世的胭脂香，想唱主角，却连折子戏也不让他参与。形单影只地度日，浑浑噩噩地伴君。可见国盛时期，文人难做。司马迁忠君爱国，却遭惊天大难；司马相如一腔报国热血，却被汉武帝当作歌功颂德的工具。而东方朔妄图用老庄思想在夹缝中求生，终落得黯然离去的下场。这世上的文人，究竟是该进还是该退呢？

发愤著书，立世为人

司马迁在《报任安书》中说道："祸莫憯于欲利，悲莫痛于伤心，行莫丑于辱先，而诟莫大于宫刑。"汉武帝天汉二年（前99），太史公司马迁因"李陵之祸"惨遭腐刑。然而，一身伤病与蔓延四肢百骸的恐惧没有击倒这坚强的男人，反而令他卧薪而尝胆，发愤而著书。最终，他完成了中华历史上最为耀眼的著作之一——《史记》。

著书完成后，他又为书写序。与别人不同的是，司马迁将序言写在了书的最后，称后序。如今翻开《史记》，抚摸那些被岁月斑驳了的文字时，人们都会想起司马迁为这每一篇、每一字而斑驳的青春。

司马迁《史记·太史公自序》："夫《诗》《书》隐约者，欲遂其志之思也。昔西伯拘羑里，演《周易》；孔子厄陈、蔡，作《春秋》；屈原放逐，著《离骚》；左丘失明，厥有《国语》；孙子膑脚，而论兵法；……此人皆意有所郁结，不得通其道也，故述往事，思来者。"

他反复引用古时圣贤遭逢祸患却奋发图强，最终成就经典的例子来论证自己的观点。说到左丘失明、孙子膑足的时候，他的手腕微微颤抖。当连串的四字句生于他笔下，积压了半生的怨怒也随之喷涌而出。他还是无法以平常心面对那场飞来的横祸，因为自始至终，他从不认为自己为李陵求情之举，是做错了。

李陵之祸，起于汉武帝出兵西征大宛之时。因宠妃李夫人而显名于圣前的李广利被封为贰师将军，领命出征。三军未动，粮草先行。汉武帝本想将押运粮草之责交予飞将军李广之孙李陵。可李陵耻于做贰师将军的运粮队，策马来到宫前冒死抗命。汉武帝有感其英勇，令其率自家兵士直捣匈奴王庭。其年秋，李陵孤军深入出兵大漠，被单于主力包抄，激战直至一兵一卒后被单于俘获。次年，因杆将军公孙敖深入漠北，带回了李陵投降匈奴，助其练兵的消息。不知内情的汉武帝且怒且痛，下令诛李家三族。

作为同僚，司马迁与李陵"俱居门下，素非相善也"。然而作为史官，最重要的就是尊重史实。李氏家族自汉文帝起入朝为官，忠心耿耿。李陵的祖父李广、叔父李敢都是名将。忠臣之后，家人又都在长安，怎么可能投降？所以当汉武帝就此事征询司马迁的意见时，他勇敢地为李陵辩白："李陵孝敬长辈，守信于友人，常奋不顾身地解救国家危难。如今兵败被俘，满朝文武却因怕触怒皇上而殃及自己，就恣意诬陷李陵，真让人痛心疾首啊。李陵虽然败了，但他也足以凭借这场苦战而扬名，若他真的还活着，一定是要想办法回国以报皇恩的。"

听了这些话，刘彻难道还想不清事情原委吗？于情于理，李陵都不可能投降啊。可惜的是，盛怒中的刘彻根本就没将这些话听进心里。这令司马迁痛心疾首，他曾在《报任安书中》怨恨自己"不能纳忠效信，有奇策材力之誉，自结明主"。其实这并非是对自己无能的埋怨，而是对汉武帝不肯纳忠臣之谏的讽刺。这是一个敢于直面真相的忠臣，在为一个奋勇杀敌、宁死不屈的猛将求情。司马迁以赤子之心乞求刘彻的醒悟，乞求他不要让大汉朝失去李陵。

人固有一死，或重于泰山，或轻于鸿毛，用之所趋异也。司马迁冒死进谏，无论最终汉武帝杀不杀他，他都是一名勇士。他勇敢地面对被败仗激怒的皇帝，勇敢地反抗未央宫前一片谄媚阿谀之声。他"年十岁则诵古文"，自他跟随父亲写史以来，父亲就告诉他：言必有据，是一个史官的生命。想做一个真实的人，可以像范蠡一样鲜衣怒马放逐江湖；想做一个成功的官，可以像司马相如一样卑躬屈膝。司马迁那样聪明那样有才华，这两种人，他都可以做到。然而司马迁的伟大，就在于他一生都坚持去做一名忠诚耿介的官员。站出来为李陵求情的那一刹那，他不仅是一个官员，还是一名捍卫真理的勇士。

伤愈后，他并未颓废于自己的悲惨遭遇，反而更加坚定了早年"著书立传"的理想。少年时，司马迁经常浏览古文典籍，《春秋》《左传》《论语》都在他涉猎之内。任职太史公后，更是孜孜不倦地翻阅文献资料。二十余岁时，他曾远游百越、江南之地，寻访"楚汉之争"在书中所载的遗址。他长途跋涉，逢得一位经历了秦汉两朝的百龄老者，听老者为他讲述了当年秦始皇巡游会稽时发生的逸事。后来，他将这件事记录在册，写入了《史记》中："秦始皇帝游会稽，渡浙江，梁与籍俱观。籍曰：'彼可取而代也。'梁掩其口，曰：'毋妄言，族矣！'"

司马迁极欣赏项羽，对项羽的每一个传闻，他都十分感兴趣。据说秦始皇君临天下，乘船渡江时，两岸百姓被要求聚在一起高呼万岁。其中便有项羽和他的叔父项梁。项羽自小便有霸王之气，远远看着船上秦始皇的样子，忽然开口道："他是可以被取代的。"项梁吓坏了，立刻捂住项羽的嘴，叮嘱道："不可以再说这种话，这是要被灭族的妄言啊。"就是这则小故事，将项羽的胆大与项梁的怯懦守矩显现出来，更为其后项羽称霸中原埋下伏笔。而就算只是这样一则不过数十字的小事，司马迁也力求真实可信。为史者，不能无一字无出处。这他对自己的承诺。

前后共计十三载，司马迁完成了中国历史上第一部纪传体通史。《史记》横跨近三千个春秋，上至黄帝，下至汉武帝，力求"究天人之际，通古今之变，成一家之言"。司马迁为史上有杰出贡献的人物一一立传，以"纪传体"的形式颠覆《尚书》《春秋》"编年体"的传统。在挑选入传人物时，他不再只专注于继承史家传统、润色汉朝鸿业，而融入了对自身遭遇的愤懑之情。所谓"发愤而著书"，他将自己的灵魂寄托在整部书中，使得笔下的每个人物都因此变得血肉丰满，令人过目难忘。

《史记》完成后，司马迁心中依然对自己的遭遇愤愤不平，啜饮着醇香的浓茶，就着屋外寂静的夜，沉吟良久，他终于又执起笔写下一篇"自悼赋"。

悲夫！士生之不辰，愧顾影而独存。恒克己而复礼，惧志行之无闻。谅才韪而世戾，将逮死而长勤。虽有形而不彰，徒有能而不陈。何穷达之易惑，信美恶之难分。时悠悠而荡荡，将遂屈而不伸。使公于公者，彼我同兮；私于私者，自相悲兮。天道微哉，吁嗟阔兮；人理显然，相倾夺兮。好生恶死，才之鄙也；好贵夷贱，哲之乱也。

司马迁《悲士不遇赋》（节选）

一百八十余字的小小"自悼赋"，与司马相如所作的鸿篇巨制无法相较。在这篇《悲士不遇赋》中，司马迁无一字描摹，无半句润色，仅以沉痛锋利的语言感慨有才之士生不逢时的悲哀。在以歌功颂德、表彰帝王鸿业为主旋律的武帝朝，这篇短小的骚体赋以遗世独立之姿为后人争相称颂，它代表了盛世文人难能可贵的良心。

当统治者被奸党谗臣迷惑意志，从而善恶不分、黑白不变之时，司马迁始终以清醒的头脑冷静分析眼前的一切。他能感觉到浮华背后隐藏的巨大危机，就像无底旋涡要将他吞噬。他有着百般恐惧，但也有着万分坚定。人生的路，与笔下的史书一样，每前进一步，都要仰不愧于天，俯不怍于人。

《史记》中许多积极向上的精神，如《项羽本纪》中项羽的英雄主义、《滑稽列传》中文人的积极入世、因始皇暴政揭竿起义的农民们拥有的反抗精神，都给后世人以极大的表率和鼓舞。翻开书本，细细品读因时间流逝而变得晦涩的字句，慢慢体味盛世英雄的一腔热血。一叠清茶，拱手为礼，敬这名光明磊落的英雄。

跌宕不舛，明哲保身

同为写史之人，班固难免会被后人拿来与太史公司马迁相较。一生富有传奇色彩的司马迁是中国历史上少有的才子。他为人耿介，仗义执言，遭受大辱后发愤著书，乃成《史记》。其地位便如开国元勋一般不可撼动。生在东汉太平年代的班固没有司马迁那样曲折惨痛的人生经历，但他所著《汉书》同样下笔严谨，描写传神，他为此书所付出的心血与司马迁对《史记》的重视不相上下。因拘于时代风气、著书角度的差异，《汉书》与《史记》呈现出两种不同形式的精彩，而班固其人，也有着与司马迁不尽相同的人生经历。

《汉书》包括本纪十二记帝王、表八记诸侯、志十记典章制度、列传七十记公卿将相，共一百篇。记载了自汉高祖元年（前206）到王莽地皇四年（23），前后共两百三十年间的历史。与《史记》一样，《汉书》选择了人物纪传体的方式进行撰写，班固对每篇文章都做到精心结撰，语言典雅，用词严谨。后代皇朝争相效法《汉书》的断代史形式编订前朝史实。于是便有了今日的《二十四史》。

与《史记》相较，班固的《汉书》中录入的人物多为世家贵族，或是有名的经师儒生。而《史记》中则是大量记述名将、谋臣建功立业的事迹。这并非巧合，而是与两人所处的时代息息相关。

司马迁写史，正是大汉初立，汉武帝东征西讨，猛将贤臣纷纷涌现的时候，司马迁甚至曾感慨盛世贤臣太多，许多有才之士根本得不到重用。而班固生于东汉成帝时期，属于盛世已经过去，衰世尚未到来的交界之处，军事实力不似汉武帝时期，民族自豪感自然也不能和西汉同日而语。所以《汉书》中所记载的人物事迹，通常都没有《史记》的丰富精彩，反而更偏向于日常生活中的逸闻、逸事。

在秦末汉初群雄逐鹿的年代，风起云涌的中华大地上，一切都有可能发生。汉高祖以一曲《大风歌》笑傲天下，王子皇孙皆为尘土。西楚霸王力能扛鼎，却以乌江自刎结束自己的征途，换得后世无限唏嘘。那是一个英雄争霸的时代，不拘出身不拘手段，谁有本事谁有智谋，谁就有站上顶峰的机会。《史记》的传奇色彩为后世众多小说家争相效法，其来有自。

而两汉年间朝廷上最精彩的便要数门阀间的尔虞我诈。数百个几代为官的世家在朝堂之上斗智斗法，兴衰沉浮。先有窦氏党同伐异横行长安，却在窦太后晚年树倒猢狲散；又有汉武帝托孤霍光专权，转眼间一人身死举家皆被株连。太平年间的历史的确是少了令人热血沸腾的因素，但班固为后人展现的官场宦海浮沉之景，读来却有一种别样的味道。

班固人如其名，对绳墨规矩十分固守。所以我们看到的《汉书》行文工整，抒情有度，笔法精细，用词严谨，每一篇故事都有统一的叙事顺序，甚至每一类似的情节都有统一的叙事手法。《汉书》鸿篇巨制、卷帙浩繁，每一次下笔都经过精心的资料收集、校对和作者对语词的反复拿捏，这种精神为后世少有。

班固一生历经坎坷，曾于弱冠之龄忽逢父丧，成为孤儿。夜半月冷，他怀念老父不能安睡之时，便只能以作赋自酬来慰藉孤独的心。除却片尾的总括之语，全文通篇的七字句显现出他的严谨守矩。赋中所发的郁郁之情究竟是对仕途不顺的感慨，还是对家族落败的悲伤，我们不妨各持己见。

乱曰：天造草昧，立性命兮。复心弘道，惟圣贤兮。浑元运物，流不处兮。保身遗名，民之表兮。舍生取谊，以道用兮。忧伤天物，忝莫痛兮。皓尔太素，曷渝色兮。尚越其几，沦神域兮。

班固《幽通赋》（节选）

《幽通赋》，"幽通"二字，是与神灵相遇之意。"乱曰"则是《楚辞》中常见的总结性言辞，汉代作家常将之用在骚体赋的结尾段，意为"总之"。班固在此处用"乱曰"，乃因他接下来要抒发感慨，表明意志。天地之始，万物混沌蒙昧，皆立其性命。返归天地本心，唯有圣贤通晓，天地之元气保存身躯，能在死后留有圣名，舍生取义便是此道。为世间忧伤，平添痛苦，保持质朴的心性，不被污浊。如果人能预料到身后之事，也便离前往幽冥之所不远了。

在《幽通赋》的最后一段中，我们可以寻到班固对人生、命运的反思，这种反思中所蕴含的道理与道家思想有殊途同归之妙，这与班固早年研习黄老之学的经历密不可分。悲伤无处倾诉，他想以道家无为的思想使自己产生一种力量，与太过压抑的人生际遇抗衡。这种想法，听起来有些耳熟。原来，这也是司马迁作《悲士不遇赋》的初衷。

东西两汉的时代精神迥异，却成就了《史记》与《汉书》两部相得益彰的经典。乱世豪情伴着出征的号角声渐渐远去，家族兴衰、人事变迁的画卷正徐徐展开。班固克服极大的困难去撰写这本继往开来的著作，虽然不是由他最终成稿，但他为之付出的努力有目共睹。

公元前92年，班固因受将军窦宪的牵连身陷囹圄。因无人搭救，最终冤死在狱中。其妹班昭续写了《汉书》，后又经马续收尾整理，方成正果。

身系狱中之时，班固曾作诗《咏史》，纪念汉文帝时期一名献身救父的勇敢少女，也感伤自己此时无人搭救的境遇。

三王德弥薄。惟后用肉刑。太苍令有罪。就递长安城。自恨身无子。困急独茕茕。小女痛父言。死者不可生。上书诣阙下。思古歌鸡鸣。忧心摧折裂。晨风扬激声。圣汉孝文帝。恻然感至情。百男何愦愦。不如一缇萦。

班固《咏史》

汉文帝时期，临淄城中有一名小官淳于意，因触犯刑法要被押往帝都长安受刑。临走前，淳于意的五个女儿别无救父之法只能长跪而泣，他顿时觉得有女无子的人生那样无望。小女淳于缇萦却在此时勇敢地站了出来。她与获罪的老父一起来到京城，当庭请愿，甘愿自己入宫为奴以赎父亲之罪。汉文帝听说此事，感叹道"夫刑者，至断支（肢）体、刻肌肤，终身不息，何其痛而不德也！岂称为民之父母哉？"从此废除了肉刑，令父女团聚。从此，民间留下了"缇萦救父"的美谈。

班固的一生，跌宕起伏让人有些难以理解。毕竟他是始终维护着皇家利益和自身安危的，而且从表面来看，班固并没有犯下什么不可饶恕的罪过，但是他最后依然难以逃过一死。

人生的发展，既让人感到满足又有些遗憾，或许这就是历史令人探索的地方之所在吧。

看破官场，归隐山林

东汉先有"光武中兴"，其后便一直处于动荡不安之中，政治灰暗，经济凋敝。至汉顺帝朝宦官当道，外戚专权，大汉已呈乱世之状。

我所思兮在泰山，欲往从之梁父艰。侧身东望涕沾翰。美人赠我金错刀，何以报之英琼瑶。路远莫致倚逍遥，何为怀忧心烦劳。

我所思兮在桂林，欲往从之湘水深。侧身南望涕沾襟。美人赠我琴琅玕，何以报之双玉盘。路远莫致倚惆怅，何为怀忧心烦伤。

我所思兮在汉阳，欲往从之陇阪长。侧身西望涕沾裳。美人赠我貂襜褕，何以报之明月珠。路远莫致倚踟蹰，何为怀忧心烦纡。

我所思兮在雁门，欲往从之雪氛氛。侧身北望涕沾巾。美人赠我锦绣段，何以报之青玉案。路远莫致倚增叹，何为怀忧心烦惋。

张衡《四愁诗》

翅膀上粘了牡丹花粉的蝴蝶飞得摇摇欲坠，它努力地寻找，渴望有一处芦苇能供它歇脚。前方是一座小山，然而脚下是一条又宽又长的大河。河水湍急，河中无丘无沚，没有它停驻之所。飞不过长河的蝴蝶盘旋跌落，忽然化作美丽的女子，凭空立于水上，鞋履未湿半分。山下住着一名少年，他正坐在河边读《楚辞》，见到这奇景，不由得爱上了这位美人。他在岸边徘徊不去，痴痴地凝望着水中的丽影。

他想赠给她些什么，表白自己的情意。于是他仓皇地跑回家中，揣上祖传的琼英美玉，又飞快地奔回河边。美人却已离开了。不久，人们传说在遥远的泰山上出现了一位神仙般美丽的女子，于是少年决定去泰山。可他怎么翻，也翻不过眼前的梁父山。翻不过梁父山，哪里还能上到泰山之上见那名美人？手中的琼英玉洁白而冰冷，就像少年此时的心境。

回环往复的曲调，郁郁难舒的心思，这首诗以《楚辞》之浪漫多情、《诗经》之反复吟咏、汉赋之整饬依韵，创造了前所未有的古代诗歌之美，开启了中国七言歌行的新时代。"援琴鸣弦发清商，短歌微吟不能长。"人人都知曹丕《燕歌行》，却不知《燕歌行》之前，已有《四愁诗》。

真正将美与理融会贯通的文学是盛唐诗歌。在唐代，人们已经有足够的文学自觉性，他们会为了自己的情感专门著文作诗。但在长衣广袖的汉代，文学理论尚处于萌芽时期，瑰丽与批判很难在同一篇文章中相得益彰。事实上，两汉之中无人能走出"盛世瑰丽""乱世批判"的格局。

若说汉代为赋文人，将铺陈描写与批判说理结合得最好的当属张衡。张衡所处的东汉时期，文人经过西汉骈体大赋的熏陶已经具备了对华美词句的把握能力。同时国力开始衰退，文人思维逐渐从润色鸿业的大赋中解脱，开始关注现实社会的状况。

城阙辅三秦，风烟望五津。张衡弱冠以前曾宦游三辅，见识到秀丽江山的恢宏壮阔，山川河流源源不绝的生机令他眼界大开，其后所作的《二京赋》中的很多灵感都来源于这次远游。其后，他又"入京师，观太学，通五经，贯六艺"，太学中浩如烟海的书籍古典令他目不暇接，太学博士们的满腹经纶也令他心悦诚服。读万卷书，行万里路，当这两者都已被张衡纳入袖中，其所作诗赋情之深、理之切，当可想见。当时外患已平，社会生活稳定，荒淫奢靡之风日渐盛行。美如青莲的人，自然是"从容淡静，不好交接俗人"的；文人赤子，自然是"有愤必抒，有乱必讽"的。

　　《二京赋》仿照班固的《两都赋》而成，分为《西京赋》与《东京赋》。通过主客问答的方式结撰成篇。张衡对此赋的爱，肯定不比他对自己任何一项发明的爱要少。每一句，甚至每个词，都经过细致反复的变换推敲，前后共用十载，巨著方成。赋中不但有对皇宫美轮美奂的描写刻画，更将这种刻画手法运用得灵活流畅，充满引人入胜的诗意。读来不仅有视觉之美，更富于音乐的享受："凤骞翥于甍标，咸溯风甫欲翔。阊阖之内，别风嶕峣。何工巧之瑰玮，交绮豁以疏寮。干云雾而上达，状亭亭以苕苕。神明崛其特起，井干叠而百增。跱游极于浮柱，结重栾以相承。累层构而遂阽，望北辰而高兴。"

　　张衡将他勤于创新的思想凝聚在这篇赋中，使得《二京赋》充满了前人未见的生机与新意。行文中，他尽量避免与《两都赋》有结构与选材的重合，比如移步换景的形式就从"回环往复"转变成为"由内到外再回到内"，大量三字句的使用也为文章增色不少。

　　汉顺帝时期正是大汉走向衰败的开始，诗人们对时政的敏感，使他们从西汉武帝起一直被压抑的忧国之情不断攀升，君主的高压政策也使得他们的目光逐渐从禁宫转向民间。此时的洛阳皇宫人人噤若寒蝉，胆敢逆流而上者必遭小人暗算。张衡就曾深受其害。范晔《后汉书》有载："时政事渐损，权移于下，张衡因上疏陈事。后迁侍中，帝引在帷幄，讽议左右。尝问衡天下所疾恶者。宦官惧其毁己，皆共目之，张衡乃诡对而出。阉竖恐终为其患，遂共谗之。"

屡遭谗言的张衡心灰意冷，他终于明白自己蝼蚁之力无法扭转这王朝的命运。他日日买醉，在洛阳城中孤独落寞地闲居了一段时间。有一天，好友约他郊外踏青。正是仲春时节，天朗气清，惠风和畅，生机满满的草原以及郁郁葱葱的树林就呈现在眼前。无边的绿色让人心情平静舒畅，清新的空气，嫩草生长的样子令人精神舒缓。听着百鸟振翅，黄鹂鸣柳的灵动之音，张衡忽然悟了。

仰飞纤缴，俯钓长流；触矢而毙，贪饵吞钩；落云间之逸禽，悬渊沉之鲇鰡。于时曜灵俄景，系以望舒；极般游之至乐，虽日夕而忘劬。感老氏之遗诫，将回驾乎蓬庐。弹五弦之妙指，咏周孔之图书；挥翰墨以奋藻，陈三皇之轨模。苟纵心于物外，安知荣辱之所如？

张衡《归田赋》（节选）

他一生可望而不可即的美人，原来就藏在山水之间。他不再汲营于官场尔虞我诈，也不再妄图与宦官奸党做斗争。他只想远离乱世尘嚣，寻一处赏心悦目的住所，日日聆听鸟声、风声，用绿绮琴和圣人之书来洗涤自己的灵魂。他决定以文章明志，以一颗澄净真实的心体味人生。

这是一种放下，官场中人体味不到的轻松心情。是"山气日夕佳，飞鸟相与还"，是"倾耳无希声，在目皓已洁"，是"久在樊笼里，复得返自然"。

有多少天才被时代耽误了青春？有多少被时代误了青春的人能在山水间找回自己？多谢命运给了张衡那次走访三秦山岳的机会，那是昏暗乱世中小小的星芒，不能给人温暖，却能给人希望。

卷九　兴亡一梦终成空

只有洛阳城内的牡丹凋败，才能告诉世人王朝兴衰成败的真相。为一个王朝暮日叹息，也为大汉朝最后满目疮痍的背影痛心。

烽烟处处，哀号遍地

东汉末年，州牧割据。汉献帝徒有皇帝之名却不能拯救苍生于水火，董卓被杀后曹操接替他的"衣钵"挟天子令诸侯，东征西讨使各地战火频发。南方有蜀、吴两国伺机而动，中原又逢连年饥荒。虽然各地仁侠之士并起救灾民，但因国家的目光不放在百姓疾苦而放在平定江山上，故民间"横尸路旁""易子而食"的悲剧有增无减。

中央集权的地位日渐衰微，维护君王统治的儒家礼教也再没有汉武帝时的风光。随着封建社会的和谐面具逐步崩溃，人们开始思考人生、宇宙。曹操曾有《秋胡行》言老庄之语："天地何长久，人道居之短。世言伯阳，殊不知老。赤松王乔，亦云得道。"连国家实际的掌权者都哀叹岁月忽逝、人生无常，可见老庄思想对建安时期社会的影响之大。随着道学的蓬勃发展，影响整个魏晋文学的"玄学"理论也应运而生。同时，由于百姓渴望从苦难中得到解脱，佛学的东渐便有了相应的发展空间。儒、释、道三教合流，是汉末风云变幻、文学发展的大背景。在那段令人透不过气的日子里，天空中布满恐怖的阴霾，大地上的生物都仿佛被一层层死气包围。没有阳光，没有希望。

民生疾苦，士大夫们能做的却只有以诗祭奠。王粲的一首《七哀诗》将苦难写到尽头，也将无奈写到末路。诗中"出门无所见，白骨蔽平原"一句最令人不忍直视，也最能展现出末世凄惨的状况。但这样的惨剧，诗人无可奈何，只好"驱马弃之去，不忍听此言"。那是封建社会最丑陋的一面，为了成全他们征战逐鹿的野心，不顾那些惨死在夹缝中的黎民。

无数曾溢满欢声笑语的家庭支离破碎，丈夫被抓去打仗，马革裹尸；妻子日夜啼哭，泪尽而亡；尚且扶床而行的孩子更是被活活饿死。那是再华丽的骈赋也承载不起的悲剧，也许只有最朴素的民歌，才能让人领悟最深刻的伤痕。

妇病连年累岁，传呼丈人前一言。当言未及得言，不知泪下一何翩翩。"属累君两三孤子，莫我儿饥且寒，有过慎莫笪笞，行当折摇，思复念之！"

乱曰：抱时无衣，襦复无里。闭门塞牖，舍孤儿到市。道逢亲交，泣坐不能起。从乞求与孤买饵。对交啼泣，泪不可止："我欲不伤悲，不能已。"探怀中钱，持授交。入门见孤儿，啼索其母抱。徘徊空舍中，"行复尔耳！弃置勿复道。"

无名氏《妇病行》

这是一首汉末的乐府古诗，通过描写一个家庭生离死别的悲剧，生动地展现出末世劳动人民在残酷的重压和剥削之下，苦苦徘徊在死亡边缘的生活现实。那是一个病危的妇人，道出她临终最后的乞求，乞求丈夫能在她死后好好对待苦命的孩子。丈夫无法做出承诺，因为末世之中无以为继，他根本没有能力去抚养这些早已被饿得精瘦的子女。但面对妻子含泪的双目，他又无法不做出承诺。

妻子病榻前的叮咛令读者潸然泪下，丈夫左右为难的选择又让读者心痛不已。丈夫的心便如此时的天色，一片迷茫。这些可爱的子女，有的会趴在他膝头央求他抱；有的会攥着他的指头咯咯灿笑；有的虽然还在咿呀学语，却最爱扒着他的衣袍喊父亲。每一个都是他的宝贝，他如何舍得丢下？

这就是末世光景，想改变的人无力改变，能改变的人却因自己的私心不愿费力去改变。为什么要打仗？每个统治者都说是为了和平。可真正为了和平的战役，在历史上又究竟出现过几次呢？今日，就算没有这些记录乱离的诗作，统治者们也该以史为鉴：不顾及黎民百姓的战争，从没有胜者。

《妇病行》通过一个令人心寒不已的故事，将穷苦百姓贫病交加的生活状态栩栩如生地表现了出来。妇人病逝前消瘦的面庞、丈夫难忍的啜泣、孩子们天真的笑脸，所有的画面、声音交织成一张密密的网，再不需要任何抒情之语，再不需要任何景物描写，只是那种简单却令人心惊肉跳的恐惧感，就足以让人领略到深切的痛苦。这样的艺术特色正是汉乐府"感于哀乐，缘事而发"的体现。

天下之大却无寸土安身。烽烟处处，哀号遍地。有人像伯夷、叔齐那样幽居深山，有人像陈胜、吴广一般奋起反抗。金戈铁马战死沙场，是否比在断垣颓壁中苟延残喘更有尊严？命运将这些苦难的人推至万丈悬崖边缘，让他们选择一跃而下九死一生，或是躲在崖上冻饿而亡。于是许多无辜百姓只能抱着那微乎其微的希望纵身跃下，跳进那巨大绞肉机般的军队。于是曹丕诗中便出现了"长戟十万队，幽冀百石弩"的句子。武力造成的悲剧，只能靠武力来解决。但对于不懂武艺的平民来说，再勇敢的抵抗都是徒劳。

人类从来惧怕死亡，更多的人选择隐忍。一忍再忍、一退再退，最终退至绝境。

平陵东，松柏桐，不知何人劫义公。劫义公，在高堂下，交钱百万两走马。两走马，亦诚难，顾见追吏心中恻。心中恻，血出漉，归告我家卖黄犊。

无名氏《平陵东》

汉末战场血腥残酷，谁也不知道能否见到明日朝阳。汉末的衙门也同样卑鄙、肮脏。朝堂上有外官专权混淆视听，地方官府有贪官污吏横行霸道。他们使尽手段妄图榨干百姓身上最后一滴油水，从而令自己的荷包鼓胀。举头三尺有神明，高悬"公正廉明"牌匾的公堂之上，官员却令百姓交满百万银钱、留下马匹才可离去。而含冤受屈的百姓别无他法，只能卖了家中赖以生存的牛犊来抵债交钱。

国之不国，民之不民，中原大地还有什么希望？从汉末建安到隋唐盛世，中原百姓足足忍受了四百年的无望之苦。人民的生命被随意践踏，拥有正义之心的勇士俱都归隐山林。"战士食糟糠，贤者处蒿莱"，这是阮籍最难抑制的悲叹。遗憾的是，所有人都能看到这现实，却没有人能够改变。

尺素寸心，远行思归

> 青青河畔草，绵绵思远道。远道不可思，宿昔梦见之。梦见在我傍，忽觉在他乡。他乡各异县，展转不相见。枯桑知天风，海水知天寒。入门各自媚，谁肯相为言！客从远方来，遗我双鲤鱼，呼儿烹鲤鱼，中有尺素书。长跪读素书，书中竟何如？上言加餐食，下言长相忆。
>
> 无名氏《饮马长城窟行》

乐府古诗《饮马长城窟行》的题目来自郦道元《水经注》："余至长城，其下有泉窟，可饮马，古诗《饮马长城窟行》，信不虚也。"

《饮马长城窟行》是十分著名的游子思妇诗，汉末曹操、曹丕、陈琳等人都曾借此古乐府题作诗。汉末，是五言诗发展的一个重要时期。建安之中，"三曹七子"多有五言诗作，一时成风。这一时段的五言诗不似东汉前期脱胎于民歌的五言歌谣，不若盛唐被发展为近体诗、词采华茂的五绝。汉末的五言诗，有着自己鲜明的特征。而《饮马长城窟行》是其中很有代表性的一首。

汉代歌女长袖翩翩的舞姿漾起层层莲雾，雾气架出连绵的远山，天青色的城墙，山下迎风傲立的千年古松，松前泥坯土垒的水窟，皆残破得令人目不忍睹。歌声袅袅，描绘出遥远记忆中，故乡家里生锈的铁锅，破损的瓦罐，门前石板染青，桑树衰败。一幕幕景象纷至沓来。

是雪，绵绵不绝的大雪铺天而来，湮没了那春草青青的美梦。是不带半点温度的雪，覆盖遮掩了丈夫出门时的脚印，也隔断了家中荆钗粗布的妻子对远方的思念。

她总是这样望着窗外，满怀希望地等待。日复一日，年复一年，她终于在循环往复的等待中黯然老去。她努力让自己不要忧伤，努力地让自己不要期盼。但是苍天亦有情，谁能挡得住思念？入梦的，不是他的笑容，而是他的背影。可即便是背影，也只停留了短短的一瞬间。紧接着，就是他被淹没在刀山火海中，浑身是血的样子。

辗转难眠，寤寐思服的凌晨，她只好望向远方蜿蜒曲折的山路，一面盼望，一面隐忍住啜泣的声音。秋风吹起，海浪翻滚，当太阳再次冉冉升起，她仿佛看见路的尽头有人走来。眯起眼看，却又什么都没有。

入冬了，年节了，街头巷尾的邻居和他们的佳人围在火炉旁谈笑风生，她穿戴整齐，站在窗前张望。等了又等，却不见自己丈夫的身影。她于是裹上厚厚的冬衣，在寒冷的雪夜中敲响村里每家每户的门扉，向人们询问她丈夫的消息。思念已经铺成一条绵长的石板道，道旁长满了青青的小草。就连门前片叶不存的桑树也懂得冬风的萧瑟，就连永不冻结的大海也能体会天气的寒冷，她不相信村民们不懂，不相信远在天边的丈夫不懂，她有多么想念。

汉代的故事，总是悲伤的。桑葚花香气极淡，可一旦爱上了，就再也忘不掉。年复一年，回味以往那些夫妻相伴的日子，是她生活里最重要的一部分。

一天又一天，生活终于又出现转折。

烟雪茫茫中，那个从不知多远的远方，款款而来的访客。风尘仆仆，带着她丈夫的家书。"客从远方来，遗我双鲤鱼，呼儿烹鲤鱼，中有尺素书。"望着远客从怀中小心取出，双手捧到她眼前的鲤鱼函，那是她盼了多久的家书？她却唤了自己的儿子去接。因为她胆怯了。

这段描写非常用心，妇人的期盼，才能望见"远来"的客；客人明明依朋友之言，将书信带给她，她却"呼儿烹鲤鱼"。这个"呼"字表现了她心中的忐忑，悲喜交加。开心丈夫终于有了音讯，又怕这封信中写了不好的消息。自己不敢读，又急于知道信的内容，才会"呼"儿前来。而这一"遗"一"呼"之间，隐藏的是妇人不安推拒之举。细细品来，真是情意深重。

再言长跪读信。诗中并未言明读信的人是谁。根据上文"呼儿烹鲤鱼"，这里长跪读素书的应该是她的儿子。但下句"书中竟何如"，又带了满满的激动，"竟何如"三字相当于一个发自内心的感叹。从这个角度看，读信的又像是妇人本人。

上言加餐食，下言长相忆。面对自己精于诗书的妻子，丈夫的信中没有绵绵情话，没有任何带着修饰、点缀的词句。短短六字，表达的是这世上最朴实的情愫。一定是他猜到，妻子会因思念而寝食不安、辗转反侧，他不说自己的羁旅之苦，只请求妻子好好吃饭，保重身子。一定是他听到，风雪中妻子挨家挨户敲门询信的声音，于是他费尽千辛万苦托人送来这封信，相忆、相忆，我知道你思念我，只因我也在思念你。

故事，到此戛然而止。这书信是真是假？这书信中，为何不言归期？人们有无数的疑问，然而对于作者来说，留给后世无尽的想象，无尽的辗转反侧，就是这故事最好的结尾。

对于远行之人的思念，这首诗歌可以算得上是汉乐府之中的经典之作，前苦后甜，转折突然却不突兀，正是这首诗歌的妙处之所在。

而同时期的另一首描写远行之人的诗歌，更是犹如在暗夜里突然绽放的昙花一般，充满浓郁的忧伤。那是一首寂寞的歌谣，静静地唱响在汉末暗无天日的环境里，妄图给绝望添一分希望。

翩翩堂前燕，冬藏夏来见。兄弟两三人，流宕在他县。故衣谁当补？新衣谁当绽？赖得贤主人，览取为吾绽。夫婿从门来，斜柯西北眄。语卿且勿眄，水清石自见。石见何累累，远行不如归！

无名氏《艳歌行》

《艳歌行》讲述的是一家三个打工的兄弟流落异乡，思念故土的故事。主家对他们很好，有细心的女主人常为他们缝补衣服。但一日男主人突然归来，撞上了妻子为别的男人补衣的一幕，场面便尴尬起来。三兄弟感受到异乡之苦，出门在外，没有人会将他们真正当作家人看待。离开家乡太久，或许真是该是回去的时候了！

整首诗歌围绕着流浪汉的凄苦展开，戏剧性的情节使得故事情节紧凑，矛盾突出，这的确是一篇难得的上乘之作。结尾"远行不如归"呼应、升华主题，使整首诗如浑然天成的美玉，任哪个异乡游子读了都会潸然泪下。

这两首汉乐府诗歌就好像是深入精神内部的千年古树忽然开出的艳丽花朵，芳香深远而悠长。古树虽老，但仍能领会人们的心声。两首汉乐府诗所承载的早已不仅是苍白的文字，而是一种可遇不可求的时代情怀，一段满怀希望的思念之音。

国色古都，兴衰有时

古来多贵色，殁去定何归。清魄不应散，艳花还所依。红栖金谷妓，黄值洛川妃。朱紫亦皆附，可言人世稀。

梅尧臣《洛阳牡丹》

洛阳牡丹甲天下。阳春三月万物复苏，牡丹便会盛放枝头，引人驻足。唐以后牡丹成为观赏花卉，每到花开时节，总有人专程前往洛阳湖畔赏花踏青。国色天香的牡丹，配上倾国倾城的佳人，煞是养眼。北宋诗人梅尧臣便是看见了牡丹花开之美，才写下了《洛阳牡丹》诗。牡丹盛开时明艳照人，凋落时容颜暗淡。世人常以牡丹喻富贵，却不知富贵最难长久。

西汉后期政治动荡，孝元皇后王氏家中的侄子王莽为挽大局，于公元8年改朝换代，代汉建新。公元23年，刘氏一族起义军攻进长安，王莽被杀。两年后，刘氏皇族的旁系子孙刘秀称帝，建国"汉"，定都洛阳，史称东汉。王莽篡权，是史上最令人唾弃的事件之一。其实，正视历史，改朝换代未尝不是稳定社稷的一种办法。但王莽当政后非但未能实现他"江山大治"的诺言，反而穷尽奢靡，大肆盘剥土地、搜刮民膏，使得民间积怨日深，才导致天下大乱，江山易手。

刘秀本非嫡系皇族，早年间也曾在南阳春陵乡下种田，后于风云之际一枝独秀，年仅而立便一统天下，实在是因他命中有光。李靖称他"独能推赤心用柔治保全功臣，贤于高祖远矣"，并非言过其实。光武帝精兵简政的政治举措令人对他的智慧十分景仰。

洛阳在周朝时就被人称为"天下之中"。东汉初年刘秀改洛阳为雒阳，并定都于此。这隅厚土承载了自夏以来十三个王朝的文化与风景，历经了烽烟侵袭，看遍了废池乔木。难怪司马光曾有"若问古今兴废事，请君只看洛阳城"的感慨。

　　审曲面势，溯洛背河，左伊右瀍，西阻九阿，东门于旋。盟津达其后，太谷通其前。回行道乎伊阙，邪径捷乎轩辕。大室作镇，揭以熊耳。底柱辍流，镡以大坯。温液汤泉，黑丹石緇。王鲔岫居，能鳖三趾。

张衡《东京赋》（节选）

张衡的《二京赋》描写了西汉长安的繁华昌盛与东汉洛阳的雄伟壮观。但作为东汉文人，他显然对洛阳抱有更深的情感。依山而建的古城外，数道江水并流。土地肥沃，地势和缓，适宜百姓耕种、居住。光是娇贵的牡丹能在这儿生长、繁茂就可以见得。城外翠绿的温泉湖中，生活着远古时代就栖息在此的鱼鳖。作者的视角从鸟瞰到步行浏览，整个洛阳在短短数句间被勾勒得轮廓分明。北面巍峨的远山、从天而降的大河、城郭成顷的田地，无一不在文字中变得鲜活可人。

《东京赋》是张衡汉大赋的代表作，历经千年洗礼终被留存下来。如今人们将这些千年前的文字捧于掌心，那沉甸甸的感觉并非来自书页纸张，而是薪火相传中，一代比一代更加厚重的中华文化。东京洛阳，一顾一盼，皆是倾城。

　　新莽地皇年间，九州大陆分崩离析，天下正逢大乱。刘秀一族先是集结军队起义抗新，拿下长安后一手拥立刘玄为帝。怎知刘玄懦弱无能，在位两载不问社稷，只问后宫。一番考量后，刘秀于更始三年（25）取而代之，又于其后十数年间先后领兵平定关东、陇右、西蜀之乱，最终问鼎天下。这段历史说来容易，简简单单百余字便能概括。但其中的千钧一发、险象环生，又岂足外人道哉。就像洛阳一样，拔地而起，一矗立就是千年，人们惊艳它庄严巍峨的样子，却不知它历经了怎样的摧残。

刘秀为人，与汉武帝极为不同。他用了二十余年平定中原，当九州在握，人人上书劝他发兵匈奴时，他却道："今国无善政，灾变不息，人不自保，而复欲远事边外乎！不如息民。"从建武元年（25）刘秀登基称帝到中元二年（57）刘秀病逝，这三十二年便是历史上有名的"光武中兴"之年。后世对这个时代的杜撰、改写不多，乃因刘秀为人温和，不喜兵伐。身为一个统治者，他的确缺少汉武帝刘彻，或是兄长刘縯的霸气，但他能令自己脚下的土地在三十年间不受战火侵染，这是历史上少有帝王能做到的。

西汉的繁华，唯有盛唐可与之媲美。经历了末世变幻卷土重来的皇朝与大时代造就的帝国自不可同日而语。在荆棘中求生的东汉朝廷比西汉少了几分蒸蒸日上的时代精神，却也多了几分小心翼翼的理性思考。

又是近两百个春秋。从"光武中兴"到"外戚专权"，不过几十年的光阴，东汉已初现颓象。无论是从班固的《汉书》，还是从张衡的辞赋中，我们都再也见不到如同西汉文人般的自信。东西两汉的关系，如同唐诗与宋词的对比，一尚豪放传奇，一尚严谨论理。无法评判孰优孰劣，但对于生性好奇的人类来说，神话传奇总比现实理论来得引人入胜。

起始亦是终，在洛阳城内发生的一切，又都消失在洛阳城内。与两百年前的西汉一样，东汉也面临着穷途末路。汉建安二十五年（220），权臣曹操病逝。这年十月，汉献帝刘协下诏禅位。冬月辛未，魏王曹丕称帝，改国号魏，东汉灭亡。牡丹花谢，古都上空笼罩了乌云。

张衡在《东京赋》中说"兴衰有时"，也许是他早已预见到东汉的灭亡吧，也许是他早已看透朝代的变迁吧。牡丹花开的景色绝美，

却终将随时间凋零。悲观的人总爱问：既要走向灭亡，为何又要开始？是命运弄人？还是人们太不懂得珍惜命运的馈赠？而对诗人来说，最悲哀的莫过于看透，看到花开便能看到花谢，看到盛世便能看到衰亡。看透了，人生就再无指望。

洛阳静默矗立百载，见证了东汉的兴盛与灭亡。它承载着刘秀一统天下的梦想，承载着冯异奋斗半生的勇气，还有《迢迢牵牛星》的轻盈，《吴越春秋》的浪漫。它是董卓逐鹿天下的原点，是曹操运筹帷幄的大帐。这座古都的魅力，在于它留给后世无限憧憬，更在于它能让这种憧憬永无尽头。

王朝暮日，悲歌几重

悠悠华夏，曾经遭逢末世之难的，有昭阳殿上的君王，有怒马江湖的侠士，更有万千无辜平民。明初小说家施耐庵的《水浒传》，就讲述了北宋末年百余位英雄豪杰被朝廷、生活逼上梁山落草为寇的故事。宋江怒杀阎婆惜、林冲风雪山神庙、鲁智深拳打镇关西，这些家喻户晓的故事哪一段不是千钧一发、血泪斑斑。从古到今，天与人始终有着某种奇异的感应，天子昏庸则官宦贪婪，天下大乱则百姓落草。林冲从老实木讷到领兵南征北战，武松从赤拳打虎到修行五台山。这些原本渴望平静生活的百姓却被一步步强迫着走上不归路。乱世扰乱了他们的生活，改变了他们的命运。

"秦时明月汉时关，万里长征人未还。"这是王昌龄最好的七绝，讲述着月色的永恒，人生的短暂。从东汉末到北宋末，江山几易其手，月色却始终不改皎洁。从暴秦到两汉，每位皇帝都期盼国家长治久安，但百姓真正安居乐业的时间，至多只有几十年。汉高祖刘邦登基后，诸侯反叛之事时有发生，有心惠民的他却无力为之。汉文帝时期，淮南王刘长造反，使刘恒"轻赋安民"的计划不得不延缓。汉景帝刘启在位的十六年，只怕是大汉朝最安生的日子了，"七王之乱"在三个月内烟消云散，百姓们还没来得及反应，烽烟便灭了。可到了汉武帝当政那五十四年，朝廷好容易攒下的钱财、粮食都让他挥霍一空，西汉国运日衰。直至刘秀争得皇位，迁都洛阳建立东汉，出现了三十余年的"光武中兴"。可很快，中原大地便再次陷入阴霾，黎民又过上了水深火热的生活。

从汉明帝刘庄继位到汉献帝刘协禅位，东汉皇朝总共经历了一百六十三年动荡不安的日子。百姓从终日惶恐到麻木不仁，在他们眼中，人生乃是苦难的轮回。心思纤细如尘的文人则是从草木皆兵、不敢言赋到直视悲伤、勇敢下笔。生活在西汉成帝朝的扬雄被后世尊为汉赋四大家之一，"扬雄四赋"更是古今闻名。诚然，这名文人写过许多极力赞扬汉朝盛世的大赋，但同时，他也擅长将自己的感受用笔墨表达出来。在那段最困难的日子里，柔毫就是他最忠实的朋友。

扬子遁居，离俗独处。左邻崇山，右接旷野，邻垣乞儿，终贫且窭。礼薄义弊，相与群聚，惆怅失志，呼贫与语："汝在六极，投弃荒遐。……尔复我随，陟彼高冈。舍尔入海，泛彼柏舟；尔复我随，载沉载浮。我行尔动，我静尔休。岂无他人，从我何求？今汝去矣，勿复久留！"

扬雄《逐贫赋》（节选）

他有着与司马相如相当的才华，却一生不受重用。不甘被轻视的扬雄选择归隐。他离群索居隐在深山、旷野之中，境遇虽然贫苦，但只有这种贫苦能慰藉他的文人心灵。人生的路只有两条，或随波逐流，或逆流而上。选择前者？那便是大江东去淘尽英雄。选择后者？只怕他还没迈出那一步，便被天下文人讥嘲而死。为今之计，只有归去吧。早日远离是非，找一处能采菊、能望云的地方，长久地生活下去。

《逐贫赋》诉说着一个时代文人的心声。盛世文人难做，乱世文人更难当。岁月不饶人，当他们在为自己的仕途上下奔走时，忽然就老了。人生好像精彩绝伦的话剧，直到酒红色的幕布缓缓降落，遮去了座下的观众，戏子才发觉自己在台上的嬉笑怒骂，不过玩笑一场。

　　余乃避席，辞谢不直："请不贰过，闻义则服。长与汝居，终无厌极。"贫遂不去，与我游息。

扬雄《逐贫赋》（节选）

　　全文的最后一句告诉后人，扬雄是因为不堪节操受辱才愤而离去。但当怒火平息，静静地思考人生时，他发现归隐才是他的解脱。以贫困为代价，换来的是不必再卑躬屈膝、草木皆兵；用荣华做交换，为自己的心找个温暖自由的地方。文人之苦在心，作为时代的先声，他们精神上所承受的压力要比其他人高出数倍。饥寒冻饿的身体之苦，哪里比得上忧国忧民的精神之苦？

　　幸福的时光就像说出口的情话，会随着时间的流逝慢慢散去。最后留下的，便是望不到边的岑寂。谁也无权归罪于统治者，因为他比任何人更希望皇朝绵延，子孙万年。是封建社会无法改变的弊病吧，女子无权、贫民无权、下人无权，朝堂上的君王大臣不关心民间疾苦，家中丈夫不在意妻子的心思。这样的生活陷入无尽循环，直到一阵大风毁天灭地，才能令所有悲剧从头来过。

　　悲歌可以当泣，远望可以当归。思念故乡，郁郁累累。欲归家无人，欲渡河无船。心思不能言，肠中车轮转。

无名氏《悲歌》

　　远方的游子思念家乡却不能归还，诗句浅白，情怀动人。那是个只敢抬头望月的男子，他怕低头之时，泪水会跟着滑落。月色洁白如霜，寒霜只在秋日早晨绽放，而正是秋天赐给了诗人悲伤的天赋。既然不能哭，就让这首《悲歌》替他流泪吧。

　　男儿有泪不轻弹。这游子不能哭，所以只好另为悲伤找一处宣泄之口。几千年来，人们早已厌倦了去探问游子不能归乡的原因。无非是战乱，无非是不得已。人们更愿意静下心体会诗里最真挚的感情，体会被诗人捧在手心的忧伤。

　　总有一些事是人们不得不面对的，总有一些事是人力无法颠覆的。比如战争，比如死亡。在古时那些动荡不安的岁月里，越来越多的人心变得冷血无情。一旦人类之间的矛盾只能靠武力来化解，他们便会服从于弱肉强食、适者生存的本性。王朝暮日，悲歌几重。一人歌舞万人听，万人之心只一重。

乱世浩劫，江山成殇

　　盛世有盛世的魅力，末世有末世的难忘。古来被演绎最多的，一是盛唐《西游》，一是汉末《三国》。"夫天下大势，合久必分，分久必合"，如是而已。

　　从刘邦、吕后共主天下，到"文景之治"与民修养；从汉武帝托孤大臣霍光到王莽弄权西汉覆灭，一幕幕历史走马灯似的翻过。站在东汉的断垣焦土上遥望长安，汉献帝刘协是怎样一种心境？逐渐老去的曹操又是怎样一种不舍？四百多年，中国历史上存在时间最长的皇朝之一；六百余万平方公里，广袤无垠的领土，是怎样一寸寸地走向腐朽败亡？

　　东汉章和二年（88），年仅十岁的汉和帝继位，窦太后临朝听政，东汉"外戚专权"之路由此开始。从汉和帝刘肇二十七岁去世，到汉灵帝刘宏三十四岁驾崩，八代帝王，几乎全部是未成年继位，两位不到十岁即夭折，只有两人活过了而立之年。一个个乳臭未干，甚至尚未咿呀学语的孩童被赋予振兴天朝的重担，何其滑稽。他们看不懂脚下之土的厚重，他们读不懂世间人性的复杂。他们就连翻开《史记》的力气都没有，只会被大臣们山呼万岁的声音吓得哇哇大哭。对于这样的朝廷，让外戚不来干政，亦是件十分艰难的事。

　　可外戚当权，必然导致朝廷党派纷争。所谓外戚，无非是太后娘家、皇后娘家的族群。自古以来外戚弄权从来就没有好下场，刘秀的首位皇后郭圣通靠着家族的兵权上位，也因家族的势力过大，最后堕入深渊。故阴丽华从不让阴氏一族入朝为官，是十分明智之举。可是，像阴皇后一样看得清前路的人太少，利益又近得唾手可得。于是一代代的皇后、太后毕生致力于扶植本家势力，甚至渴望取刘姓而代之。赵壹的《刺世疾邪赋》中，因此有了"女谒掩其视听兮，近习秉其威权"的感叹。

朝廷中的利益几易其手，民间也随之动荡起来。班彪的《北征赋》、班昭的《东征赋》都记述了这段历史，描写了国势由强转弱的变迁，预见了东汉走向衰亡的画面。到了汉末，蔡邕更以《述行赋》直面朝廷宦官专权、君王被挟的现实，以强烈的情感、明晰的线索记述着汉朝不堪回首的往事。

有兴便有亡，有盛便有衰。无论古今中外，历史从来如此。盛世出明君，乱世生豪杰。诸葛亮闻名天下的《隆中对》说："自董卓以来，豪杰并起，跨州连郡者不可胜数。"这话代表着东汉末年战乱的开始。从《隆中对》到三国并立，汉朝共经历了十三载战火洗礼，没有一天的安宁。魏王曹操挟天子主中原；吴侯孙权据江东六郡，国险而民附；蜀国刘备有战将如云，著信义于四海……史书总能把天下大乱描述得那样美好。或许只有诗赋才会直视这鲜血淋漓的现实。这就是人们喜爱文学的原因吧，比野史更虚幻，比正史更真实。

建安十三年（208），赤壁之战曹操大败，三国雏形已现。建安二十五年（220）魏国建立，三国时代正式开始。三角形本该是最稳定的形状，可三国之势没能为天下带来和平安定。夷陵之战、孔明北伐、司马氏掌权曹魏，举兵灭蜀。前赴后继的战争像川流不息的江水，转眼间，又是六十年的乱世。

洛阳城外哀鸿遍野、瘟疫泛滥、死伤无数。这个曾经喧闹繁华、人烟密集、商旅如云的大都市，在短短数十载间沦为人间炼狱。因战乱而死的人，与因冻饿而死的人被堆叠在一处焚烧，腐烂的腥臭、幽暗的火光、与来自地狱的哀鸣一起祭奠这场浩劫。光武时期国家攒下的钱财早已被挥霍一空，东汉初年人山人海的景象也早已成为梦幻泡影。恐惧的阴霾肆意流窜在都城每个角落，人们不敢出门，害怕被抓上战场；人们更不敢下地干活，怕被瘟疫夺了性命。恐惧生活，恐惧空气中弥漫的危机感。当一个人连活过而立都算长寿的时候，自由、梦想便都成奢望。而一个没有梦想的时代，该有多么悲哀。

不是战死，就是饿死，这是英雄必定要经历的一环。从温顺到任人宰割的绵羊，到愤世嫉俗、残忍凶恶的豺狼也只是一念之间。佛家所谓一念成魔、一念成佛，便是如此。对于百姓来说，若隐忍不能换来和平，那就只有宣战一途。

出东门，不顾归；来入门，怅欲悲。盎中无斗米储，还视架上无悬衣。拔剑东门去，舍中儿母牵衣啼："他家但愿富贵，贱妾与君共铺糜，上用仓浪天故，下当用此黄口儿。今非！""咄！行！吾去为迟！白发时下难久居！"

无名氏《东门行》

不知是否巧合，每当读到这首抛妻弃子的古诗时，人们总能联想到，在这首诗被写下的时代里，关羽、张飞也先后杀掉妻子，追随刘备而去。男子抛弃家庭的温暖，走上出征之路，在古代被视为英雄气节。

开篇便使用倒叙手法，言男人从迈步出东门，不望来时之路。走得这样决绝，为了什么？下文开始交代。原来是家中无粮可食，无衣可穿，眼看着妻与子即将冻饿而死，他身为一家之主却没有办法挽救。

最后，他只有选择铤而走险，落草为寇。不顾妻子拽着他的衣袖哭喊恳求，不顾九死一生的前途。生活的绝望将他击倒，只有割舍亲情，将生命放置于赌桌之上拼死一搏，才有"以后"可言。这是官逼民反的血泪史，也是一幕活生生的人间惨剧。男子明知这是条不归路，他的内心也曾充满矛盾和挣扎，但那句"咄！行！"出口得无

比坚决。可想而知，那是他无奈到何种境地才做出的决定。

"吾去为迟！白发时下难久居！"离开是下下之策，离开是因为已经别无选择。其实末世之年，大多数家庭都面临着这样的窘境。曹植曾有《说疫气》，叹："家家有僵尸之痛，室室有号泣之哀，或阖门而殪，或覆族而丧。"百姓的哀声改变了这如玉般的男子，那玲珑剔透的诗心。他再不是任侠使气的贵族公子了，就像染了墨的宣纸，不改洁白本性，却也懂了黑暗的寒冷。

封建社会最可悲的，就是权力阶层永远高悬着"正大光明"的牌匾，却从未试图了解百姓的疾苦。百姓退让一寸，朝廷便逼近一尺。百姓在不断的忍让和退却中选择反抗，皇朝在不断的逼迫和施压中走向衰亡。这世上最神奇的事情，是预知未来；这世上最可怕的事情，同样是预知未来。由今日的贫病交加，预见明日的一抔黄土，这种超能力，是多么令人胆战心惊。

贫穷是一柄烧红的烙铁，深深地烙印在汉末所有百姓的肩上。让他们除了贫穷一无所有；让他们除了动物求生的本能，半分理性不剩。哪怕一丝生路，也要饿狼抢食似的猛扑过去。他们拒绝思考，拒绝判断，因为每次思考与判断的结果从来都一样，多想一次，便多一分恐惧。

贫穷的背影，是一个皇朝穷途末路时的写意风景。那道被大风吹得佝偻的背影，像在倾诉、像在哀号、像在凝视，更像是静静地站立，远远地观望，看着历史，看着这个朝代走向无底深渊。